A MULHER RUIVA

ORHAN PAMUK

A mulher ruiva

Tradução
Luciano Vieira Machado

PRÊMIO NOBEL
COMPANHIA DAS LETRAS

Copyright © 2016 by Orhan Pamuk

Grafia atualizada segundo o Acordo Ortográfico da Língua Portuguesa de 1990, que entrou em vigor no Brasil em 2009.

Título original
Kırmızı Saçlı Kadın/ The Red-Haired Woman

Capa
Raul Loureiro

Foto de capa
Burçin Esin/ Getty Images

Preparação
Ana Lima Cecilio

Revisão
Angela das Neves
Clara Diament
Eduardo Santos

Dados Internacionais de Catalogação na Publicação (CIP)
(Câmara Brasileira do Livro, SP, Brasil)

Pamuk, Orhan
   A mulher ruiva / Orhan Pamuk ; tradução Luciano Vieira Machado. — 1ª ed. — São Paulo : Companhia das Letras, 2023.

   Título original : Kırmızı Saçlı Kadın / The Red-Haired Woman.
   ISBN 978-65-5921-589-8

   1. Ficção turca I. Título.

23-148865   CDD-894.35

Índice para catálogo sistemático:
1. Ficção : Literatura turca 894.35
Eliane de Freitas Leite – Bibliotecária – CRB 8/8415

Todos os direitos desta edição reservados à
EDITORA SCHWARCZ S.A.
Rua Bandeira Paulista, 702, cj. 32
04532-002 — São Paulo — SP
Telefone: (11) 3707-3500
www.companhiadasletras.com.br
www.blogdacompanhia.com.br
facebook.com/companhiadasletras
instagram.com/companhiadasletras
twitter.com/cialetras

Para Aslı

Édipo, o assassino do pai, o marido da mãe, Édipo, o decifra-
dor do enigma da Esfinge! O que nos ensina a misteriosa tría-
de desses fatos do destino? Há uma crença primitiva popular,
principalmente na Pérsia, de que um Mago sábio só pode nascer
do incesto.

Nietzsche, *O nascimento da tragédia*

ÉDIPO: Onde se poderia encontrar um indício desse crime
antigo?

Sófocles, *Édipo rei*

Ninguém haverá de abraçar um filho sem pai e tampouco um
pai sem filho.

Ferdowsi, *Shahnameh*

PARTE I

1.

Eu queria ser escritor. Mas depois dos acontecimentos que passarei a narrar, estudei geologia e me tornei empreiteiro. Mas os leitores não devem concluir, pelo fato de eu contar a minha história, que agora tudo é coisa do passado, que deixei tudo para trás. Quanto mais penso nela, mais fundo mergulho. Talvez vocês também sigam esse caminho, seduzidos pelo enigma de pais e filhos.

Em 1984, morávamos num pequeno apartamento no centro de Beşiktaş, próximo ao Palácio Otomano Ihlamur, que remonta ao século XIX. Meu pai tinha uma pequena farmácia chamada Hayat, que significa "vida". Uma vez por semana, ela ficava aberta a noite inteira, e era meu pai que atendia esse último turno. Naquelas noites, eu levava o jantar para ele. Eu gostava de passar o tempo ali, sentindo o cheiro dos remédios, enquanto meu pai, um homem alto, esguio e bonito, fazia sua refeição junto à caixa registradora. Quase trinta anos se passaram, mas mesmo agora, aos quarenta e cinco anos de idade, ainda gosto do cheiro de farmácias antigas, forradas de gavetas e prateleiras de madeira.

A Farmácia Vida não era particularmente movimentada. Meu pai passava as noites com um desses televisores portáteis muito populares naquela época. Volta e meia seus amigos esquerdistas davam uma passada por lá, e era frequente que eu os encontrasse conversando em voz baixa. Eles sempre mudavam de assunto assim que me viam, comentavam que eu era tão bonito e charmoso quanto meu pai e me perguntavam em que ano eu estava, se gostava da escola, o que queria ser quando crescesse.

Como era bastante claro que meu pai ficava pouco à vontade quando eu me deparava com seus amigos esquerdistas, eu nunca me demorava muito na farmácia nas ocasiões em que eles estavam por lá. Na primeira oportunidade, eu pegava a marmita vazia e voltava para casa, andando sob os plátanos, à fraca luz dos postes. Aprendi a nunca contar à minha mãe ter visto aqueles amigos de meu pai na farmácia. Isso só a fazia ficar zangada com todos eles e temer que meu pai se metesse em encrenca e desaparecesse mais uma vez.

Mas nem todas as brigas de meus pais eram por causa de política. Eles passavam longos períodos em que mal trocavam uma palavra. Talvez não se amassem. Eu desconfiava que meu pai se sentia atraído por outras mulheres e que muitas outras mulheres sentiam atração por ele. Às vezes minha mãe insinuava a existência de uma amante de forma tão clara que até eu entendia. As brigas dos meus pais eram tão perturbadoras que eu evitava pensar nelas.

Foi numa noite comum de outono que levei seu jantar à farmácia pela última vez. Eu acabara de ingressar no ensino médio. Encontrei-o assistindo ao noticiário da tv. Enquanto ele comia no balcão, atendi um freguês que queria aspirina e outro que comprou vitamina C e antibióticos. Pus o dinheiro na velha caixa registradora, cuja gaveta se fechava com um tinido agradável. Depois que ele tinha jantado, olhei para meu pai de relance quando estava de saída, e ele sorriu, acenando de pé na entrada da farmácia.

Na manhã seguinte ele não voltou para casa. Foi minha mãe que me contou, com os olhos ainda inchados de tanto chorar, quando voltei da escola, à tarde. E se tivessem prendido meu pai na farmácia e o levado para o Departamento de Polícia Política? Lá eles o teriam torturado com bastonadas nas solas dos pés e choques elétricos. Não seria a primeira vez.

Anos atrás, soldados vieram buscá-lo na noite seguinte ao golpe militar. Minha mãe ficou arrasada. Ela me disse que meu pai era um herói, que eu devia me orgulhar dele; e, até sua libertação, ela assumiu os turnos noturnos na farmácia, junto com o funcionário, Macit. Às vezes eu mesmo vestia o avental branco de Macit — embora naquela época eu estivesse, naturalmente, planejando ser cientista quando crescesse, como meu pai desejava, e não atendente de farmácia.

Quando, sete ou oito anos depois, meu pai desapareceu de novo, foi diferente. Na sua volta, depois de quase dois anos, minha mãe pareceu não se importar muito com o fato de ele ter sido preso, interrogado e torturado. Ela ficou furiosa com ele. "O que é que ele esperava?", ela disse.

Depois do desaparecimento final de meu pai, minha mãe também pareceu resignada, não falou de Macit nem do que seria da farmácia. Foi isso que me fez pensar que os desaparecimentos de meu pai tinham motivos diferentes. Mas, de todo modo, o que será essa coisa que a gente chama de *pensar*?

Àquela altura eu já aprendera que esses pensamentos nos vêm às vezes em forma de palavras, às vezes de imagens. Havia alguns pensamentos — como a lembrança de estar correndo debaixo de chuva, e como eu me sentia com isso — que eu nem tentava traduzir em palavras... Ainda que aquela imagem fosse muito nítida na minha mente. E havia outras coisas que eu conseguia descrever, mas me era impossível visualizar: luz negra, a morte de minha mãe, o infinito.

Talvez eu ainda fosse uma criança, e portanto capaz de descartar pensamentos indesejáveis. Mas de vez em quando acontecia justamente o contrário, e eu me pegava com uma imagem ou uma palavra que não conseguia tirar da cabeça.

Meu pai passou muito tempo sem entrar em contato conosco. Havia momentos em que eu não conseguia me lembrar muito bem dele. Era como se as luzes se apagassem à minha volta, e tudo tivesse desaparecido. Certa noite, eu estava indo sozinho para o Palácio Ihlamur. A Farmácia Vida estava trancada com um pesado cadeado preto, como se tivesse sido fechada para sempre. Uma névoa se erguia dos jardins do palácio.

Algum tempo depois, minha mãe me disse que nem o dinheiro de meu pai nem a farmácia eram suficientes para nos sustentar. Eu mesmo não tinha despesa nenhuma além dos ingressos de cinema, de sanduíches de kebab e de histórias em quadrinhos. Eu ia e voltava a pé da Escola Secundária de Kabataş. Tinha amigos que vendiam ou alugavam revistas em quadrinhos usadas. Mas eu não queria passar os fins de semana como eles, esperando pacientemente por fregueses nas ruas menos movimentadas e nas portas dos fundos de cinemas de Beşiktaş.

Passei o verão de 1985 como ajudante numa livraria chamada Deniz, na principal rua comercial de Beşiktaş. Meu trabalho consistia principalmente em enxotar potenciais ladrões, em sua maioria estudantes. De vez em quando, o sr. Deniz me levava de carro para Çağaloğlu para renovar seu estoque. Ele começou a gostar de mim: notou que eu me lembrava dos nomes de todos os autores e editoras, e deixava que eu levasse os livros para ler em casa. Eu li um bocado naquele verão: livros infantis, *Viagem ao centro da Terra* de Júlio Verne, contos de Edgar Allan Poe, livros de poesia, romances históricos sobre as aventuras de guerreiros otomanos e um livro sobre sonhos. Uma passagem deste último haveria de mudar minha vida para sempre.

Quando os amigos escritores do sr. Deniz iam até a livraria, ele costumava me apresentar como aspirante a escritor. Foi então que comecei a acalentar esse sonho e, tolamente, confessei isso a ele num momento de descuido. Sob sua influência, logo comecei a pensar seriamente nisso.

2.

Um dia, quando voltei da escola, guiado por algum instinto até o guarda-roupa e as gavetas do quarto de meus pais, descobri que as camisas e todos os outros pertences de meu pai não estavam mais lá. Apenas seu cheiro de tabaco e colônia ainda pairava no ar. Minha mãe e eu nunca falávamos dele, e sua imagem já estava se apagando da minha mente.

Minha mãe e eu estávamos nos tornando cada vez mais próximos, mas isso não a impedia de considerar uma piada minha decisão de me tornar escritor. Primeiro, eu precisava ter certeza de que conseguiria entrar em uma boa universidade. Para me preparar para o vestibular, devia ganhar bastante dinheiro para fazer um cursinho, mas minha mãe estava insatisfeita com o salário que o dono da livraria me pagava. No verão seguinte ao término de meu segundo ano do ensino médio, nós nos mudamos de Istambul para Gebze, onde fomos ficar com minha tia materna e seu marido, vivendo de favor num anexo que eles construíram no quintal. O marido da minha tia me arranjaria um emprego, e eu calculei que, se passasse metade do verão nesse trabalho, no fim de julho poderia voltar ao serviço na Livraria Deniz, em Beşiktaş, e fazer o cursinho. O sr. Deniz sabia como eu estava triste por ter me mudado; ele disse que eu podia passar a noite na livraria sempre que quisesse.

O marido da minha tia propôs que eu cuidasse de seu pomar de cerejas e pêssegos nos arredores de Gebze. Quando vi qual seria meu posto, uma mesinha frágil em um pequeno terraço, achei que teria bastante tempo para ficar por ali e ler. Mas estava enganado. Era a época das cerejas: bandos de corvos barulhentos e atrevidos voavam sobre as árvores, e grupos de pivetes e de operários da construção civil da propriedade vizinha tentavam o tempo todo roubar as frutas.

No terreno próximo ao pomar estavam abrindo um poço. Às vezes eu ia até lá para ver o cavador trabalhando com pá e picareta, enquanto dois aprendizes retiravam e amontavam a terra que ele tinha cavado.

Os aprendizes giravam as duas manivelas de um sarilho, que rangia de uma forma engraçada quando eles içavam baldes cheios de terra para jogarem num carrinho de mão. O mais jovem, que tinha mais ou menos a minha idade, afastava-se para descarregar o carro enquanto o mais velho e mais alto gritava "Lá vai!", jogando o balde de volta para o homem que cavava o poço.

Durante o dia, o funcionário que cavava o poço raramente saía do buraco. A primeira vez que o vi, ele estava em seu horário de almoço, fumando um cigarro. Ele era alto, esguio e bem-apessoado como meu pai. Mas, ao contrário de meu calmo e animado pai, o cavador de poços era irascível. Brigava o tempo todo com os aprendizes. Eu achei que os dois pudessem ficar constrangidos ao serem vistos levando bronca, por isso tratava de me manter longe do poço quando o homem não estava lá embaixo.

Um dia, em meados de junho, ouvi gritos animados e sons de disparos vindos da direção do poço e fui dar uma olhada. Finalmente jorrava água e, ao ouvir a boa nova, o proprietário do terreno, um homem de Rize, viera comemorar atirando animadamente para o alto. Havia um cheiro sedutor de pólvora no ar. Como era de costume, o proprietário deu gorjetas e presentes ao mestre cavador e aos aprendizes. O poço lhe permitiria realizar vários projetos que pretendia desenvolver em sua terra; o sistema de água encanada ainda não tinha chegado aos arredores de Gebze.

Nos dias que se seguiram, não ouvi mais o mestre gritando com os aprendizes. Certa tarde, chegaram sacos de cimento e vergalhões de ferro numa carroça, e o cavador se pôs a revestir as paredes do poço com concreto, para em seguida fechá-lo com uma tampa de metal. Agora que eles estavam de tão bom humor, eu passava muito mais tempo em sua companhia.

Um dia, fui até o poço, pensando que não havia ninguém por lá. O mestre cavador Mahmut apareceu de entre as cerejeiras e oliveiras, carregando uma peça do motor elétrico que instalara para acionar a bomba.

"Você parece muito curioso por esse trabalho, meu jovem!"

Pensei nos personagens de Júlio Verne que iam até o fim do mundo e apareciam do outro lado.

"Vou cavar outro poço nos arredores de Küçükçekmece. Aqueles dois rapazes não querem mais trabalhar comigo. Você não quer ficar no lugar deles?"

Vendo que eu hesitava, ele explicou que um aprendiz que trabalhasse direito podia ganhar quatro vezes mais do que um vigia de pomar. Em dez dias acabaríamos o trabalho, e logo eu estaria de volta à minha casa.

"Nunca vou permitir uma coisa dessas!", disse minha mãe quando cheguei em casa à noite. "Você não vai ser cavador de poços. Você vai para a universidade."

Mas àquela altura eu já tinha enfiado na cabeça a ideia de ganhar dinheiro rápido. Insisti com minha mãe que poderia ganhar em duas semanas o que ganharia trabalhando no pomar por dois meses, e teria bastante tempo para me preparar para o vestibular, frequentar o cursinho e ler os livros que quisesse. Cheguei até a ameaçar minha pobre mãe:

"Se você não me deixar ir, eu fujo."

"Se o rapaz quer trabalhar duro e ganhar seu próprio dinheiro, não vá cortar as asas dele", disse o marido de minha tia. "Vou procurar me informar por aí sobre esse cavador de poços."

O marido de minha tia, que era advogado, marcou um encontro, em seu escritório na prefeitura, entre minha mãe e Mahmut. Em minha ausência, os três concordaram que o homem contrataria um segundo aprendiz que entrasse no poço, para que eu não precisasse fazê-lo. O marido de minha tia me informou o valor de minha diária. Arrumei na velha mala de meu pai algumas camisas e um par de sapatos de sola de borracha que eu usava nas aulas de educação física.

No dia em que parti estava chovendo, e a picape que me levaria ao meu novo local de trabalho parecia não chegar nunca. Minha mãe chorou muito enquanto esperávamos na nossa pequena edícula cheia de goteiras. Eu não mudaria mesmo de ideia? Ela sentiria muito a minha falta. Agora estávamos pobres, era verdade, mas não precisávamos chegar a tanto.

Agarrando minha mala e assumindo a mesma expressão de desafio que vi no rosto de meu pai quando ele estava sendo julgado, saí de casa com uma pequena provocação: "Não se preocupe, eu nunca vou chegar no fundo do poço".

A picape estava esperando no terreno baldio atrás da velha e alta mesquita. Mestre Mahmut, com o cigarro na mão e um sorriso nos lábios, me observou enquanto eu me aproximava, avaliando, como um professor, minhas roupas, meu jeito de andar e minha mala.

"Suba, já é hora de partir", ele disse. Sentei-me entre ele e o motorista enviado por Hayri Bey, o empresário que tinha encomendado o poço. Seguimos por uma hora em silêncio.

Quando cruzávamos a Ponte do Bósforo, olhei para a esquerda, na direção de Istambul, procurando a Escola Secundária de Kabataş e tentando reconhecer algum edifício de Beşiktaş.

"Não se preocupe, não vai demorar muito", mestre Mahmut disse. "Você vai voltar a tempo de frequentar o cursinho."

Fiquei satisfeito em saber que minha mãe e o marido de minha tia já tinham contado a ele as minhas preocupações; isso fez com que eu sentisse que podia confiar nele. Ainda na ponte, ficamos presos num dos eternos engarrafamentos de Istambul, de modo que, quando saímos da cidade, o sol já estava se pondo, ofuscando-nos com seus raios intensos.

Eu disse que saíamos da cidade, mas não quero confundir meus leitores. Naquela época, a população de Istambul não era de quinze milhões, como agora, mas de apenas cinco. Logo que passamos pelas muralhas da cidade antiga, as casas foram ficando mais escassas e mais pobres, e na paisagem se viam inúmeras fábricas, postos de gasolina e um hotel esquisito.

Seguimos os trilhos da ferrovia por algum tempo, depois nos afastamos deles enquanto caía a noite. Já tínhamos passado pelo lago Büyükçekmece. Vi ciprestes, cemitérios, muros de concreto, terrenos baldios… Mas na maior parte do tempo eu não via nada e, por mais que tentasse, não conseguia saber onde estávamos. Víamos o brilho alaranjado nas janelas das famílias à mesa do jantar e fábricas iluminadas por lâmpadas de neon. Subimos uma colina. Um relâmpago brilhou ao longe, iluminando o céu, mas as terras desoladas por onde passávamos estavam escuras feito breu. Às vezes uma luz misteriosa revelava trechos de descampados solitários, a terra nua e desabitada. No instante seguinte, porém, ela já mergulhava na escuridão.

Finalmente, paramos no meio daquele ermo. Eu não via

nem luz, nem lâmpada, nem casa, por isso achei que talvez a picape tivesse quebrado.

"Me dê uma mão, vamos descarregar isso", mestre Mahmut disse.

Havia blocos de madeira, peças de um sarilho, panelas e frigideiras, ferramentas e equipamentos enfiados em grossos sacos plásticos e dois colchões amarrados um ao outro com uma corda. O motorista deu o fora dizendo: "Boa sorte e que Deus os proteja". Quando me dei conta do tamanho da escuridão que nos cercava, fiquei nervoso. Relampejou mais uma vez ao longe, mas o céu atrás de nós estava limpo, e as estrelas brilhavam intensamente. Bem mais além, eu via as luzes de Istambul refletindo-se nas nuvens como uma névoa amarela.

O chão ainda estava molhado de chuva, e havia poças aqui e ali. Vasculhamos aquele ermo em busca de um lugar plano e seco, e levamos nossos pertences para lá.

Mestre Mahmut começou a armar nossas barracas com estacas, mas não conseguiu. As cordas de tração e os espeques que deviam ser fixados no chão tinham se perdido na escuridão, e eu fui tomado por um pavor sombrio. Às cegas, mestre Mahmut gritava: "Puxe aqui, e não aí".

Ouvimos o pio de uma coruja. Eu me perguntei se seria preciso armar a barraca, já que a chuva havia cessado, mas respeitei a vontade de Mahmut. O tecido pesado e bolorento não parava no lugar e dobrava-se sobre nós, como a noite.

Quando enfim conseguimos armar a barraca e estender nossos colchões, já passava muito da meia-noite. As nuvens de chuva de verão deram lugar a uma bela noite estrelada. O canto de um grilo ali perto me acalmou. Deitei-me num dos colchões e adormeci imediatamente.

3.

Quando acordei, estava sozinho na barraca. Uma abelha zumbia. Levantei-me e saí. O sol já estava tão alto que a luz feriu meus olhos.

Eu estava de pé num vasto platô. À minha esquerda, a sudeste, a terra se estendia morro abaixo até Istambul. Ao longe havia milharais verde-claros e amarelo-pálidos; havia campos de trigo também, mas ainda terra árida, rochosa e seca. Dava para ver uma cidade próxima, com casas e uma mesquita, mas uma colina atrapalhava a visão, e não pude fazer ideia do tamanho da povoação.

Onde estaria mestre Mahmut? O vento trouxe o som de uma corneta, e concluí que os edifícios esverdeados por trás da cidade deviam ser uma guarnição militar. Bem mais além havia uma cadeia de montanhas lilases. Por um instante, o mundo inteiro pareceu assumir o silencioso aspecto de uma lembrança. Sentia-me satisfeito por estar ali, disposto a ganhar meu próprio sustento, longe de Istambul, longe de todos.

Um trem apitou na vasta planície entre a cidade e a guarnição, parecendo dirigir-se à Europa. Avançou pela parte deserta do platô, antes de serpentear suavemente e parar na estação.

Avistei mestre Mahmut voltando da cidade. A princípio, ele seguiu a estrada, mas logo se pôs a tomar atalhos, caminhando através de campos de trigo e terrenos áridos.

"Trouxe água para nós", ele disse. "Vamos, prepare um chá."

Enquanto eu me ocupava preparando chá em nosso fogareiro a gás, o proprietário do terreno, Hayri Bey, chegou em sua picape, que nos trouxera na noite anterior. Um rapaz pouco mais velho que eu pulou da carroceria. Pela conversa deles, fiquei sabendo que o segundo aprendiz, o de Gebze, tinha caído fora no último minuto, de forma que aquele rapaz, um empregado de Hayri Bey chamado Ali, se juntaria a nós no lugar do outro, e desceria ao poço quando fosse preciso.

Mestre Mahmut e Hayri Bey ficaram por um bom tempo andando para cima e para baixo no terreno. Sem vegetação nenhuma em alguns lugares, coberto de pedras e grama em outros, o terreno tinha, no total, mais de um hectare. Uma brisa suave soprava da direção dos dois homens, e mesmo quando eles chegaram no ponto mais extremo do terreno, ainda se podia ouvir sua discussão. Aproximei-me do lugar onde eles estavam. Hayri Bey, um comerciante de produtos têxteis, queria construir ali uma fábrica de lavagem e tingimento de tecidos. Havia muita demanda por esses serviços da parte de grandes exportadores de roupas, mas o processo exigia uma boa quantidade de água.

Aquela terra, que não dispunha de rede elétrica nem de água encanada, custara uma ninharia a Hayri Bey. Se conseguíssemos encontrar água, ele nos recompensaria generosamente. Seus contatos políticos tratariam de estender a fiação elétrica até a fábrica, e assim Hayri Bey poderia construir um moderno complexo industrial — ele já nos mostrara os projetos — com serviços de tingimento, lavanderias, um belo edifício de escritórios e até um refeitório. Mestre Mahmut ouvia as aspirações de Hayri Bey com interesse e simpatia, mas, na verdade, assim como eu, estava muito mais focado nos presentes e no dinheiro que ele nos prometera, caso descobríssemos água.

"Que Deus vos acompanhe, que Sua força flua por vossos braços e Sua visão abra vossos olhos", disse Hayri Bey, como um general otomano enviando suas tropas a uma missão heroica. Quando a picape já estava se afastando, ele se debruçou na janela e acenou para nós.

Como naquela noite os roncos de mestre Mahmut não me deixaram dormir, deitei-me com a cabeça para fora da barraca. Eu não podia ver as luzes da cidade; o céu estava azul-escuro, mas o brilho das estrelas parecia banhar o universo de um tom dourado. E lá estávamos nós, empoleirados numa laranja gigantesca suspensa no espaço, tentando adormecer na escuridão. Será que estávamos fazendo o certo quando, em vez de nos elevar para o brilho das estrelas, cavávamos a terra sobre a qual dormíamos?

4.

Naquela época, a prospecção de solos ainda não era muito acessível. Durante séculos, cavadores de poços procuraram água no subterrâneo guiando-se apenas por seus instintos. Mestre Mahmut conhecia muito bem as intrincadas orações proferidas por aqueles velhos mestres tagarelas. Mas enquanto eles pegavam uma forquilha e se punham a andar para cima e para baixo no terreno, recitando orações e murmurando encantamentos, mestre Mahmut descartava aquelas excentricidades. Ainda assim, ele tinha consciência de ser um dos últimos praticantes daquela arte milenar. Por isso, começou seu trabalho com humildade. "Você deve procurar terra escura e úmida", ele me disse. "Deve procurar nas áreas mais baixas, nas áreas pedregosas e cheias de cascalhos, nos trechos ondulados, sombreados, para tentar sentir a água embaixo." Ele estava ansioso por me ensinar como a coisa funcionava. "Onde você encontrar árvores e vegetação, a terra será escura e úmida, entendeu? Mas olhe com muita atenção e não se deixe enganar."

A terra era composta de várias camadas, assim como a esfera

celeste, que tinha sete. (Algumas noites, eu olhava para as estrelas e sentia o mundo escuro sob nós.) Dois metros de boa terra escura poderiam encobrir uma camada barrenta, impermeável e ressequida de terra imprestável ou areia. Ao andar pelo terreno para descobrir onde cavar para achar água, os velhos mestres tinham de decifrar a linguagem do solo, da relva, dos insetos e dos pássaros, e detectar os sinais de pedra ou argila sob seus pés.

Esses talentos especiais levaram alguns antigos cavadores de poços a se convencerem de que, como os xamãs da Ásia Central, também eles tinham poderes sobrenaturais e o dom da percepção extrassensorial, que lhes permitiam comunicar-se com deuses e gênios subterrâneos. Eu me lembro de, quando criança, ouvir meu pai rir dessas histórias, mas os que tinham a esperança de encontrar meios baratos de achar água queriam acreditar nelas. Eu me lembro dos moradores das zonas mais pobres de Beşiktaş recorrerem a esse tipo de prática divinatória quando resolviam cavar um poço em seus quintais. Eu mesmo tinha visto cavadores de poços — agachados entre plantas rasteiras e galinhas que esgaravatavam aqueles quintais — pondo-se a escutar o solo, e então velhos e senhoras de meia-idade tratando-os com a mesma reverência reservada aos médicos que encostavam o ouvido no peito de seus bebês enfermos.

"Se Deus quiser, resolvemos isso em duas semanas, no máximo. Vou descobrir água a dez ou doze metros de profundidade", disse mestre Mahmut no primeiro dia.

Ele podia falar comigo mais francamente que com Ali, que era empregado do proprietário. Gostei de ouvir aquilo e cheguei a sentir como se aquele poço fosse um projeto conjunto.

Na manhã seguinte, mestre Mahmut escolheu o lugar onde iria cavar. Ficava bem distante do local previsto nos planos do proprietário. Era um lugar completamente diferente, em outra parte do terreno.

Por causa das suas atividades políticas, meu pai guardava segredos, nunca me falava das coisas importantes que fazia, não deixava que eu participasse delas nem pedia minha opinião. Mas mestre Mahmut se comprazia em me dar detalhes sobre os desafios daquele terreno e partilhava comigo seu raciocínio quando tentava descobrir onde devia cavar. Isso me dava imensa satisfação e fez com que me aproximasse dele. Ainda assim, quando chegou o momento da decisão, ele ficou novamente introspectivo e acabou escolhendo o lugar sem me consultar e sem me dar maiores explicações. Foi então que me dei conta de sua influência sobre mim e, ainda que eu gostasse da afeição e intimidade que ele me concedia (e que nunca tivera da parte de meu pai), comecei a me ressentir dele.

Mestre Mahmut rompeu a superfície da terra no lugar escolhido. Mas por quê, afinal de contas, depois de todas aquelas andanças e ponderações, ele escolhera especificamente aquele lugar? No que ele diferia de qualquer outro? Se continuássemos a cavar com a picareta, seria certo que finalmente encontraríamos água? Eu tinha vontade de lhe fazer todas essas perguntas, mas sabia que não podia. Eu era uma criança; ele não era meu amigo nem meu pai, mas meu patrão. Só eu enxergava nele um pai.

Ele pegou um pedaço de corda, amarrou uma pá em uma ponta e um prego afiado na outra. Ele nos disse que a corda tinha um metro de comprimento. Uma parede de pedra não funcionaria lá embaixo; seria preciso revestir o poço com concreto. A parede de concreto teria de ter entre vinte e vinte e cinco centímetros de espessura. Mantendo a corda esticada, Mahmut traçou na terra um círculo de dois metros de diâmetro com o prego, segurando a pá no centro. Ali e eu aprofundamos o risco, e o círculo apareceu.

"O círculo de um poço deve ser traçado com muita precisão", disse mestre Mahmut. "Qualquer erro, qualquer trecho reto na curva, a coisa toda desmorona!"

Foi a primeira vez que ouvi falar na terrível possibilidade de um poço desmoronar. Começamos a trabalhar dentro do círculo. Com uma picareta, eu ajudava mestre Mahmut a cavar e, quando não estava cavando, carregava a terra até o carrinho de mão de Ali. Mas nós dois juntos mal conseguíamos acompanhar o ritmo de mestre Mahmut. "Se você não encher tanto o carrinho, consigo descarregar e voltar mais rápido", disse Ali, tentando recuperar o fôlego. Logo nós dois nos cansamos e diminuímos o ritmo do trabalho, mas a picareta de mestre Mahmut trabalhava sem parar, e em pouco tempo os fragmentos de pedra que ele arrancava da terra começaram a se acumular ao lado do poço. Toda vez que a pilha ficava muito alta, ele largava as ferramentas e fumava um cigarro debaixo de uma oliveira, esperando que fizéssemos a remoção. Já no primeiro dia, depois de algumas horas, meu colega aprendiz e eu concluímos que o melhor a fazer era tentar acompanhar o ritmo de mestre Mahmut e seguir suas instruções rapidamente e sem questionar.

Cavar o dia inteiro sob o sol escaldante me deixava exausto. Eu caía na cama depois do pôr do sol, sem forças sequer para tomar uma tigela de sopa de lentilhas. Manejar a picareta deixava minhas mãos cheias de bolhas e a nuca queimada de sol.

"Você vai se acostumar com isso, pequeno gentleman, vai se acostumar", dizia mestre Mahmut, com os olhos vidrados na pequena televisão, que ele lutava para sintonizar.

Ele podia estar tirando sarro de mim por ser delicado demais para o trabalho braçal, mas eu gostava de ouvi-lo me chamar de "pequeno gentleman". Essas duas palavras indicavam que mestre Mahmut sabia que minha família era gente instruída da cidade, e por isso ele me trataria como um filho, me poupando das tarefas mais pesadas. Aquelas palavras me fizeram sentir que ele cuidaria de mim e que se preocupava com a minha vida.

5.

O povoado ficava a quinze minutos a pé de nosso poço. Era a cidadezinha de Öngören, com seis mil e duzentos habitantes, de acordo as letras brancas inscritas na imensa placa azul na entrada da cidade. Depois de dois dias de trabalho incessante, em que cavamos dois metros, fizemos uma pausa na segunda tarde e fomos a Öngören para comprar mais provisões.

Ali nos levou primeiro à carpintaria da cidade. Como já tínhamos cavado dois metros e não podíamos mais tirar a terra com a pá, manualmente, tivemos de construir um sarilho, como faziam todos os cavadores de poços. Mestre Mahmut tinha trazido um pouco de madeira na picape do proprietário do terreno, mas não era suficiente. Quando ele explicou quem éramos e o que estávamos fazendo, o curioso carpinteiro disse: "Oh, aquele terreno lá em cima!".

Nos dias que se seguiram, sempre que íamos à cidade, partindo daquele "terreno lá em cima", mestre Mahmut fazia questão de dar uma passada na carpintaria; na mercearia, que vendia cigarros; na tabacaria, cujo dono usava óculos; na loja de ferragens, que ficava aberta até tarde. Depois de cavar o dia inteiro, eu gostava de ir a Öngören com mestre Mahmut para passear à tardinha ao seu lado, ou sentar à sombra de ciprestes e de pinheiros num banquinho à mesa de um café, à varanda de alguma loja ou na estação de trem.

Pena que Öngören estivesse infestada de soldados. Um batalhão de infantaria estacionara lá durante a Segunda Guerra Mundial, para defender Istambul dos ataques dos alemães, através dos Bálcãs, e dos ataques russos, através da Bulgária. Esse objetivo, assim como o próprio batalhão, logo foi esquecido. Mas quarenta anos depois a unidade ainda era a maior fonte de renda da cidade, e também sua desgraça.

A maioria das lojas da cidade vendia cartões-postais, meias, fichas de telefone e cerveja para os soldados, mediante pagamento com vales. O trecho conhecido pelos moradores como travessa da Alimentação, cheio de restaurantes e lojas de kebab, atendia também a clientela militar. À sua volta, havia confeitarias e cafés que ficavam abarrotados de soldados durante o dia, principalmente nos fins de semana. À noite, porém, quando esses estabelecimentos se esvaziavam, emergia um lado de Öngören completamente diferente. Os gendarmes, que patrulhavam a área com fervor, tinham de apaziguar soldados da infantaria embriagados e apartar brigas de socos entre civis, além de restabelecer a ordem perturbada por homens exaltados ou pelas danceterias, quando se tornavam barulhentas demais.

Trinta anos antes, quando a guarnição era ainda maior, abriram-se alguns hotéis para acomodar famílias de militares e outros visitantes. Com o passar do tempo, porém, os transportes entre Istambul e a cidade melhoraram, e agora os hotéis ficavam quase sempre sem hóspedes. Mostrando-nos a cidade no primeiro dia, Ali explicou que alguns deles tinham sido transformados em bordéis meio clandestinos. Tudo isso se encontrava na praça da Estação. Logo passamos a gostar dessa praça, que exibia uma pequena estátua de Atatürk; a Confeitaria Estrela, com seu próspero comércio de sorvetes; uma agência dos correios; e o Café Rumeliano — todo esse cenário era banhado pelo brilho laranja--dourado dos postes.

Na rua que levava à estação havia uma garagem para veículos usados na construção civil, onde, Ali nos disse, seu pai trabalhava como vigia noturno para um parente de Hayri Bey. No final daquela tarde, Ali nos levou também a um ferreiro. Mestre Mahmut usava o dinheiro que Hayri Bey lhe havia adiantado para comprar madeira e braçadeiras de metal para fixar, umas às outras, as diversas peças do sarilho. Ele comprou também quatro sacos de cimento, grampos, pregos e um pouco mais de corda. Esta ele não usaria para descer dentro do poço. A corda muito mais resistente estava em nosso acampamento, enrolada no cilindro do sarilho que havíamos trazido de Gebze.

Pusemos todas as nossas compras numa carroça puxada por um cavalo, que alguém na oficina do ferreiro chamou para nós. Enquanto ouvia a enorme barulheira das rodas de metal da carroça nas lajes do calçamento, me pus a refletir que aqueles dias estavam contados e que logo eu estaria novamente com minha mãe em Gebze e, não muito depois, em Istambul. Andando junto da carroça, às vezes eu me pegava ao lado do cavalo, olhando seus olhos escuros e cansados e imaginando que ele devia ser muito velho.

Quando chegamos à praça da Estação, uma porta se abriu. Uma mulher de meia-idade, vestindo jeans, saiu para a rua. Ela olhou por cima do ombro e gritou asperamente: "Depressa com isso!".

Quando o cavalo e eu chegamos à altura da porta aberta, saíram de lá mais duas pessoas: primeiro, um homem, talvez cinco ou seis anos mais velho que eu, depois uma mulher alta e ruiva, que bem podia ser sua irmã mais velha. Havia alguma coisa estranha, e muito fascinante, naquela mulher. Talvez a mulher de jeans fosse a mãe da Mulher Ruiva e do seu irmão mais novo. "Eu vou buscar", gritou a encantadora Mulher Ruiva para a mãe, antes de desaparecer novamente dentro da casa.

Mas no exato momento em que passava pela porta, olhou de relance para mim e para o velho cavalo que vinha logo atrás. Um sorriso melancólico aflorou em seus lábios finamente desenhados, como se ela tivesse visto alguma coisa estranha em mim ou no cavalo. Era alta, e seu sorriso era de uma doçura e suavidade inesperadas.

"Anda logo com isso!", gritou-lhe a mãe enquanto nós quatro — mestre Mahmut, seus dois aprendizes e o cavalo — seguíamos adiante. A mãe lançou um olhar aborrecido à Mulher Ruiva e não nos deu a menor atenção.

Logo que a carroça carregada saiu de Öngören e de seu pavimento de lajes, o barulho das rodas diminuiu. Quando alcançamos nosso platô no alto da colina, senti como se tivéssemos chegado a um mundo totalmente diferente.

As nuvens tinham se dissipado, o sol brilhava, e até nosso terreno quase todo árido parecia cheio de cores. Corvos negros barulhentos saltaram na estrada que serpenteava entre os milharais, abriram as asas e levantaram voo logo que nos viram. Os picos das montanhas arroxeadas no rumo do Mar Negro assumiram um estranho tom de azul, e os raros trechos com árvores, em meio aos pardacentos e amarelados lotes para além das montanhas, pareciam de um verde muito especial. Nosso terreno lá em cima, toda a criação, as casas descoradas ao longe, os choupos tremulantes e os sinuosos trilhos de trem — tudo era belo, e uma parte de mim sabia que eu me sentia assim por ter visto aquela bela Mulher Ruiva na entrada de sua casa.

Eu nem tinha conseguido ver seu rosto direito. Por que ela

estava discutindo com a mãe? Todo o seu porte e postura me chamaram atenção quando vi seus cabelos ruivos brilhando de um jeito particular, banhados pela luz. Por um instante, ela me fitou como se já me conhecesse, como se me perguntasse o que eu estava fazendo ali. No momento em que nossos olhares se encontraram, senti que nós dois estávamos tentando recuperar, talvez até reinterpretar, uma lembrança antiga.

Enquanto caía no sono, contemplei as estrelas e tentei evocar o rosto dela.

6.

Na manhã seguinte, em nosso quarto dia de trabalho, usamos o equipamento trazido de Gebze, a madeira e os outros materiais comprados em Öngören para montar um sarilho. Ele tinha uma manivela em cada uma das duas extremidades de um grande tambor onde a corda estava enrolada, e o eixo se apoiava em dois suportes em forma de X. Havia também uma tábua grossa onde se colocava o balde depois de içado do fundo do poço. Com surpreendente habilidade, mestre Mahmut fez com um lápis um desenho detalhado da máquina, para que pudéssemos ver como devia ser montada.

No fundo do poço, mestre Mahmut ia colocando terra no balde com uma pá, e quando ficava cheio, Ali e eu o puxávamos para cima usando o sarilho. O balde era maior que um balde para água, e muito mais pesado quando totalmente cheio de terra e pedras, de modo que, mesmo trabalhando juntos, os dois tínhamos de fazer um grande esforço para içá-lo. Também era preciso muita força e muita habilidade para apoiar o balde na prancha de madeira e afrouxar a corda o bastante para soltá-lo do gancho.

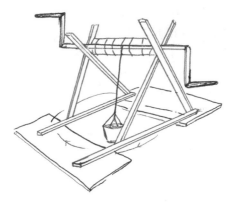

Toda vez que conseguíamos fazer isso sem maiores problemas, Ali e eu nos entreolhávamos como a dizer "missão cumprida", e dávamos um suspiro de alívio.

Então nos apressávamos a tirar um pouco do entulho do balde e jogá-lo no carrinho de mão, até o balde ficar leve o bastante para que pudéssemos levantá-lo direito e derramar o restante diretamente no carrinho. Então eu o fazia descer com todo cuidado ao fundo do poço. Quando ele estava prestes a chegar a mestre Mahmut, eu gritava "Lá vai!", como ele me dissera para fazer. Mestre Mahmut largava a picareta, puxava o balde e, sem desamarrá-lo, enchia-o rapidamente com a terra que cavara nesse meio-tempo. Nos primeiros dias, eu ainda podia ouvi-lo dizer "Uf!" a cada violento golpe da pá e da picareta. Mas à medida que ele descia cada vez mais fundo, a uma média de um metro por dia, os grunhidos que indicavam seus penosos movimentos tornavam-se gradualmente inaudíveis.

Quando o balde estava mais uma vez cheio, mestre Mahmut gritava "Puuuxem!", muitas vezes sem ao menos dar uma olhada para cima. Quando Ali e eu estávamos prontos, começávamos a girar as manivelas do sarilho. Algumas vezes, o preguiçoso do Ali ficava brincando com o carrinho de mão, e como era difícil operar o sarilho sozinho, eu tinha de esperar por ele. Vez por outra, porém, mestre Mahmut diminuía o ritmo de trabalho, e Ali e eu tínhamos um tempinho para descansar, ofegantes, e olhar mestre Mahmut tirar a terra do poço com a pá.

Durante aqueles poucos momentos de ócio, nossas únicas pausas no trabalho incansável, tínhamos chance de conversar um pouco. Mas eu sabia, instintivamente, que de nada adiantava perguntar-lhe sobre as pessoas que eu vira na cidade, muito menos sobre quem era a Mulher Ruiva, com seu sorriso misterioso e melancólico e lábios perfeitos. Será que eu imaginava que ele não sabia quem eram? Ou receava ouvir uma resposta que me partisse o coração?

Ter começado a pensar na Mulher Ruiva com frequência era algo que eu queria muito esconder tanto de mim quanto de Ali. À noite, quando me pus a divagar com um olho nas estrelas e o outro na minúscula televisão de mestre Mahmut, lembrei do modo como ela me sorrira. Se não fosse por aquele sorriso, pensei, pelo olhar que dizia "Eu conheço você" e pela suavidade de sua expressão, talvez eu não pensasse tanto nela.

A cada três dias, por volta do meio-dia, o proprietário do terreno, Hayri Bey, vinha com sua picape e perguntava impaciente se tudo estava correndo de acordo com o planejado. Se estivéssemos almoçando, mestre Mahmut lhe dizia: "Junte-se a nós", e o convidava a partilhar nossa refeição de tomates, pão, queijo fresco, azeitonas, uvas e coca-cola. Quando mestre Mahmut ainda estava dentro do poço, uns três ou quatro metros lá embaixo, Hayri Bey, ladeado por mim e Ali, olhava para dentro e observava seu trabalho em um silêncio respeitoso.

Quando subia, mestre Mahmut caminhava com Hayri Bey até o outro extremo do terreno, onde Ali depositava a terra tirada do poço, e mostrava a ele fragmentos de pedras, girava nas mãos torrões de terra de diversos tons e especulava sobre quão mais funda a água se encontrava. Nós tínhamos começado num ritmo razoável, no solo macio, mas depois de três metros demos com uma camada muito dura, que diminuiu nosso avanço no quarto e no quinto dias. Mestre Mahmut afirmava que, uma vez ultrapassada aquela parte dura, encontraríamos uma camada úmida, ao que o comerciante de tecidos respondia: "Claro, se Deus quiser". Ele prometia novamente que, tão logo achássemos água, mataria e assaria um cordeiro em comemoração, e o mestre e os aprendizes receberiam uma generosa recompensa. Ele chegou até a dizer em que loja de Istambul iria encomendar o baclavá.

Depois que Hayri Bey partia e acabávamos de almoçar, desacelerávamos. Havia uma grande nogueira a um minuto de caminhada do lugar. Eu me deitava à sua sombra e me punha a cochilar enquanto a Mulher Ruiva aparecia em minha mente, cheia de vida, espontânea, dizendo-me com aquele olhar: "Eu conheço você!". Eu ficava eufórico. Às vezes me lembrava dela enquanto mourejava no calor do meio-dia, sentindo-me à beira de um desmaio. Pensar nela me dava forças e me animava.

Quando ficava realmente quente, Ali e eu bebíamos muita água e a jogávamos um no outro para refrescar. A água vinha de enormes galões de plástico trazidos na picape de Hayri Bey. Quando a picape chegava, a cada dois ou três dias, também nos entregava as provisões encomendadas na cidade — tomates, pimentões verdes, margarina, pão, azeitonas. O motorista recebia de mestre Mahmut o pagamento por esses produtos, mas além disso trazia coisas que a esposa de Hayri Bey nos mandava: melões e melancias, chocolates e doces, e às vezes até vasilhas com deliciosas refeições prontas, como pimentões recheados, arroz com molho de tomate e carne cozida.

Mestre Mahmut era muito meticuloso no preparo do jantar. Toda tarde, antes de arrumar-se para pôr concreto no poço, ele me fazia lavar todos os ingredientes de que dispúnhamos —

batatas, berinjelas, lentilhas, tomates, pimentões frescos — e depois ele mesmo os picava cuidadosamente e os punha, com uma porção de manteiga, numa pequena panela que trouxemos de Gebze. Então a colocava no fogareiro a gás, em fogo baixo. Cabia a mim vigiar a panela até o pôr do sol, cuidando para que nada grudasse no fundo.

Nas duas últimas horas de trabalho de cada dia, ele enchia de concreto o molde de madeira que revestia as paredes do poço até a profundidade atingida. Ali e eu misturávamos cimento e areia com água no carrinho de mão e usávamos uma geringonça de madeira parecida com um funil, que mestre Mahmut se gabava de ter inventado, para derramar o concreto diretamente no poço, sem necessidade de outro balde. Quando derramávamos a mistura na superfície inclinada, o mestre orientava a operação lá do fundo do poço: "Um pouco mais para a direita, agora mais devagar!".

Se demorávamos muito para preparar a massa e derramar o concreto no poço, mestre Mahmut gritava lá de baixo que a mistura tinha esfriado. Quando isso acontecia, sentia saudades de meu pai, que nunca levantava a voz e nunca me dava bronca. Mas então eu ficava com raiva, porque era culpa dele o fato de sermos pobres, e de eu ter de trabalhar ali. Mestre Mahmut se preocupava com minha vida muito mais do que meu pai jamais o fizera: ele me contava casos e me ensinava; nunca se esquecia de perguntar se eu estava bem, se estava com fome, se estava cansado. Seria por isso que eu ficava tão bravo de ser repreendido por ele? Porque se meu pai fizesse o mesmo, eu entenderia seus motivos, ficaria devidamente arrependido e esqueceria tudo. Mas por alguma razão as broncas de mestre Mahmut pareciam deixar uma cicatriz, e eu alimentava raiva contra ele, ainda que tivesse demorado para cumprir suas ordens.

No fim do dia, mestre Mahmut entrava no balde e dizia:

"Chega!". Devagar, girávamos as manivelas do sarilho, usando-o como um elevador para tirá-lo do poço. Quando saía, o mestre se deitava à sombra da oliveira próxima, e de repente um silêncio envolvia o mundo; então eu me dava conta de estarmos rodeados pela natureza, de nosso total isolamento, de como estávamos longe de Istambul e suas multidões, e sentia saudades de minha mãe e de meu pai, de nossa vida em Beşiktaş.

Seguindo o exemplo de mestre Mahmut, eu me deitava em algum lugar onde houvesse sombra, assistindo Ali no caminho de casa, que ficava na cidade próxima. Em vez de seguir a estrada de traçado sinuoso, ele pegava atalhos por terrenos baldios, capinzais e urtigas. Não tínhamos conhecido sua casa; em que parte da cidade ficava? Será que ele morava perto de onde tínhamos visto a mulher rabugenta de jeans?

Enquanto meus pensamentos divagavam nessas paragens, eu sentia o agradável aroma do cigarro de mestre Mahmut, ouvindo o zumbido de uma abelha e os soldados da distante guarnição gritando "Sim-senhor! Sim-senhor!" na concentração do final do dia, e pensava comigo mesmo em como era estranho estar ali testemunhando aquele mundo, e quão estranho era estar vivo.

Certo dia, ao checar como ia o jantar, vi que mestre Mahmut tinha caído no sono e, exatamente como eu fazia quando encontrava meu pai dormindo, comecei a observar o jeito dele repousando ali tal qual um objeto inanimado, examinando suas pernas e braços compridos e fazendo de conta que ele era um gigante, e eu, uma criatura minúscula, como Gulliver na terra dos gigantes. As mãos e os dedos de mestre Mahmut eram duros e nodosos, não delicados como os de meu pai. Uma vez que seus braços eram cobertos de cortes, sinais e pelos pretos, só se podia ver a brancura de sua pele sob as mangas curtas da camisa, onde não chegavam os raios do sol. Enquanto ele respirava com aquele seu nariz comprido, eu observava espantado — como fazia quando meu pai estava dormindo — suas narinas se dilatarem e se contraírem. Grãos de terra grudavam-se em sua volumosa cabeleira, que agora eu percebia estar ficando grisalha, e eu via formigas esquisitas e inquietas subindo por seu pescoço.

7.

"Você precisa tomar banho?", mestre Mahmut me perguntava toda tarde à hora do pôr do sol.

Os galões de plástico que a picape trazia a cada dois ou três dias tinham torneiras, mas a água que saía delas era suficiente apenas para lavar as mãos e o rosto. Para tomar um bom banho, precisávamos pôr água num grande tonel de plástico. Quando mestre Mahmut tirava água do tonel com um jarro e derramava na minha cabeça, eu tremia — não porque a água continuasse fria apesar do sol, mas porque mestre Mahmut me via nu.

"Você ainda é uma criança", ele me disse uma vez. Será que ele queria dizer que meus músculos eram pouco desenvolvidos, que eu era um fracote? Ou seria alguma outra coisa? O corpo dele era rijo e forte, e ele tinha pelos no peito e nas costas.

Eu nunca tinha visto meu pai nem nenhum outro homem nu. Quando chegava a minha vez de pegar o jarro e derramar água na cabeça ensaboada de mestre Mahmut, eu evitava olhar para ele. Embora pudesse ver que seus braços, pernas e costas eram cobertos de hematomas e cicatrizes resultantes de seu trabalho de cavador de poços, nunca fiz nenhum comentário sobre isso. Mas quando me ajudava a tomar banho, mestre Mahmut, um pouco por se preocupar comigo, um pouco para me provocar, apertava os dedos grossos e ásperos em qualquer escoriação que visse em meus braços ou em minhas costas; e quando eu sacudia o corpo e gritava "Ai!", ele ria e me dizia delicadamente para "ter mais cuidado da próxima vez".

De forma afetuosa ou em tom de censura, mestre Mahmut me advertia muitas vezes para ter mais cuidado: "Se um aprendiz de cavador de poços não tiver juízo, corre o risco de aleijar seu mestre, e se for descuidado, pode até acabar por matar o mestre". "Lembre-se, então: seus olhos e ouvidos devem estar sempre alertas para o que está acontecendo dentro do poço", ele costumava dizer, explicando que o balde poderia soltar-se do gancho, cair e esmagar o cavador de poços lá embaixo. Em rápidas e breves palavras, ele descrevia a cena de um cavador de poços vítima de um vazamento de gás, e dizia que ele podia passar desta para a melhor nos três minutos que um aprendiz distraído levaria para notar.

Eu gostava quando mestre Mahmut me olhava nos olhos e me contava aquelas histórias terríveis que encerravam um ensinamento. Ouvindo seus vívidos relatos sobre aprendizes descuidados, eu percebia que, em sua mente, o submundo, o mundo dos mortos e as profundezas da terra correspondiam, cada um deles, a partes determinadas e reconhecíveis do céu e do inferno. Segundo ele, quanto mais fundo cavávamos, mais perto chegávamos da esfera de Deus e de Seus anjos — embora a brisa fresca que soprava à meia-noite nos lembrasse que a cúpula azul do céu, com seus milhares de estrelas cintilantes, devia ser encontrada na direção oposta.

No sossego do silêncio do pôr do sol, mestre Mahmut dividia sua atenção entre o progresso do jantar, destampando a panela continuamente, e a imagem da televisão, que exigia constantes ajustes. O aparelho também fora trazido de Gebze e usava a energia da bateria de um carro velho. Quando, na segunda noite, a bateria descarregou, o mestre a pôs na picape e a mandou para Öngören, para ser recarregada. Agora ela estava funcionando, mas isso não dispensava mestre Mahmut da eterna luta para obter um sinal melhor. Quando perdia a paciência, ele me chamava, jogava para mim a antena de metal, que parecia um fio desencapado, e tentava fazer com que eu encontrasse uma posição — "Um pouco mais para a direita, mas não tanto" — em que se pudesse obter uma imagem melhor.

Depois de prolongados esforços, finalmente aparecia uma imagem na tela, mas quando jantávamos assistindo ao noticiário, ela logo passava a mostrar apenas borrões, como uma lembrança distante, indo e voltando a seu bel-prazer, em ondas e tremores. A princípio recomeçávamos a tentar ajustá-la, mas quando isso apenas piorava a situação, desistíamos, contentando-nos com a voz do locutor e os comerciais.

Àquela altura, o sol começava a se pôr. Ouvíamos o canto de estranhos pássaros raros que sumiam durante o dia. Uma lua cheia rosada aparecia antes do anoitecer. Eu ouvia rumores em volta da barraca e latidos de cães ao longe, sentia o cheiro de fogueiras agonizantes e vislumbrava sombras de ciprestes que nem ao menos havia ali.

Meu pai nunca me contava histórias nem contos de fadas. Mas mestre Mahmut contava todas as noites, inspirado pelas imagens desfocadas e apagadas da TV, por alguma dificuldade que tivéramos de enfrentar naquele dia ou por uma lembrança antiga. Era difícil saber quais partes de suas histórias eram verdadeiras e quais eram imaginárias, muito menos onde começavam e onde terminavam. Ainda assim, eu gostava de me deixar levar pelas narrativas e de ouvir as lições que mestre Mahmut tirava delas. Não que eu conseguisse entender *totalmente* o significado daquelas histórias. Certa vez ele me contou que, quando criança, foi raptado por um gigante e levado para um mundo subterrâneo. Mas lá não era escuro: era luminoso. Ele foi levado a um palácio cintilante e convidado a partilhar uma mesa coberta de cascas de nozes e de carapaças de aranhas, cabeças de peixe e ossos. Serviram-lhe os mais deliciosos pratos do mundo, mas quando ouviu o choro de mulheres atrás de si, mestre Mahmut não conseguiu comer nem um pedacinho. As mulheres que choravam no palácio subterrâneo do sultão se pareciam muito com a apresentadora da televisão.

Outra vez ele me contou de duas montanhas — uma de cortiça, outra de mármore — que passaram milhares de anos encarando-se sem o menor sinal de compreensão mútua, e concluiu essa história falando-me de um verso do Corão que recomendava que construíssemos nossas casas em terras altas. Isso porque nesses lugares nunca havia terremotos. Tínhamos sorte de estar cavando um poço num lugar tão alto. Era mais fácil achar água em terrenos altos.

A noite caía enquanto mestre Mahmut contava aquelas histórias, e como não havia mais nada para ver, ficávamos olhando a imagem embaçada na televisão como se ela fosse nítida e pudéssemos de fato saber o que estava acontecendo.

"Olhe, dá pra você ver ali também!", mestre Mahmut às vezes me dizia, apontando uma mancha na tela. "Isso é um sinal."

Entre as imagens fantasmagóricas da tela, às vezes eu também enxergava duas montanhas encarando-se. Antes que eu tivesse tempo de pensar que aquilo talvez não passasse de ilusão, mestre Mahmut mudava de assunto, dando-me algum conselho prático: "Não encha muito o carrinho de mão amanhã". Eu ficava maravilhado de ver como um homem que parecia um verdadeiro engenheiro quando se tratava de despejar cimento no molde, conectar uma televisão a uma bateria de carro e fazer o desenho de um sarilho a ser montado pudesse igualmente falar de mitos e de contos de fadas como se tivessem de fato acontecido.

Quando eu arrumava a cozinha depois do jantar, às vezes mestre Mahmut dizia "Vamos à cidade, precisamos comprar mais pregos" ou "Acabou meu cigarro".

Em alguma das primeiras noites, a lua banhava a estrada de asfalto enquanto andávamos para Öngören, imersos no frio e na escuridão. Eu sentia a presença do céu, tão próximo de nossas cabeças, de modo mais intenso do que sentira em toda a minha vida, e pensava em meu pai e minha mãe, ouvindo as cigarras cantando agradavelmente noite adentro. Quando não havia lua, eu olhava espantado para o céu repleto de dezenas de milhares de estrelas.

Na cidade, quando eu ligava para minha mãe para dizer que tudo estava bem, ela se punha a chorar. Eu tentava consolá-la dizendo que mestre Mahmut me pagara (o que era verdade). Dizia que dentro de quinze dias estaria em casa (embora não tivesse muita certeza disso). No fundo eu sabia que estava feliz em estar ali com mestre Mahmut. Talvez por estar conseguindo ganhar a vida assim, como o homem da casa, agora que meu pai se fora.

Mas, naquelas visitas noturnas a Öngören, eu percebia claramente que a verdadeira causa da minha alegria era a Mulher Ruiva. Eu queria tornar a vê-la depois daquela primeira vez na praça da Estação. Todas as vezes que estávamos na cidade, eu tentava fazer com que tomássemos o caminho daquela casa. Quando já era noite e ainda não tínhamos passado pela praça da Estação, eu inventava uma desculpa para me separar dele e ia até lá sozinho, diminuindo o passo no momento em que passava pela casa em que a vira.

Era um prédio de três andares, sem reboco e castigado pelo tempo. As luzes nos dois andares superiores continuavam acesas mesmo depois do noticiário noturno. As cortinas do andar do meio ficavam sempre fechadas. No andar superior, porém, elas não se fechavam totalmente, e às vezes eu via uma janela aberta.

Eu imaginava que a Mulher Ruiva devia morar no terceiro ou no segundo andar, com seu irmão e os demais membros da família. Se fosse no terceiro, certamente a família tinha mais recursos. Como será que o pai dela ganhava a vida? Eu não o vira. Talvez ele tivesse sumido também, como meu pai.

Enquanto trabalhava de dia, girando devagar a manivela do sarilho para içar os pesados baldes cheios de terra, ou quando cochilava à sombra no intervalo do almoço, eu me pegava pensando nela, e sua imagem ocupava todos os meus devaneios. Sentia-me um pouco envergonhado, mas não por ficar sonhando com uma mulher que eu nem sequer conhecia, enquanto fazia um trabalho que exigia toda a minha atenção, o que me mortificava era minha ingenuidade e a infantilidade daquelas fantasias. Porque eu já ficava imaginando que iríamos nos casar, fazer amor e viver felizes dali por diante em uma casa só nossa. Não conseguia tirar da mente o momento em que a vi na entrada da casa: os gestos ágeis, as mãos pequenas, o porte esbelto, a curva dos lábios, a expressão suave e melancólica — e, acima de tudo, o olhar provocante que cruzou seu rosto quando ela sorriu. Esses sonhos brotavam em minha mente como flores silvestres.

Às vezes eu nos imaginava lendo um livro juntos, antes de finalmente nos beijarmos e fazer amor. Segundo meu pai, a maior felicidade da vida era casar com uma jovem com quem se passaria a juventude lendo livros, na apaixonada busca de um ideal comum. Eu o ouvia dizer isso a minha mãe, mas se referindo à felicidade de outra pessoa.

8.

No caminho de volta à nossa barraca depois daquelas noites na cidade, eu me sentia como se caminhasse no próprio céu. Não havia casas na subida que levava ao nosso platô, por isso tudo ficava escuro feito breu, e me parecia que, a cada passo, ficávamos mais perto das estrelas. Quando elas se tornavam invisíveis por causa dos ciprestes do pequeno cemitério no alto da colina, a noite ficava ainda mais escura. Certa vez, quando uma estrela cadente atravessou uma parte do céu, pudemos vê-la entre as árvores e nos voltamos um para o outro como se disséssemos: "Você viu aquilo?".

Muitas vezes víamos estrelas cadentes quando conversávamos ao lado da barraca. Mestre Mahmut acreditava que cada estrela correspondia a uma vida. Deus todo-poderoso fez as noites de verão estreladas para nos lembrar de quantas pessoas e vidas havia no mundo. Toda vez que via uma estrela cadente, mestre Mahmut ficava triste e rezava como se tivesse assistido à morte de uma pessoa. Vendo que eu não mostrava muito interesse naquilo, ele se ressentia de minha indiferença e imediatamente começava a me contar mais uma história. Será que eu acatava tudo o que o mestre me contava só para que ele não ficasse bravo comigo? Muitos anos depois, quando percebi a tremenda influência que suas histórias tiveram no curso de minha vida, comecei a ler tudo o que conseguia achar sobre as origens desses contos.

A maioria delas vinha do Corão. Uma, por exemplo, era sobre o demônio que levava as pessoas ao pecaminoso caminho da idolatria, persuadindo-as a pintarem retratos para que, olhando-os, pudessem lembrar-se dos mortos. Mas as histórias de mestre Mahmut eram versões modificadas de narrativas familiares, como se ele as tivesse ouvido de um dervixe, ou de uma pessoa qualquer num café, ou até como se ele mesmo as tivesse vivido; e as histórias pareciam ainda mais verdadeiras quando ele inesperadamente se punha nelas.

Certa vez ele me falou que inspecionara um poço de quinhentos anos, remanescente da era bizantina. Todos pensavam que o poço era assombrado por um gênio ou sofria os efeitos de um feitiço ou maldição. Para mostrar que nele havia apenas um vazamento de gás carbônico, mestre Mahmut abriu as páginas de um jornal, que se estenderam como as asas de uma pomba, depois tocou fogo nelas e as jogou dentro do poço. À medida que o papel em chamas descia devagar, as chamas iam se apagando e, quando chegaram ao fundo, tinham sumido "porque lá não havia ar". "Você quer dizer que não havia oxigênio", eu o corrigi. Sem se deixar abalar por minha impertinência infantil, ele seguiu em frente explicando que todos os poços da era bizantina, revestidos de tijolos e pedras lavradas, infestados de lagartixas e escorpiões, usavam argamassa de Khorasan, da mesma forma que os otomanos. E acrescentou que todos os mestres cavadores de poços de Istambul antes de Atatürk e da fundação da república na verdade eram armênios.

Ele recordava apaixonadamente os incontáveis poços que

cavara nos bairros pobres atrás de Sarıyer, Büyükdere e Tarabya, e todos os aprendizes que tivera na década de 1970, quando a economia estava tão acelerada que por vezes ele tinha mais que um poço para cavar ao mesmo tempo. Naquela época, parecia que toda a população anatoliana estava vindo estabelecer-se em Istambul, construindo barracos nos morros que tinham vista para o Bósforo, onde não havia nem água encanada nem energia elétrica. Alguns moradores faziam vaquinhas para contratar mestre Mahmut, que naquela época tinha sua pomposa carroça puxada por um cavalo, pintada com flores e frutos; como um rico empreendedor examinando projetos em sua pasta, ele muitas vezes, num único dia, visitava três bairros diferentes para inspecionar escavações. Em cada lugar, entrava no poço e, uma vez convencido de que o aprendiz tinha pleno domínio dos trabalhos, apressava-se em se dirigir à obra seguinte.

"Se você não confia em seu aprendiz, não pode ser um cavador de poços", ele costumava dizer. "O mestre tem de saber que o aprendiz vai fazer seu trabalho de forma rápida, correta e precisa. Não é possível se concentrar no trabalho lá embaixo quando se está preocupado com o que se passa aqui em cima. Para sobreviver, o cavador de poços deve ser capaz de confiar no aprendiz como confiaria no próprio filho. Agora me responda uma coisa: quem foi *meu* mestre?"

"Quem?", eu perguntava, embora soubesse a resposta.

"Meu pai foi meu mestre", ele respondia em tom professoral, ignorando quantas vezes já me contara aquilo. "Se você quer ser um bom aprendiz, tem de ser como um filho para mim."

Segundo mestre Mahmut, todo mestre tinha o dever de amar, proteger e educar seu aprendiz da forma como um pai o faria — pois o aprendiz terminaria por herdar o ofício do mestre. Em troca, era dever do aprendiz aprender com o mestre, seguir suas instruções e tratá-lo com a devida consideração. Se o relacionamento se tornasse tenso devido a antipatia e rebeldia, ambas as partes sairiam prejudicadas — exatamente como acontece entre pai e filho — e seria preciso abandonar o trabalho no poço. Sabendo que eu era um menino de boa família, mestre Mahmut ficava tranquilo; ele não temia imprudências nem desobediência de minha parte.

Nascido no distrito de Suşehri, próximo da cidade de Sivas, Mahmut mudou-se para Istambul com seus pais aos dez anos de idade e passou o resto da infância numa casa precária que eles construíram em algum lugar além do bairro de Büyükdere. Ele gostava de dizer que sua família era pobre. Seu pai trabalhara muitos anos como jardineiro numa das últimas mansões familiares que restaram em Büyükdere. A certa altura, meio por acaso, começou a trabalhar como aprendiz de um mestre cavador e se tornou capaz de cavar um poço fundo. Ao se dar conta de quão lucrativo o trabalho podia ser, resolveu mudar de profissão, vendeu todo seu gado e tomou o filho Mahmut como aprendiz. Mahmut trabalhou para o pai durante todo o curso secundário, até chegar a época do serviço militar. Quando ele terminou o serviço na década de 1970, cavavam-se poços por toda parte para abastecer pomares e bairros pobres. Logo que o velho senhor faleceu, Mahmut comprou uma carroça puxada por cavalo e assumiu o lugar do pai. Em cerca de vinte anos, cavou mais de cento e cinquenta poços. Agora ele estava com quarenta e três anos, como meu pai, mas não se casara.

Será que ele sabia que meu pai nos deixou sem um tostão? Eu me perguntava isso toda vez que mestre Mahmut falava de sua infância pobre. Às vezes parecia estar zombando de mim por ser obrigado a trabalhar como aprendiz de cavador de poços, tendo começado a vida como um "pequeno gentleman" de uma família que tinha uma farmácia — em outras palavras, por ser uma pessoa distinta.

Certa noite, uma semana depois que começamos a cavar, mestre Mahmut contou-me a história de José e seus irmãos. Ouvi atentamente que o pai deles, Jacó, deu um tratamento privilegiado a José e, com ciúmes, seus irmãos o jogaram num poço escuro. A parte mais memorável foi quando mestre Mahmut me olhou nos olhos e disse: "É verdade que José era bom e muito inteligente, mas um pai não deve dar preferência a um dos filhos". E acrescentou: "Um pai deve ser justo. Um pai que não seja justo cegará o próprio filho".

O que estaria por trás daquela fala sobre cegueira? Como surgira aquele assunto? Era para enfatizar quão escuro era o poço em que José ficou confinado? Eu me perguntei isso inúmeras vezes ao longo dos anos. Por que essa história me perturbou tanto e me fez ficar com tanta raiva de mestre Mahmut?

9.

No dia seguinte, mestre Mahmut deu com uma inesperada camada dura e, pela primeira vez, ficamos desanimados. Era tão dura que ele temia quebrar a picareta, por isso tinha de trabalhar com muito cuidado, o que nos fez diminuir ainda mais o ritmo do trabalho.

Enquanto esperávamos o balde vazio se encher, Ali se deitava na grama para descansar. Mas eu nunca tirava os olhos de mestre Mahmut, que trabalhava lá embaixo para romper a camada. O calor cansava muito, e o sol me queimava o pescoço.

O proprietário Hayri Bey, que veio ao meio-dia, se aborreceu ao saber da camada rochosa. Ficou sob o sol escaldante olhando para o fundo do poço, fumando um cigarro. Antes de voltar para Istambul, nos deixou uma melancia, que comemos no almoço com um pouco de queijo branco e pão fresco.

Naquela tarde, mestre Mahmut não conseguiu cavar o bastante para que se pudesse derramar mais concreto no poço. Por isso, continuou a cavar teimosamente até o pôr do sol. Ele estava cansado e agitado quando lhe servi o jantar depois que Ali foi embora; não trocamos uma palavra.

"Se você tivesse começado a cavar no lugar que mostrei...", Hayri Bey lhe dissera naquele dia. Achei que aquele comentário, questionando a perícia e força de intuição de mestre Mahmut, certamente explicava por que o mestre estava tão desapontado.

"Não vamos à cidade hoje", ele disse quando terminamos de jantar.

Era tarde, ele estava cansado, e eu entendi sua relutância. Mas ainda assim fiquei chateado. No espaço de uma semana, eu chegara a um ponto em que não me conformava em deixar de andar até a praça da Estação toda noite e olhar para as janelas daquele prédio, na esperança de ver a Mulher Ruiva.

"Mas você pode ir", disse mestre Mahmut. "E me compre um maço de cigarros Maltepe. Você não tem medo do escuro, tem?"

O céu acima de nós estava claro e luminoso. Olhei para as estrelas e andei rapidamente rumo às luzes da pequena cidade de Öngören. Antes de chegar ao cemitério, vi duas estrelas cadentes ao mesmo tempo e fiquei emocionado, tomando aquilo como um sinal de que certamente iria vê-la.

Mas quando cheguei à praça da Estação, as luzes do prédio dela estavam apagadas. Fui à tabacaria e comprei os cigarros de mestre Mahmut. Os sons de uma cena de caça vinham do Cinema Sol, do outro lado da rua. Olhei para a tela através de uma fenda na parede, na esperança de ver a Mulher Ruiva e sua família na sala do cinema, mas eles não estavam lá.

Na periferia da cidade, no começo da estrada que levava à guarnição do Exército, havia uma barraca rodeada de cartazes de teatro. Num letreiro da barraca se lia:

TEATRO DE MORALIDADES

Certo verão, quando eu era criança, armaram um teatro daquele tipo numa tenda não muito longe do parque de diversões, no terreno baldio atrás do Palácio Ihlamur. Mas o teatro não teve muito sucesso e logo foi fechado. O de Öngören devia ser o mesmo tipo de negócio temporário, imaginei, enquanto me deixava ficar na rua. Por fim, a multidão do cinema se dispersou, o último programa de televisão se encerrou, as ruas ficaram desertas, mas as janelas que davam para a estação ferroviária continuavam apagadas.

Eu me apressei em voltar, atormentado pela culpa. Meu coração estava acelerado quando subi a colina em direção ao cemitério. Avistei uma coruja olhando para mim em silêncio, empoleirada no cipreste.

Talvez a Mulher Ruiva e sua família tivessem ido embora de Öngören. Ou quem sabe ainda estivessem na cidade; eu tinha me apavorado sem motivo e abreviei a minha busca com medo de mestre Mahmut. Por que eu tinha tanto medo dele?

"Por que demorou tanto? Eu estava preocupado", ele disse.

O mestre tinha tirado uma soneca e estava mais bem-humorado. Ele pegou o maço de cigarros e acendeu um imediatamente.

"Está acontecendo alguma coisa na cidade?"

"Nada de mais", respondi. "Só um teatro ambulante."

"Aqueles degenerados já estavam lá quando chegamos aqui", disse mestre Mahmut. "Só o que fazem é entregar-se a danças lascivas e contar piadas sujas aos soldados. Esses lugares são como bordéis. Mantenha distância deles! Agora, como você acabou de voltar da cidade, onde certamente teve contato com muita gente, por que não conta uma história esta noite, pequeno gentleman?"

Eu não esperava aquilo. Por que ele tornara a me chamar de "pequeno gentleman"? Tentei pensar em alguma história que fosse perturbá-lo. Se mestre Mahmut queria me dobrar com suas histórias, eu devia pelo menos tentar desestabilizá-lo com uma das minhas. Fiquei pensando em coisas como cegueira e teatros. Então me pus a contar a história do rei grego Édipo. Eu nunca tinha lido o original, mas na Livraria Deniz, no último verão, li um resumo e o guardei na memória.

Esse texto, que encontrei numa antologia intitulada *Sonhos e vida*, tinha ficado escondido em algum canto de minha mente ao longo do último ano, como o gênio da lâmpada de Aladim. Agora eu contava a mesma história, não como eu a tinha aprendido — de segunda mão e resumida — mas com toda a intensidade de uma lembrança verdadeira:

Na qualidade de filho de Laio, rei da cidade grega de Tebas, Édipo era herdeiro do trono. Ele era tão importante que, quando ainda estava no útero da mãe, seus pais consultaram um oráculo sobre seu futuro. Mas o oráculo pronunciou uma profecia terrível... A essa altura da narrativa, fiz uma pequena pausa e, exatamente como mestre Mahmut, fixei os olhos nas imagens indistintas que apareciam na tela da TV.

Segundo essa profecia, o príncipe estava fadado a matar o pai, casar-se com a própria mãe e assumir o lugar do pai no trono. Apavorado com essa previsão, Laio mandou que, tão logo nascesse, seu filho fosse levado embora e abandonado na floresta para morrer.

O bebê abandonado foi salvo por uma senhora da corte de um reino vizinho, que o encontrou entre as árvores. Como tudo naquele bebê abandonado indicava que era de origem nobre, mesmo em outro reino ele foi criado como um príncipe pelo casal real, que não tinha filhos. Mas logo que cresceu, Édipo começou a sentir que não pertencia àquele lugar. Perguntando-se por que sentia aquilo, também consultou um oráculo sobre o próprio futuro e ouviu a mesma história terrível: Deus determinara que Édipo mataria o pai e dormiria com a própria mãe. Para escapar àquele destino terrível, Édipo tratou de fugir imediatamente.

Foi parar em Tebas, sem saber que aquela era sua verdadeira terra natal; e quando estava cruzando uma ponte, se meteu numa discussão boba com um velho. Este era seu verdadeiro pai, Laio. (Eu me demorei na narração dessa cena, descrevendo que o pai e o filho não reconheceram um ao outro e começaram a lutar, como numa cena melodramática de um filme turco.)

Eles lutaram de modo feroz até que Édipo venceu, cortando a cabeça do pai com um furioso golpe de espada. "Naturalmente, ele não tinha a menor ideia de que o homem que acabara de matar era seu pai", eu disse, olhando direto para mestre Mahmut.

Ele ouvia de sobrancelhas franzidas e com um olhar perturbado, como se eu lhe estivesse dando más notícias, e não apenas contando uma velha fábula.

Ninguém tinha visto Édipo matar o pai. Ninguém em Tebas acusou-o de assassinato. (Enquanto eu ouvia a mim mesmo, me perguntava como seria sair impune de um crime sério como o de matar o próprio pai.) Na ocasião a cidade enfrentava outros problemas: um monstro com cabeça de mulher, corpo de leão e asas gigantes estava destruindo as colheitas e matando quem lhe passasse por perto e não decifrasse seu enigma. Por isso, quando Édipo decifrou o impossível enigma proposto pela Esfinge, foi saudado como um herói por ter livrado a cidade daquela desgraça e se tornou rei de Tebas. Foi assim que ele terminou por casar-se com a própria mãe, que não sabia que ele era seu filho.

Eu contei esta última parte num sussurro ansioso, como se para garantir que ninguém mais estivesse ouvindo. "Édipo se casou com a mãe", eu repeti. "Eles tiveram quatro filhos. Eu li essa história num livro", acrescentei, para que mestre Mahmut não imaginasse que eu tinha sonhado aqueles horrores por conta própria.

"Anos depois, uma praga se abateu sobre a cidade onde Édipo vivia feliz com a esposa e os filhos", continuei, olhando a brasa na ponta do cigarro de mestre Mahmut. "A praga dizimava a cidade, e seus cidadãos aterrorizados mandaram um mensageiro aos deuses, desesperados para saber o que eles desejavam. 'Se vocês querem livrar-se da praga', disseram os deuses, 'devem descobrir e banir o assassino do falecido rei. Quando isso for feito, a praga terá fim!'."

Como ignorava que o velho com quem lutara e a quem matara na ponte era seu pai, o rei de Tebas, Édipo imediatamente ordenou que se encontrasse o assassino. Na verdade, ele próprio esforçou-se ao máximo para descobrir quem era. Quanto mais investigava, mais próximo chegava da verdade de que matara o próprio pai. Ainda pior era a descoberta de ter se casado com sua mãe.

A essa altura da história, parei. Sempre que contava histórias de fundo religioso, mestre Mahmut calava-se no momento mais importante, e eu sentia uma vaga advertência em sua atitude: poderia ter acontecido com você. Eu estava tentando fazer o mesmo agora, embora nem ao menos soubesse qual era a moral da minha história. Então, quando cheguei ao fim do relato, quase senti pena de Édipo, e o tom de minha voz soou compassivo:

"Quando se deu conta de que havia dormido com a própria mãe, Édipo furou os próprios olhos", eu disse. "Assim, ele deixou a própria cidade e foi em busca de outras terras."

"Então, afinal de contas, a vontade de Deus se cumpriu", disse mestre Mahmut. "Ninguém escapa ao próprio destino."

Fiquei surpreso com o fato de mestre Mahmut ter tirado dessa história uma moral sobre destino.

"Isso mesmo, e tão logo Édipo puniu a si mesmo, a praga desapareceu e a cidade foi salva."

"Por que você me contou essa história?"

"Não sei", respondi, sentindo-me culpado.

"Não gosto de sua história, pequeno gentleman", disse mestre Mahmut. "Em que livro você a leu?"

"Foi num livro sobre sonhos."

Tive certeza de que mestre Mahmut nunca mais me diria: "Por que você não conta uma história esta noite?".

10.

Em nossas noites na cidade, mestre Mahmut e eu sempre fazíamos as coisas em uma determinada ordem. Primeiro comprávamos os cigarros dele na tabacaria cujo dono usava óculos ou na mercearia cuja TV estava sempre ligada. Então íamos à loja de ferragens, que ficava aberta até tarde, ou ao carpinteiro da cidade de Samsun. Mestre Mahmut fizera amizade com ele, e às vezes sentava-se para fumar um cigarro na cadeira em frente à loja. Eu aproveitava a ocasião para dar um pulinho na praça da Estação. Quando a carpintaria estava fechada, mestre Mahmut dizia: "Vamos, vou te arrumar uma xícara de chá", e então sentávamos a uma das mesas vazias em frente às portas duplas do Café Rumeliano, na rua que dava acesso à praça da Estação. Dali se podia ver a praça, mas não o prédio onde morava a Mulher Ruiva. De vez em quando eu arranjava uma desculpa para me levantar e andar até um ponto de onde podia ver as janelas do prédio e, quando via as luzes apagadas, voltava à mesa do café.

Naquela meia hora que passávamos tomando chá na varanda do Café Rumeliano, mestre Mahmut sempre me dava um pequeno informe sobre quanto tínhamos cavado e avançado naquele dia. "Aquela rocha é muito dura, mas não se preocupe, nós vamos dar conta dela", disse ele na primeira noite. "Um aprendiz deve confiar em seu mestre!", disse ele na segunda noite, quando viu que eu estava ficando impaciente. "Seria muito mais fácil se pudéssemos usar dinamite, como usávamos antes do golpe militar", disse ele na terceira noite. "Mas o Exército proibiu."

Certa noite, agindo como um pai amoroso, ele me levou ao Cinema Sol; assistimos ao filme na parte térrea do salão, junto com todas as crianças. Quando voltamos à nossa barraca, ele disse: "Ligue para sua mãe amanhã e diga a ela para não se preocupar, dentro de uma semana vou descobrir água".

Mas a rocha não se deixava romper.

Um dia em que mestre Mahmut não me acompanhou à cidade, fui ao pavilhão do teatro para ler os cartazes e os banners expostos na entrada: A VINGANÇA DO POETA, ROSTAM E SOHRAB, FARHAD, O ROMPE-MONTANHAS. AVENTURAS NUNCA VISTAS NA TV. Fiquei mais curioso sobre as coisas que não tinham passado na televisão.

Os ingressos custavam mais ou menos um quinto das diárias que mestre Mahmut me pagava; não havia nenhuma indicação de que crianças e estudantes pagavam menos. O maior cartaz anunciava descontos especiais para soldados, aos sábados e domingos, à uma e meia e às três da tarde.

Eu sabia que queria ir ao Teatro de Moralidades exatamente porque mestre Mahmut o criticara. Sempre que eu ia a Öngören, com ele ou sozinho, fazia questão de passar por lá, inventando qualquer desculpa para dar uma olhada no pavilhão, que era de um amarelo berrante.

Certa noite, enquanto mestre Mahmut tomava seu chá, andei até a praça da Estação para dar mais uma olhada nas janelas, que pareciam estar sempre apagadas. Mais tarde, quando caminhava de um lado para outro em uma travessa para passar o tempo, vi o jovem que pensei ser irmão da Mulher Ruiva saindo do Restaurante Libertação e comecei a segui-lo.

Quando ele chegou à praça da Estação e entrou no prédio cujas janelas eu sempre olhava, meu coração disparou. Em que andar as luzes se acenderiam? Estaria a Mulher Ruiva lá? Quando as luzes do andar superior se acenderam, minha agitação se tornou insuportável. Mas naquele exato momento o irmão mais novo da Mulher Ruiva saiu do prédio e começou a andar até mim. Isso me deixou envergonhado; ele não podia acender as lâmpadas lá em cima ao mesmo tempo que saía pela porta.

Ele vinha direto em minha direção. Talvez tivesse percebido que eu o estava seguindo ou mesmo que estivesse obcecado por sua irmã. Em pânico, me precipitei para dentro do prédio da estação e sentei num banco no canto. Lá dentro estava frio e silencioso.

Mas em vez de se dirigir à estação ferroviária, o irmão da Mulher Ruiva pegou a rua onde ficava o Café Rumeliano. Se eu o seguisse agora, mestre Mahmut, que ainda tomava seu chá, me veria, por isso apressei-me em entrar numa rua paralela e fiquei esperando sob um plátano. Quando, perdido em seus pensamentos, o irmão da Mulher Ruiva passou por mim, continuei a segui-lo. Passamos pela rua da carpintaria, atrás do Cinema Sol, e pela carroça do ferreiro. Vi a mercearia que ficava aberta até tarde, as vidraças da barbearia e a agência dos correios de onde eu ligava para minha mãe, e me ocorreu que, em duas semanas vagando por Öngören, já andara por todas as ruas da cidade.

Ao ver o irmão da Mulher Ruiva entrar no pavilhão amarelo vivo do teatro, que ficava na saída da cidade, corri de volta para onde estava mestre Mahmut.

"Por que demorou tanto?"

"Eu queria telefonar para minha mãe."

"Quer dizer que está com saudades dela?"

"Estou sim."

"O que é que ela falou? Você não lhe disse que vamos encontrar água quando dermos um jeito naquela rocha e que voltará para casa em uma semana, no máximo?"

"Disse."

Eu telefonava para minha mãe, a cobrar, da agência dos correios, que ficava aberta até as nove horas da noite. A jovem da mesa de ligações perguntava o nome de minha mãe e então falava ao telefone: "Sra. Asuman Çelik? Cem Çelik está ligando de Öngören a cobrar, a senhora aceita a ligação?".

"Aceito", minha mãe confirmava, ansiosa.

Por causa da presença da jovem da mesa de ligações e da tarifa, não podíamos falar de modo muito natural. Entabulávamos a conversa banal de sempre e logo nos calávamos.

A mesma distância tensa que se insinuou em minhas relações com minha mãe também se estabeleceu entre mim e mestre Mahmut durante o caminho de volta naquela noite. Nós olhávamos as estrelas e subíamos nossa colina sem dizer nada. Era como se tivesse havido um crime, e todas as incontáveis estrelas e grilos à nossa volta o tivessem testemunhado. Abaixamos a vista e nos mantivemos em silêncio. O cemitério nos saudava por entre os ciprestes negros.

Mestre Mahmut acendeu um último cigarro antes de recolher-se à barraca para dormir. "Lembra-se da fábula que você contou ontem à noite sobre o príncipe?", disse ele à guisa de introdução. "Hoje fiquei pensando sobre ela. Sei uma história como aquela, sobre o destino."

Mesmo não tendo percebido, de início, que ele estava falando do mito de Édipo, respondi imediatamente: "Você pode me contar, mestre Mahmut, por favor?".

"Há muito tempo, havia um príncipe igual ao seu", começou ele.

O príncipe era o filho primogênito e favorito do rei. O rei amava muito o filho, fazia-lhe todas as vontades e promovia banquetes e festas em sua homenagem. Um dia, durante uma dessas festas, o príncipe viu um homem de barba preta e semblante sombrio ao lado de seu pai e percebeu que se tratava de Azrael, o anjo da morte. Os olhares do príncipe e de Azrael se cruzaram, e eles se fitaram surpresos. Depois da festa, o príncipe, aflito, disse ao pai que Azrael estava entre os convidados e que com certeza estava atrás dele: o príncipe percebera isso no semblante do anjo.

O rei ficou com medo: "Vá direto para a Pérsia, não conte nada a ninguém, mas esconda-se no palácio de Tabriz", ele disse ao filho. "O xá de Tabriz é nosso amigo; ele não vai deixar ninguém pegar você."

Então o príncipe foi enviado à Pérsia imediatamente. Depois disso, o rei deu outra festa e convidou o sombrio Azrael, como se nada tivesse acontecido.

"Meu rei, vejo que seu filho não está aqui esta noite", disse Azrael, mostrando-se preocupado.

"Meu filho está na flor da juventude", disse o rei. "Ele vai ter uma vida longa, se Deus quiser. Por que você pergunta por ele?"

"Três dias atrás, Deus me mandou ao palácio do xá de Tabriz, na Pérsia, para pegar seu filho, o príncipe!", disse Azrael. "Foi por isso que fiquei muito surpreso e feliz ao vê-lo ontem aqui em Istambul. Seu filho viu o modo como olhei para ele, e acho que entendeu o que significava."

Azrael deixou o palácio imediatamente.

11.

No dia seguinte, ao meio-dia, com o sol de julho queimando nossas nucas, a rocha contra a qual mestre Mahmut lutara com afinco terminou por se romper, a dez metros de profundidade. Ficamos em êxtase, até que percebemos que as coisas não iam necessariamente avançar com mais rapidez; Ali e eu demorávamos demais para içar os pesados fragmentos. À tarde, mestre Mahmut finalmente pediu que o puxássemos para a superfície. "Iremos mais depressa se eu manejar o sarilho e um de vocês for lá para baixo", ele disse. "Bom, quem vai descer?"

Nem eu nem Ali nos manifestamos.

"Você desce, Ali", disse mestre Mahmut.

Fiquei comovido com o fato de mestre Mahmut estar me poupando. Quando Ali apoiou um pé no balde, mestre Mahmut e eu, que agora manejávamos o sarilho, o descemos devagar. Eu fiquei preocupado de fazer com que minhas palavras e gestos expressassem o quanto me sentia grato. Na ânsia de agradar mestre Mahmut, eu não conseguia me sentir satisfeito. Mas ao mesmo tempo sabia que, se fizesse o que ele mandava, encontraríamos água mais depressa, e isso facilitaria minha vida. A um sinal de Ali, girávamos as manivelas do sarilho em silêncio, ouvindo os sons à nossa volta.

O canto incessante dos grilos parecia vir de uma direção, e sob essa cantilena se ouvia um som semelhante ao de um baixo, o zumbido indistinto de Istambul, a trinta quilômetros. Eu não tinha notado tal barulho logo que cheguei, pois era abafado por outros sons: o canto dos corvos, o pipilo das andorinhas e de inúmeros outros pássaros que eu não conhecia, guinchando tristemente; o ronco do interminável trem de carga saindo da cidade rumo à Europa; soldados cantando com enfado sua canção de marcha, "Oh, as campinas, as campinas", e correndo a toda velocidade, sob o calor intenso.

Vez por outra nossos olhares se cruzavam. O que será que mestre Mahmut pensava de mim? Ainda mais do que antes, eu ansiava para que ele cuidasse de mim e me protegesse. Mas toda vez que nossos olhares se encontravam, eu desviava.

Às vezes ele dizia: "Olhe, outro avião", e levantávamos o rosto para o céu. Os aviões decolavam de Yeşilköy e, depois de subirem por cerca de dois minutos, mudavam de rumo em algum ponto acima de nossas cabeças. Do fundo do poço, Ali gritava "Puuuxem!", e nós girávamos devagar as manivelas do sarilho, içando fragmentos de rocha raiados com ferro e níquel, que mestre Mahmut nos ensinara a reconhecer.

Toda vez que o balde chegava no alto, mestre Mahmut recomendava a Ali que não o enchesse tanto da próxima vez, que por enquanto deixasse de lado os fragmentos maiores e que sempre se certificasse de que a carga estava bem presa na corda.

Depois de despejar alguns baldes cheios, cabia a mim esvaziar o carrinho de mão. Logo eu fizera um montinho com aquelas pedras metálicas de textura estranha. Sua cor e densidade eram tão diferentes da terra que extraímos na primeira semana que elas pareciam vir de um mundo totalmente diferente.

Na visita seguinte de Hayri Bey, mestre Mahmut explicou-lhe que, embora estivéssemos ainda emperrados naquela camada dura, ele não pretendia começar a cavar em outro lugar. Era certo haver água ali.

Hayri Bey pagava mestre Mahmut por metro cavado. Haveria também a boa recompensa logo que se encontrasse água, além dos presentes e gorjetas de praxe. Esse trato tinha sido travado ao longo de centenas de anos de relações entre cavadores de poços e proprietários. O cavador fazia bem em escolher seu lugar com todo cuidado, porque se escolhesse de forma aleatória ou a seu bel-prazer, só colocaria em risco a soma maior que lhe seria devida. Caso um proprietário insistisse de forma autoritária, "Cave aqui", escolhendo um trecho do terreno em que não houvesse a menor possibilidade de se encontrar água, o cavador ainda esperava receber por metro cavado. Mas um mestre poderia elevar essa taxa se fosse obrigado a trabalhar num lugar que ia contra seu próprio julgamento. Ou pelo menos insistir numa escala móvel, aumentando o preço além da marca dos dez metros.

Como o cavador e o proprietário tinham o interesse comum de encontrar água, não era raro decidirem conjuntamente abandonar determinada escavação e recomeçar em outro lugar. Um proprietário podia ficar obcecado por um lugar difícil, onde a possibilidade de achar água era mínima (um terreno por demais rochoso, por exemplo, arenoso ou com solo muito seco e pardacento); mas mesmo não estando bem certo quanto a determinado lugar, o cavador tinha o incentivo financeiro para continuar a cavar e agradar o proprietário. Ao atingir uma camada rochosa que reduzisse o avanço do trabalho, ele podia pedir para ser pago por dia, e não por metro cavado. Mas às vezes o proprietário concluía que um lugar já escavado era uma causa perdida. Nesses casos, o cavador, confiando em sua intuição, poderia precisar pedir ao proprietário que lhe concedesse mais alguns dias. Eu percebia que mestre Mahmut estava se aproximando dessa situação.

Quando fui à cidade com mestre Mahmut na noite seguinte, dirigi-me à travessa da Alimentação e ao Restaurante Libertação às oito e quinze, trinta minutos antes do horário em que vira o irmão da Mulher Ruiva sair de lá quatro dias antes. Uma cortina rendada ficava à mostra com parte da janela aberta, e eu não conseguia reconhecer ninguém através dela. Por isso abri a porta do restaurante e deixei meu olhar vagar pelo salão quase vazio. Ainda assim, não vi nenhum rosto familiar em meio aos vapores de *raki*, nem sinal do cabelo ruivo.

O dia seguinte revelou uma camada de terra macia sob a camada dura com a qual vínhamos lutando; mas antes que tivéssemos tempo de retomar o ritmo normal de trabalho, mestre Mahmut se deparou com mais uma camada rochosa. Naquela noite, no Café Rumeliano, estávamos apreensivos e calados. Depois de cerca de uma hora, levantei-me sem dar nenhuma explicação e fui até a praça. Mas como uma fileira de amendoeiras ao longo da calçada bloqueava a visão das janelas daquele lado, fui à travessa ao lado. Dessa vez, olhando através da abertura nas cortinas rendadas do Restaurante Libertação, vi a Mulher Ruiva, seu irmão e sua mãe sentados com um grupo de amigos a uma mesa perto da janela.

Tomado de grande agitação nervosa, e sem me dar conta do que estava fazendo, entrei no restaurante. Eles riam, provocavam uns aos outros e não me viram entrar. A mesa deles estava praticamente tomada de copos de *raki* e garrafas de cerveja. A Mulher Ruiva acompanhava a conversa fumando.

Um garçom veio até mim e perguntou: "Está procurando alguém?".

A essa pergunta, todos à mesa olharam para mim, a imagem

deles refletida no grande espelho na parede ao seu lado. Ela estava com a mesma expressão suave no rosto, embora dessa vez parecesse contente. Ela me observava, e eu também a observava. Talvez ela estivesse zombando de mim. Suas graciosas mãos volteavam acima da mesa.

Deixei a pergunta do garçom sem resposta. "Não é permitida a entrada de soldados aqui depois das seis", ele disse.

"Eu não sou soldado."

"Menores de dezoito anos também não podem entrar. Se você vai se encontrar com alguém, tudo bem, senão, vai ter de sair."

"Pode deixar, nós o conhecemos", disse a Mulher Ruiva ao garçom. Ninguém respondeu nada. Ela estava me olhando como se soubesse tudo sobre mim, como se já me conhecesse há anos. Seu olhar parecia tão terno e afável que eu não cabia em mim de tanta alegria. Retribuí o olhar apaixonadamente. Mas então ela desviou a vista.

Saí sem dizer uma palavra ao garçom e voltei para o Café Rumeliano.

"Por que demorou tanto?", perguntou mestre Mahmut. "Aonde você vai toda noite quando me deixa aqui?"

"Essa nova camada rochosa também está me deixando aborrecido, mestre Mahmut", respondi. "E se não conseguirmos romper?"

"Tenha fé em seu mestre. Faça o que mando e fique tranquilo. Eu vou achar água."

As piadas e os ditados de meu pai sempre me divertiam, me faziam refletir e testavam minha presença de espírito. Ainda assim, nem sempre eu acreditava em tudo o que ele dizia. As palavras de mestre Mahmut, porém, nunca deixavam de me consolar e encorajar. Por algum tempo, eu também acreditei que iríamos encontrar água.

12.

Três dias depois, ainda não tínhamos ido além da nova camada rochosa, e eu tampouco tivera a chance de ver a Mulher Ruiva novamente. Eu ficava revivendo o momento em que ela me defendera contra a tentativa do garçom de me expulsar do Restaurante Libertação, lembrando-me de sua expressão afetuosa, da bela forma de seus lábios quando ela dava aquele seu sorriso provocante. Todos os seus movimentos eram graciosos e irresistivelmente sedutores. Mestre Mahmut e Ali se revezavam dentro do poço, perfurando lenta e penosamente a rocha com a picareta. Avançava-se muito devagar, e o calor era torturante. Mas içar os fragmentos da pedra e pô-los no carrinho de mão não era uma tarefa tão dura para mim. Bastava pensar na meiguice com que a Mulher Ruiva me dirigira o olhar, na forma como dissera me conhecer, que eu carregava as pedras sem queixas, confiante que logo encontraríamos água.

Uma noite em que mestre Mahmut não foi a Öngören, fui ao pavilhão do teatro e entrei na fila para comprar um ingresso. Mas um homem que eu nunca tinha visto, sentado à mesa que servia de bilheteria, disse: "Isso não é para você!", e me mandou embora.

A princípio achei que ele se referia à minha idade. Mas em meio à indiferença geral que reinava nessas pequenas cidades, não era raro permitirem o acesso, mesmo a crianças pequenas, aos piores tipos de estabelecimento, sem que ninguém se importasse. Além disso, eu estava com quase dezessete anos, e todos diziam que parecia mais velho. Talvez o homem quisesse dizer que um pequeno gentleman bem-educado da cidade grande estava acima dos risos baratos e das cenas sórdidas daquele espetáculo. Será que a Mulher Ruiva tinha alguma coisa a ver com aquele tipo de vulgaridade e humor grosseiro oferecidos a simples soldados?

No caminho de volta da cidade, contemplei a quantidade infinita de estrelas e pensei novamente que queria ser escritor. Mestre Mahmut via TV esperando por mim. Ele me perguntou se eu fora mais uma vez ao pavilhão do teatro, e respondi que não. Notei que ele não acreditou em mim. Percebi isso em seu olhar e na forma desdenhosa como torceu os lábios.

Às vezes eu via aquela mesma expressão de desdém quando girávamos as manivelas do sarilho o dia inteiro no calor, e naquelas ocasiões pensava contritamente que devia ter feito alguma coisa errada ou desapontado o mestre sem perceber. Talvez ele achasse que eu não estava fazendo força suficiente para girar a manivela ou não tivera cuidado bastante em prender o balde de forma segura. Quanto mais se prolongava a busca da água, mais eu via em mestre Mahmut aquele olhar acusador, desdenhoso e talvez até um tanto desconfiado. Ele fazia com que eu ficasse com raiva de mim, mas também dele.

Meu pai nunca prestara tanta atenção em mim. Nunca consegui passar um dia inteiro com ele, como fazia com o mestre Mahmut. Mas meu pai nunca me tratou com desprezo. A única vez em que me senti culpado por causa dele foi quando o prenderam. Então, o que me irritava tanto em mestre Mahmut? Por que eu sentia a constante necessidade de me mostrar tão obediente, tão prestativo? Eu tentava arrumar coragem para me fazer essas perguntas enquanto gemíamos nos lados opostos do sarilho, mas nem assim conseguia. Em vez disso, desviava o olhar e engolia minha própria raiva.

Ouvir suas histórias tornou-se a parte mais agradável do tempo que eu passava com ele. Olhando a imagem embaçada da televisão, ele me explicou naquela noite o que sabia das camadas subterrâneas da terra. Algumas eram tão profundas e extensas que um cavador de poços inexperiente podia facilmente imaginar que não tinham fim. Mas a gente tem de perseverar. Essas camadas não eram muito diferentes dos vasos sanguíneos humanos. Da mesma forma que veias humanas levam sangue que fornecem combustível aos nossos corpos, esses veios subterrâneos enormes canalizam o fluido vital da terra em forma de ferro, zinco e calcário. Aninhados entre esses veios, havia correntes, ravinas e lagos subterrâneos de todas as formas e tamanhos.

Muitas das histórias de mestre Mahmut terminavam mostrando que a água podia brotar de um poço quando menos se esperava. Certa vez, cinco anos antes, por exemplo, um homem de Sivas o chamou a um terreno nas cercanias de Sarıyer, perto do Mar Negro, mas ao ver balde após balde de areia saírem do buraco, o homem perdeu a fé em todo aquele esforço e resolveu desistir do poço. Mestre Mahmut explicou que aquela areia podia ser enganosa e que as diferentes camadas da terra às vezes eram intrincadas como os órgãos do corpo. Logo ele encontrou água.

Mestre Mahmut gabava-se de ter sido chamado para trabalhar em antigas mesquitas históricas. "Você não vai encontrar nenhuma mesquita antiga em Istambul que não tenha um poço", disse ele certa vez, com muito orgulho. Ele gostava de apimentar suas histórias com trivialidades: o poço da mesquita de

Yahya Efendi, por exemplo, ficava logo depois da entrada, ao passo que o da mesquita Mahmutpaşa, de trinta e cinco metros de profundidade, situava-se no pátio, no alto de um aclive. Antes de entrar em poços antigos, mestre Mahmut fazia descer uma vela acesa dentro do balde. Se a chama continuasse acesa até o fundo do poço, o mestre sabia que não havia vazamento de gás lá embaixo e que podia entrar em segurança naquele lugar sagrado.

Mestre Mahmut também gostava de enumerar as coisas que o povo de Istambul descartara ou escondera em poços por centenas de anos; em sua época, ele descobriu inúmeras espadas, colheres, garrafas, tampas de garrafa, lâmpadas, bombas, rifles, pistolas, bonecas, caveiras, pentes, ferraduras e uma infinidade inimaginável de coisas. Descobriu até raras moedas de prata. Com certeza algumas dessas coisas foram jogadas em poços secos para ficarem guardadas, mas então foram sendo esquecidas com o passar dos anos e dos séculos. Aquilo não era estranho? Se alguém tem estima por alguma coisa, uma coisa valiosa, mas a atira no fundo de um poço e a esquece — que sentido pode ter?

13.

Numa daquelas tardes sufocantes de julho, Hayri Bey veio com sua picape e, achando a situação desesperadora, fez um anúncio que nos deixou arrasados: se não houvesse nenhum progresso dentro de três dias, ele desistiria do poço e suspenderia o trabalho. Mestre Mahmut poderia continuar cavando se quisesse, mas Hayri Bey deixaria de pagar nossas diárias. Agora, se mestre Mahmut persistisse e terminasse por encontrar água, Hayri Bey, é claro, iria recompensá-lo devidamente e reconhecer-lhe o mérito, por ter tornado possível a construção de um complexo industrial. Por enquanto, porém, ele não suportava ver um habilidoso, industrioso e confiável cavador de poços como mestre Mahmut desperdiçar suas energias e seu talento numa área nada promissora daquela terra intratável.

"Você tem razão, não vamos encontrar água aqui em três dias. Vamos encontrar em dois" disse mestre Mahmut, imperturbável. "Não se preocupe, patrão."

Hayri Bey partiu na picape em meio ao canto das cigarras, e ficamos calados por um bom tempo. Depois dos apitos estridentes do trem do meio-dia e meia para Istambul, deitei-me à sombra da nogueira, mas não consegui dormir. Nem mesmo pensar na Mulher Ruiva e no teatro me serviu de consolo.

A quinhentos metros da nogueira, para além dos limites do terreno do patrão, havia uma casamata de concreto da Segunda Guerra Mundial. Certa vez fomos vê-la, e mestre Mahmut achou que ela devia ser parte de um torreão fortificado com metralhadoras para defesa de investidas de infantaria. Com uma curiosidade infantil, tentei avançar por entre as urtigas e sarças que barravam a entrada, mas quando vi que não conseguia passar por elas, deitei-me na grama para pensar. Se não encontrássemos água em três dias, eu não ganharia minha gratificação. Mas calculei que já tinha economizado mais do que o necessário. Assim sendo, se não aparecesse água no prazo estipulado, o melhor a fazer era esquecer a recompensa e voltar para casa.

Naquela noite, enquanto desfrutávamos de uma brisa suave sentados no Café Rumeliano em Öngören, mestre Mahmut perguntou: "Há quanto tempo começamos a cavar?". Ele gostava de me perguntar aquilo todos os dias, embora soubesse muito bem a resposta.

"Vinte e quatro dias", respondi com cuidado.

"Incluindo hoje?"

"Isso, já terminamos por hoje, por isso contei também."

"Nós construímos treze metros de parede lá, catorze no máximo", disse mestre Mahmut, e olhou para mim por um instante, como se eu fosse a causa de todos os seus dissabores.

Comecei a perceber aquele olhar com mais frequência quando manejávamos o sarilho juntos. Eu tinha certo sentimento de culpa, mas também o desejo de me rebelar e cair fora, e esse sentimento de revolta me assustava.

Antes que me desse conta do que se passava comigo, meu coração disparou. Fiquei absolutamente parado, como se me tivesse transformado numa pedra. Lá estavam a Mulher Ruiva e sua família atravessando a praça.

Se eu começasse a segui-los naquele momento, mestre Mahmut perceberia minha obsessão. Mas minhas pernas se puseram em ação antes que eu tivesse tempo de raciocinar. Levantei da mesa sem uma palavra de explicação. Tendo o cuidado de não perdê-los de vista, contornei a praça para que mestre Mahmut pensasse que eu ia telefonar para minha mãe na agência dos correios.

Ela era mais alta do que eu me lembrava. Por que eu os seguia? Eu nem sequer conhecia aquelas pessoas, mas me parecia conveniente fazer aquilo. Ansiava para que a Mulher Ruiva me olhasse mais uma vez com aquela expressão terna de reconhecimento. Era como se o olhar amável e um tanto provocante daquela mulher me tivesse revelado quão maravilhoso o mundo pode ser. Apesar disso, uma parte de mim não podia deixar de sentir que todos aqueles pensamentos não passavam de fantasia.

Naquele instante, pensei: *eu sou mais eu mesmo quando ninguém está olhando*. Eu acabara de descobrir aquela verdade. Quando ninguém está nos observando, o outro eu, que mantemos escondido dentro de nós, pode sair e agir como bem entende. Mas quando se tem um pai perto o bastante para ficar observando, esse segundo eu continua escondido.

Havia um homem do lado da Mulher Ruiva que bem podia ser pai dela. Ele andava na frente do irmão e da mãe. Ao seguir o grupo, aproximei-me o bastante para perceber que estavam conversando, mas não consegui entender o que diziam.

Quando chegamos ao Cinema Sol, eles pararam junto à fenda da parede onde os transeuntes normalmente paravam para dar uma olhada no filme. Havia uma fenda menor a uns cinco ou seis passos deles, mais perto da tela, onde não havia ninguém. Eu me postei ali, entre eles e a tela, mas minha atenção estava tão concentrada neles que não consegui ver que filme estava passando.

Visto de perto, o rosto dela não era tão bonito como eu me lembrava. Talvez fosse por causa do brilho azulado da tela. Mas a mesma expressão terna e divertida se via em seus olhos e na curva perfeita dos lábios, aquele olhar cujo encanto me sustentara por mais de três semanas de trabalho estafante.

Estaria ela se divertindo com o que vira na tela? Ou seria outra coisa? Então, quando olhei por cima do ombro, percebi de repente que a Mulher Ruiva estava sorrindo para mim, e não com o que vira na tela. Ela me olhava de novo com a mesma expressão.

Comecei a suar profusamente. Eu queria me aproximar mais e falar com ela. Ela era pelo menos dez anos mais velha que eu.

"Bem, vamos embora, vamos nos atrasar", disse o homem que imaginei ser o pai da Mulher Ruiva.

Não me lembro exatamente do que fiz, mas acho que me afastei da parede e fiquei no caminho deles.

"O que é isso? Você está nos seguindo?", disse o irmão.

"Quem é esse, Turgay?", a mãe lhe perguntou.

"O que você faz da vida?", disse Turgay, o irmão da Mulher Ruiva.

"Ele é soldado?", perguntou o pai.

"Ele não é soldado… ele é um pequeno gentleman", disse a mãe.

A Mulher Ruiva sorriu ao comentário da mãe, sem deixar de exibir aquele olhar terno e divertido de quando vi que ela olhava para mim.

"Estou cursando o secundário em Istambul", eu disse. "Mas agora ajudo meu mestre a cavar um poço lá adiante."

A Mulher Ruiva continuou com os olhos fitos em mim, observando-me com toda a atenção. "Você e seu mestre deviam vir ao nosso teatro uma noite dessas", ela disse, ao se afastar com os outros.

Eles foram em direção ao teatro. Não os segui. Mas observando-os até dobrarem uma esquina, concluí que não se tratava de uma família, mas de uma trupe de teatro, e comecei a sonhar e imaginar.

No caminho de volta até mestre Mahmut, avistei o cavalo velho e cansado que puxara nossa carroça três semanas antes, quando vi aquelas pessoas pela primeira vez. Ele estava pastando na grama à beira da estrada, amarrado a um mourão, os olhos ainda mais melancólicos.

14.

No dia seguinte, logo antes da pausa para o almoço, ouvimos Ali pulando de alegria dentro do poço. Tínhamos conseguido romper a camada rochosa, e agora ele estava vendo de novo terra macia. Mestre Mahmut içou-o e desceu ao fundo do poço para ver com os próprios olhos. Logo voltou à superfície para anunciar que de fato tínhamos rompido a rocha e que em breve veríamos terra mais escura e água. Ficamos animados ao vê-lo parar de trabalhar para fumar e andar ao lado do poço com os olhos brilhando.

Trabalhamos até tarde naquele dia, e quando anoiteceu estávamos cansados demais para irmos à cidade; acordamos ao raiar do dia seguinte e retomamos o trabalho do ponto em que tínhamos parado. Mas logo percebemos que tudo o que escavávamos era apenas uma terra amarelo-acinzentada. Era tão macia que quase não precisávamos de picareta. Mestre Mahmut jogava-a com a pá direto no balde, e, como era muito leve, Ali e eu conseguíamos içá-la e jogá-la no carrinho de mão rapidamente. Logo comecei a perder as esperanças.

Ainda não eram onze horas quando mestre Mahmut saiu do poço e mandou que Ali o substituísse no trabalho de escavação. "Trabalhe devagar e não levante tanta poeira", ele lhe disse. "A poeira pode sufocar você e fazer com que não consiga ver a luz na boca do poço."

Embora nem eu nem Ali tivéssemos dito nada, era óbvio que, considerando quão diferente era aquele solo do que encontramos logo abaixo da camada rochosa, não estávamos nada perto de água. Naquela mesma manhã bem cedo, Ali tinha começado a amontoar aquela terra num lugar separado. Eu jogava baldes e mais baldes no novo monte de terra de Ali.

Depois do jantar, fomos para Öngören. Sentado no Café Rumeliano, voltei a pensar no assunto que vinha ruminando há dois dias, até que finalmente decidi: eu não iria dizer a mestre Mahmut que a Mulher Ruiva também o tinha convidado para ir ao teatro. Eu queria ver a apresentação dela sozinho. Além disso, se ele desconfiasse do meu interesse por ela, tentaria interferir e acabaríamos brigando. Eu nunca sentira tanto medo de meu pai quanto sentia de mestre Mahmut agora. Não saberia dizer como esse medo veio se instalar em minha alma, mas sabia que, de alguma forma, a Mulher Ruiva só o fez aumentar.

Antes mesmo de terminar meu chá, levantei-me e disse: "Vou ligar para minha mãe". Dobrei a esquina e corri para o teatro como se sonhasse.

Ao ver o amarelo brilhante do pavilhão me emocionei, da mesma forma que, quando criança, me emocionava com os circos que vinham da Europa e paravam em Dolmabahçe. Li novamente os cartazes sem assimilar nada do que diziam, até que me deparei com um novo cujas palavras, escritas em grosseiro papel pardo com letras grandes e pretas, me provocaram um choque:

DEZ ÚLTIMOS DIAS

Pus-me a vagar pela cidade como um sonâmbulo. Não vi o homem da bilheteria, não vi Turgay (que devia ser, pensei, filho do bilheteiro) e tampouco a Mulher Ruiva e sua mãe. Ainda faltava muito tempo para o espetáculo começar, por isso fui para a travessa lateral, onde, olhando através de uma das janelas, vi Turgay em uma mesa cheia de gente. Entrei.

A Mulher Ruiva não estava lá, mas Turgay me fez um aceno amigável logo que me viu. Ninguém deu a menor atenção quando me sentei ao lado dele.

"Ajude-me a comprar um ingresso para o teatro", eu disse. "Diga-me quanto custa que eu lhe dou o dinheiro."

"Não se preocupe com dinheiro. Sempre que quiser entrar, me procure aqui antes do começo do espetáculo."

"Mas você não vem todas as noites."

"Você andou seguindo a gente?", perguntou ele erguendo uma sobrancelha e dando um sorriso maroto. Com um pegador, ele pôs dois cubos de gelo num copo vazio e o encheu de Club Raki. "Vamos lá!", ele disse, passando-me o copo alto e fino. "Se você tomar tudo de uma vez, eu o deixo entrar pelos fundos."

"Esta noite não", eu disse, mas ainda assim tomei todo o *raki* de uma só vez, feito um valentão. Não me demorei muito e logo voltei para onde estava mestre Mahmut.

De volta ao Café Rumeliano, senti quão difícil seria tomar a decisão de desobedecer ao mestre. Entendi que eu estava ligado a ele e ao poço por nosso dever de encontrar água, para não falar de todo o esforço que tínhamos feito até então. Parecia-me que a única maneira de desafiá-lo era pedir meu dinheiro e dizer que tinha decidido voltar para casa. Mas isso seria admitir a derrota na questão da água — como um covarde que se deixa abalar ante a adversidade.

O *raki* me deixou tonto. A caminho de casa, quando estávamos subindo a colina do cemitério, senti como se cada estrela fosse um pensamento, um momento, um fato, uma lembrança minha. A gente consegue vê-las em conjunto, mas é impossível concebê-las todas ao mesmo tempo. Assim também, as palavras em minha cabeça não conseguiam acompanhar o ritmo de meus sonhos. Minhas emoções moviam-se depressa demais, e as palavras não davam conta de exprimi-las.

As emoções, àquela altura, eram como pinturas, como o céu luminoso diante de mim. Eu sentia toda a criação, mas era difícil pensar sobre ela. Era por isso que eu queria me tornar escritor. Eu iria contemplar todas as imagens e emoções que não conseguia exprimir e traduzir em palavras. E, mais importante, iria fazer um uso muito melhor delas do que os amigos do sr. Deniz que frequentavam a livraria.

Mestre Mahmut andava em passo acelerado na frente, parando de vez em quando para gritar para a escuridão às suas costas: "Mais depressa!".

Pegávamos atalhos pelos campos, e a cada vez que tropeçava em alguma coisa, eu parava e contemplava, extasiado, a beleza do céu. Já se podia sentir o frio da noite entre a relva alta.

"Mestre Mahmut! Mestre Mahmut!", gritei na escuridão. "E se os fragmentos de ferro e níquel que estamos achando no poço forem estrelas caídas do céu?"

15.

Não se passaram três, mas cinco dias inteiros antes que Hayri Bey voltasse em sua picape. Ele sabia que ainda não tínhamos encontrado água, mas agia como se aquilo não o incomodasse. Trouxe também a esposa e o filho mais novo. Ele mostrou o terreno a eles, apontando o lugar onde seriam construídos os edifícios para lavagem e tingimento. Ele trouxe as plantas, e assim podia situar aqueles locais em relação ao lugar onde ficariam o depósito, os escritórios e o refeitório dos trabalhadores. O filho de Hayri Bey estava de chuteiras novas, segurando uma bola de futebol enquanto ouvia o pai.

Pai e filho foram treinar chute a gol num dos extremos do terreno, usando duas pedras no lugar de traves. A mãe estendeu uma manta debaixo de minha nogueira e desembrulhou uma cesta de comida que tinha preparado. Quando ela mandou Ali nos chamar para almoçar, mestre Mahmut ficou irritado. Ele percebia que aquele piquenique caprichado era uma versão, em ponto menor, das comemorações que em geral se faziam quando se descobria água em um poço. Obviamente, Hayri Bey fantasiou muito sobre o dia em que a água seria encontrada. Por fim, muito a contragosto, mestre Mahmut veio ao nosso encontro, sentou-se na ponta da manta e comeu apenas um bocado dos ovos cozidos, da salada de cebola e tomate e das massas saborosas.

Depois da refeição, o filho de Hayri Bey deitou-se junto da mãe e adormeceu. A mãe — uma senhora gorda com braços fortes e um eterno sorriso nos lábios — fumou um cigarro e leu o jornal *Günaydın*, cujas folhas farfalhavam na brisa suave.

Eu segui mestre Mahmut e Hayri Bey ao lugar onde tínhamos amontoado a terra escavada. Percebi, pela expressão contrafeita do proprietário, que ele sabia não haver água a descobrir no fundo daquele buraco e que não seria encontrada dentro de nenhum prazo razoável — talvez nunca.

"Hayri Bey, só mais três dias, por favor...", disse mestre Mahmut.

Ele parecia tão submisso... Era constrangedor ver mestre Mahmut reduzido àquela condição, e fiquei indignado com Hayri Bey por isso. Hayri Bey foi para junto da nogueira e voltou depois de conversar com a mulher e o filho.

"Da última vez que estivemos aqui, você nos pediu mais três dias, mestre Mahmut. Eu lhe dei mais de três dias, mas nada de água ainda. O solo aqui é terrível. Eu vou desistir desse poço. Não somos nem os primeiros nem os últimos a desistirem de um poço cavado no lugar errado. Ache outro lugar para escavar; você com certeza terá mais condições de saber onde."

"Os lençóis de água podem surgir onde menos se espera", disse mestre Mahmut. "Eu quero continuar aqui mesmo."

"Então, se você encontrar água, me avise. Eu virei imediatamente e lhe darei gratificações ainda maiores. Mas sou um homem de negócios. Não posso continuar enfiando cimento num buraco seco para sempre. De agora em diante, não vou mais pagar suas diárias nem comprar suprimentos. Ali também não virá mais trabalhar aqui. Se você resolver começar a cavar em outro lugar, eu o mando de volta, claro."

"Vamos encontrar água aqui", disse mestre Mahmut.

Mestre Mahmut e Hayri Bey se afastaram para fazerem os cálculos dos últimos pagamentos a que tínhamos direito. O proprietário pagou a mestre Mahmut tudo o que lhe devia, e vi que não houve discordância entre eles quanto ao montante pago.

A esposa de Hayri Bey mandou Ali embora com as sobras de ovos, massas e tomates, além da melancia que tinham trazido. Ela sentia muito por nós e pelos planos de negócios do marido.

"Vamos deixar você em casa", eles disseram a Ali, e quando ele subiu na picape, mestre Mahmut e eu ficamos sozinhos. Vimos a picape afastar-se levando Ali, que acenava para nós da carroceria. Notei mais uma vez o quanto o mundo era silencioso. O único som era o canto incessante dos grilos, e mesmo o rumor de Istambul era inaudível.

Naquela tarde nós não trabalhamos. Deitei-me debaixo da nogueira, perdido em meus lânguidos devaneios. Pensei na Mulher Ruiva, em me tornar dramaturgo, em ir para casa, em ver meus amigos em Beşiktaş. Eu estava observando um formigueiro perto dos espinheiros na entrada da casamata de concreto quando do mestre Mahmut veio até mim.

"Filho, vamos trabalhar mais uma semana aqui", ele disse. "Eu ainda devo algumas diárias para você... Se Deus quiser, teremos terminado na próxima quarta-feira, e então ganharemos também a grande recompensa."

"E se a terra ruim continuar para sempre e nunca acharmos água, mestre Mahmut?"

"Confie em seu mestre, faça o que eu digo e deixe o resto por minha conta", ele respondeu, olhando-me nos olhos. Afagou meus cabelos, segurou meu ombro e puxou-me para si, num abraço afetuoso. "Um dia você vai ser um grande homem, eu sinto isso."

Eu já não conseguia reunir forças para contradizê-lo. Em compensação, isso me deixou ressentido e desesperado. Lembro-me de ter pensado: *Só mais uma semana*. Durante essa última semana, eu planejara ver a Mulher Ruiva novamente e assistir à peça no teatro.

16.

Por três dias, a cor da terra continuou a mesma. Como eu lutava para girar a manivela sozinho, mestre Mahmut não enchia o balde até a boca, e isso diminuiu ainda mais nosso ritmo de trabalho. A terra era tão fofa que o trabalho dele era fácil; eu descia o balde vazio, e ele o enchia rapidamente com poucos movimentos da pá. "Puuuxe!", gritava ele quase que de imediato.

Mesmo assim, eu levava um bom tempo para içar o balde meio cheio e esvaziá-lo no carrinho de mão. Mestre Mahmut ficava impaciente dentro do poço e logo começava a se queixar de minha moleza, terminando por perder as estribeiras. Quando eu corria para esvaziar a terra do carrinho de mão, às vezes ficava tão fraco que precisava descansar no chão por alguns minutos. Quando eu voltava ao poço, mestre Mahmut se punha a gritar ainda mais alto. Às vezes eu demorava tanto que ele insistia que eu o içasse para poder ver com os próprios olhos por que eu trabalhava tão devagar. Mas como içá-lo com o sarilho era o trabalho mais duro de todos, quando ele saía do poço me encontrava completamente exausto e não tinha coragem de me dar bronca. "Você está acabado, filho", ele dizia enquanto ia se deitar embaixo da oliveira para esperar que eu me recuperasse. Eu ficava desconcertado, mas também era tocante vê-lo mostrar aquela preocupação paternal. Mal me deitava sob a nogueira, já ouvia a voz de mestre Mahmut ordenando que me levantasse.

Agora íamos a Öngören juntos todas as noites. Todas as vezes, eu me levantava da mesa na frente do Café Rumeliano e me punha a vagar pelas ruas, na esperança de topar com a Mulher Ruiva ou de entrar sorrateiramente no teatro.

Nas duas primeiras noites não tive sorte, mas na terceira Turgay me alcançou perto da carpintaria.

"Você parece preocupado, pequeno cavador de poços!"

"Me deixe entrar no teatro", respondi. "Posso pagar o ingresso."

"Venha ao restaurante."

Rumamos para as cortinas rendadas do Restaurante Libertação, entramos e nos dirigimos à mesa dos atores. "Antes de assistir ao espetáculo, é preciso aprender o jeito certo de tomar *raki*", disse Turgay.

Ele parecia ser cinco ou seis anos mais velho que eu. Enquanto eu engolia a bebida geladíssima que, todo animado, Turgay pôs à minha frente, ele sussurrou alguma coisa para as pessoas sentadas perto dele. Que horas seriam? Será que mestre Mahmut estava esperando impaciente? Que esperasse; se eles me deixassem entrar naquela noite, eu entraria.

"Volte depois de amanhã a esta mesma hora", disse Turgay. "E traga seu mestre."

"Mestre Mahmut não aprova bebidas nem teatros."

"Nós vamos fazer seu mestre mudar de ideia. Volte aqui domingo à noite. Meu pai vai pegar e levar vocês dois ao teatro. Não é preciso dinheiro nem ingressos."

Não fiquei muito mais tempo lá, e logo estava novamente

ao lado de mestre Mahmut. De volta à nossa barraca, ele relembrava dias melhores, em que descobrira água. Certa vez, o proprietário que o contratara comemorou a boa notícia com uma festa ao lado do poço, grelhou quatro cordeiros e ofereceu comida a uma centena de pessoas. A água podia jorrar da terra quando menos se esperava, causando surpresa. O próprio Deus intervinha para molhar o rosto do fiel cavador de poços, sendo o primeiro jorro tão forte quanto o arco da urina de um bebê. Ao ver a água pela primeira vez, o cavador de poços sorria deliciado como um pai segurando o filho recém-nascido. Certa vez, o sucesso de um cavador de poços causou tanta alegria que as pessoas que estavam lá em cima, inadvertidamente, deixaram cair uma pedra no poço, que acabou ferindo o ombro do cavador. Aconteceu também que um velho aldeão ficou tão encantado com a descoberta da água que, dia após dia, ia ao local só para ouvir os dois aprendizes descreverem o momento em que a água jorrou pela primeira vez. A cada vez, ele recompensava cada um dos narradores com duas notas antigas de dinheiro graúdo. Mas já não havia mais anciãos assim. Nos velhos tempos, nenhum proprietário sequer sonhava em dizer a um diligente cavador de poços: "Para mim, basta, mas se você quiser, pode continuar cavando com seus homens e por sua conta!" — um homem abastado se sentiria moralmente obrigado a fornecer comida ao cavador de poços, cobrir todas as despesas, remunerá-lo de forma adequada e gratificá-lo com generosidade, tivesse encontrado água ou não. Mas ele não guardava ressentimentos contra Hayri Bey. Ele era um bom homem, e tão logo encontrássemos água, ele nos daria tudo o que nos era devido e nos cobriria de presentes, do mesmo modo como os homens bons de antigamente costumavam fazer.

17.

No dia seguinte, o solo que cavávamos foi ficando cada vez mais claro e leve. A cada balde, eu notava que ele era árido e leve como palha. A areia fina continha pedaços de pele animal gastos e de consistência membranosa, fragmentos de madrepérola lisos e frágeis como os soldados de mica com que eu brincava quando criança, seixos milenares da cor da minha pele, conchas translúcidas, estranhos pedregulhos do tamanho de ovos de avestruz e pedras tão leves que, se jogadas na água, flutuariam como pedra-pomes. Ao que parecia, quanto mais cavávamos mais longe ficávamos da água, por isso trabalhávamos num silêncio soturno.

Por dentro, porém, eu estava eufórico e ansioso por saber que na noite seguinte finalmente iria ao teatro e nada podia perturbar meu estado de ânimo. Trabalhava com mais afinco do que mestre Mahmut me exigia, de forma que, quando anoiteceu, eu mal conseguia ficar de pé. De todo modo, não havia motivo para ir para Öngören naquele dia. Depois do jantar, deitei-me à entrada da barraca e adormeci olhando as estrelas.

A certa altura, depois da meia-noite, acordei sobressaltado.

Mestre Mahmut não estava na barraca. Pus-me a andar com muito cuidado na escuridão. Parecia que o mundo inteiro estava vazio e que eu era o último ser vivo do universo. Aquele pensamento me fez tremer, assim como o vento impalpável que passou por ali. Ainda assim, tudo parecia emanar uma beleza encantada. Eu sentia as estrelas mais próximas de minha cabeça e vislumbrava uma vida mais feliz em meu futuro. E se a própria Mulher Ruiva tivesse pedido a Turgay para me fazer entrar no teatro na noite seguinte? Mas aonde teria ido mestre Mahmut àquela hora?

Houve mais uma rajada de vento, e eu voltei para dentro da barraca.

Quando acordei na manhã seguinte, mestre Mahmut tinha voltado. Vi também um novo maço de cigarros na barraca. Trabalhamos até tarde naquele dia, mas não fizemos nenhum progresso. O fundo do poço agora estava bem longe da superfície e levantava poeira o tempo todo. Quando encerramos o trabalho, mestre Mahmut e eu derramamos água na cabeça um do outro. Àquela altura eu já estava acostumado a ver seu peito nu. Notei que muitas cicatrizes e arranhões marcavam o corpo do mestre, vi quão magro e ossudo ele era, apesar de sua boa constituição física, e quão pálida e enrugada era a pele — e de repente me ocorreu que nunca iríamos achar água.

Torci para que mestre Mahmut resolvesse não ir a Öngören naquela noite, para que eu não tivesse nenhuma dificuldade de ir ao teatro. Mas ele disse: "Vou comprar cigarros", e saiu antes de mim. Eu estava nervoso quando nos sentamos no lugar de costume no Café Rumeliano. Às oito e meia, levantei-me em silêncio e fui para a travessa. Eu tinha imaginado quão glorioso seria sentar-me num restaurante e conversar com a Mulher Ruiva antes da peça, mas nem ela nem o irmão estavam lá. Foi outra pessoa sentada à mesa em que eles normalmente sentavam que fez um sinal para que eu me aproximasse.

"Vá para o fundo do pavilhão às nove e cinco", ele disse. "Eles não estão por aqui esta noite."

A princípio achei que aquilo significava "Eles não irão ao teatro hoje à noite", e fiquei arrasado. Sentei-me à mesa como se estivesse reunindo-me aos amigos para jantar, enchi um copo com gelo e *raki* e bebi tudo de uma só golada, rápido feito um ladrão.

Saí do restaurante e andei até o teatro pelas ruas secundárias, onde estaria fora do alcance de mestre Mahmut. Às nove e cinco, eu estava esperando atrás da barraca amarela quando alguém apareceu e rapidamente me puxou para dentro.

O espetáculo já tinha começado, com umas vinte e cinco ou trinta pessoas na plateia. Eu não conseguia divisar as sombras nos cantos escuros. O espaço elevado no centro estava profusamente iluminado com lâmpadas que faziam o pavilhão do Teatro de Moralidades parecer uma visão do outro mundo. A parte interna do tecido do toldo do pavilhão era azul-escura como o céu noturno, e salpicada de grandes estrelas amarelas. Algumas exibiam caudas, outras eram pequenas e longínquas. Anos depois, a lembrança daquele céu estrelado sobre nossa planície se mesclava em minha mente com o céu no interior do Teatro de Moralidades.

O *raki* me subira à cabeça, e eu estava bêbado. Mas nunca poderia ter previsto a indelével influência em minha vida de algumas das coisas que iria ver durante a hora que passei no teatro naquela noite; muito semelhantes à história de Édipo, que um dia li e nunca mais esqueci. Naquele momento, porém, eu estava menos interessado na história que se representava no palco do que em observar a Mulher Ruiva. Por isso, vou tentar descrever o que vi naquela noite através de meus sentidos embaçados, preenchendo as lacunas com o que vim a saber, anos depois, por meio de leituras e pesquisas.

O Teatro de Moralidades procurava cultivar a tradição das

companhias de teatro itinerantes que, de meados da década de 1970 até o golpe militar de 1980, percorreram a península da Anatólia, apresentando espetáculos de tendência de esquerda para as comunidades locais. Mas em vez de fazer agitação política anticapitalista, seu repertório consistia principalmente em antigas histórias de amor, cenas de épicos antigos e contos folclóricos, parábolas das tradições islâmicas e do sufismo. Algumas delas, à época, não tiveram nenhum efeito sobre mim. Quando entrei no teatro, eles estavam apresentando dois esquetes satirizando alguns comerciais de televisão muito apreciados. No primeiro, um menino de calção e exibindo um bigode entrou em cena segurando um cofre de porquinho e perguntou à sua vovozinha corcunda o que devia fazer com o dinheiro que poupara. Quando a vovozinha — interpretada, suponho, pela mãe da Mulher Ruiva — respondeu com uma piada de baixo nível, todos riram da paródia desses comerciais que os bancos sempre veiculam.

Eu não saberia dizer do que tratava o segundo esquete, porque àquela altura a Mulher Ruiva apareceu de minissaia: eu nunca tinha visto pernas tão compridas; seu pescoço e ombros também estavam nus, o que contribuía para dar à sua figura um aspecto magnífico e perturbador. Ela traçara largas linhas escuras em volta dos olhos e pintara os grossos lábios de vermelho, com uma espécie de batom que parecia brilhar sob as luzes. Ela pegou uma caixa de sabão em pó e começou a falar. Um papagaio verde e amarelo lhe respondeu. Era apenas um papagaio empalhado, mas alguém dizia as suas falas dos bastidores. O cenário talvez fosse uma mercearia, com o papagaio fazendo galhofas com os fregueses e declarações solenes sobre a vida, o amor e o dinheiro. Enquanto todos riam, por um instante tive a impressão de que a Mulher Ruiva olhava para mim, e meu coração disparou. Seu sorriso era muito terno, suas delicadas mãos se moviam com extrema leveza. Eu estava perdido de paixão por ela, e esse sentimento, junto com o *raki*, me impediu de acompanhar direito o que se passava no palco.

Cada esquete durava uns poucos minutos e era logo seguido de outro. Anos mais tarde, consultei vários livros e filmes para descobrir as fontes de cada um deles. Num esquete, por exemplo, via-se o homem que supus ser o pai da Mulher Ruiva entrar em cena com o nariz comprido feito uma cenoura. A princípio pensei que se tratava de Pinóquio, mas então o homem se pôs a recitar um longo monólogo que terminei por imaginar tratar-se de um trecho do *Cyrano de Bergerac*. A moral desse pequeno esquete era: "O que importa não é a aparência física, mas a beleza espiritual".

Depois de uma cena de *Hamlet* em que se viam uma caveira, um livro e "Ser ou não ser", todos os atores entraram em cena e, em uníssono, cantaram uma velha canção folclórica. A canção dizia que o amor era uma ilusão e que o dinheiro era real. Àquela altura, a Mulher Ruiva tentava cruzar seu olhar com o meu, o que fez minha cabeça girar. Sob a influência do amor e do *raki*, eu não conseguia entender tudo o que fora dito nem os temas dos esquetes, mas as coisas que vi gravaram-se para sempre em minha memória, da mesma forma que os olhos da Mulher Ruiva.

Houve um esquete que eu entendi muito bem, porque ouvira de meu pai a história do profeta Abraão, e também a aprendera na aula sobre a Festa do Sacrifício que tivera na escola. O profeta sem filhos era interpretado pelo homem que me mandou embora do pavilhão do teatro. Abraão rogou a Deus que lhe desse um filho, e finalmente sua prece foi atendida (na forma de um boneco). Quando seu filho — agora interpretado por um menino — cresceu, Abraão deitou-o no chão e pôs-lhe uma faca na garganta e, ao longo de toda a cena, desfiou uma série de afirmações sobre pais e filhos e obediência.

Aquelas palavras causaram grande impressão em todo mundo. O silêncio que caiu sobre o teatro foi quebrado pela volta da Mulher Ruiva. Ela estava com outro traje, encarnando um anjo com asas de papelão e nova maquiagem, papel que combinava muito bem com ela. Acompanhada por um cordeiro de brinquedo, ela recebeu um grande aplauso, ao qual me juntei entusiasticamente.

A última e mais impressionante cena apresentava um quadro que nunca hei de esquecer. Tive certeza disso ainda no momento em que assistia ao espetáculo, embora na ocasião não tenha entendido bem a história.

Dois cavaleiros com armaduras, capacetes e viseiras de aço tomavam o centro do palco, brandindo espadas e escudos. Enquanto se enfrentavam, uma gravação de espadas entrechocando-se era transmitida pelos alto-falantes. Os cavaleiros fizeram uma breve pausa, trocando poucas palavras, mas logo recomeçaram o combate. Imaginei que Turgay e o pai da Mulher Ruiva podiam estar por trás das armaduras. Eles lutaram proçurando atingir a garganta um do outro, engalfinharam-se no chão e finalmente se separaram.

Eu certamente não era o único a me deixar arrebatar por aquele espetáculo emocionante. De repente, o cavaleiro mais velho derrubou o mais jovem com um único golpe, montou sobre ele e enfiou-lhe a espada no coração. Tudo aconteceu tão depressa, e todos ficaram perplexos, como se esquecessem por um instante que aquilo era uma peça e que as espadas eram de plástico.

O cavaleiro jovem gritou de dor; ainda não estava morto, e tinha algo a dizer. O guerreiro mais velho inclinou-se para ouvir, tirando o capacete com toda a confiança de um vencedor justo (de fato, ele era interpretado pelo homem que supus ser o pai da Mulher Ruiva). Mas então ele notou uma pulseira no pulso do moribundo e ficou horrorizado. Ao levantar a viseira do rosto do jovem (que na verdade não era Turgay, mas outro ator), ele recuou desesperado. Seus gestos exagerados indicavam que tinha havido um terrível engano. Seu sofrimento parecia sem fim. Havia poucos minutos que todos estávamos rindo das paródias de comerciais de televisão apresentadas pelos mesmos atores, mas agora um silêncio respeitoso caiu sobre todos nós, porque até a Mulher Ruiva se pôs a chorar.

Deixando-se cair no chão, o cavaleiro mais velho soluçava ao amparar o jovem guerreiro. Suas lágrimas pareciam tão verdadeiras que todos ficamos inesperadamente comovidos. O velho guerreiro chorava de remorso. E logo eu também passei a sentir o mesmo.

Eu nunca tinha visto essa emoção sendo expressa tão claramente, nem no cinema nem em histórias em quadrinhos. Até aquele momento, eu achava que era uma coisa que só podia ser expressa em palavras. Mas agora estava sentindo o tormento e o remorso apenas por assistir à experiência de uma pessoa em cena. Era como reviver uma lembrança esquecida.

A Mulher Ruiva estava atormentada com a cena diante dela. Ela não sentia menos remorso que os dois guerreiros. Suas lágrimas escorriam mais abundantes que antes. Talvez os dois homens fossem parentes, como ela e seus colegas atores o eram. Nenhum outro som se ouvia no pavilhão do teatro. O choro da Mulher Ruiva transformou-se num lamento e depois num poema épico. No poema, sua fala final, a Mulher Ruiva falou raivosamente contra os homens, sobre o que eles a fizeram passar e sobre a vida; eu escutava, tentando atrair seu olhar, mas estava escuro demais para que ela me visse em meio à multidão. Porque nossos olhares não se cruzaram, era quase como se eu não pudesse acompanhar devidamente ou me lembrar das coisas que ela dizia. Senti um irresistível desejo de conversar e ficar junto dela. O espetáculo terminou com seu longo monólogo em versos, e depois disso a pequena multidão de espectadores logo se dispersou.

18.

Quando estava saindo do teatro, recuei alguns passos e vi a Mulher Ruiva perto da mesa que servia de bilheteria.

Ela já tinha tirado o figurino e usava uma saia comprida azul-celeste.

Minha paixão ingênua, a ação no palco e o *raki* que tinha bebido conspiraram para me deixar incapaz de entender que aquilo era o presente. Em vez disso, eu sentia como se estivesse em algum lugar do passado. Tudo parecia fragmentado, como numa lembrança.

"Você gostou de nossa peça?", perguntou a Mulher Ruiva sorrindo para mim. "Obrigada pelos aplausos."

"Eu adorei", respondi, encorajado por seu sorriso gentil.

Muitos anos se passaram, e o ciúme ainda me obriga a manter seu nome em segredo, mesmo para meus leitores. Mas vou dar um relato completo e verdadeiro do que aconteceu em seguida. Nós nos apresentamos da forma como os americanos faziam nos filmes:

"Cem."

"Gülcihan."

"Você é realmente muito boa", eu disse. "Olhei para você durante todo o espetáculo." Tive de me esforçar para usar o informal "você", pois ela era mais velha do que me pareceu de longe. "Como vai o trabalho no poço?"

"Às vezes acho que nunca vamos achar água", respondi. E eu queria acrescentar: *O único motivo para eu ainda estar aqui é querer ver você!*, mas pensei que ela ia achar isso descabido.

"Seu mestre veio ao nosso pavilhão ontem", disse a Mulher Ruiva.

"Quem?"

"Mestre Mahmut. O mestre está convicto de que vai achar água. Ele amou o teatro e amou nosso espetáculo. E pagou o ingresso."

"Acho que mestre Mahmut nunca tinha ido ao teatro", disse eu, movido pelo ciúme. "Uma vez eu lhe falei sobre Édipo e Sófocles, e ele ficou com raiva de mim. Como você conseguiu convencer o mestre?"

"Ele tem razão, teatro grego não funciona na Turquia."

Será que a Mulher Ruiva queria me fazer sentir ciúmes de mestre Mahmut?

"Ele não gosta da peça porque o filho dorme com a mãe."

"Ele não ficou incomodado com o fato de o pai matar o próprio filho no fim de nossa peça...", ela disse. "Ele realmente parece gostar de todos os antigos mitos e lendas."

Teria ela se aproximado de mestre Mahmut e conversado com ele depois da peça? Por algum motivo eu não conseguia imaginá-lo indo para Öngören, depois que fui dormir, para ver o espetáculo, como um soldado na folga do fim de semana.

"Mestre Mahmut é muito duro comigo", eu disse. "Ele só se preocupa em achar água e não quer que eu vá ao teatro. Ele ficaria furioso se soubesse que vim aqui esta noite."

"Não se preocupe, eu vou falar com ele", disse a Mulher Ruiva.

Sentia tantos ciúmes que mal conseguia falar. Será que ela e mestre Mahmut tinham feito amizade?

"Seu mestre é muito autoritário? É muito severo?"

"Bem... é sim, mas ele cuida de mim como um pai, conversa e se preocupa comigo. Mas também espera que eu obedeça às suas ordens e sempre faça o que ele manda."

"Então faça o que ele manda!", disse a Mulher Ruiva, com um sorriso doce nos lábios. "Ele não está obrigando você a ser aprendiz... Sua família não é rica?"

Será que mestre Mahmut tinha dito à Mulher Ruiva que eu era um pequeno gentleman?

"Meu pai nos abandonou!"

"Então ele não era um pai de verdade", ela respondeu. "Encontre outro pai para você. Neste país, todos temos muitos pais. A pátria, Alá, o Exército, a Máfia... Ninguém aqui devia se sentir órfão de pai."

A Mulher Ruiva agora me parecia tão inteligente quanto bela.

"Meu pai era marxista", respondi. (Por que eu disse "era", e não "é"?) "Ele foi preso, torturado e passou anos na prisão quando eu era criança."

"Como é o nome de seu pai?"

"Akın Çelik. Mas o nome de nossa farmácia era Hayat, 'vida', e não Çelik, 'aço'."

Quando eu disse isso, a Mulher Ruiva caiu num devaneio. Ela pareceu estar ausente e, por um bom tempo, não disse nada. Teria eu cometido um erro? O que importava para ela o fato de o meu pai ser marxista? Talvez ela estivesse apenas cansada e pensativa. Então contei a ela sobre o trabalho noturno de meu pai na farmácia, disse como eu levava o jantar para ele e descrevi o centro comercial de Beşiktaş. Ela ouvia atentamente tudo o que eu dizia. Mas eu não queria falar sobre meu pai, assim como não queria falar sobre mestre Mahmut. Ficamos em silêncio por algum tempo.

"Meu marido e eu moramos ali", ela disse, apontando o prédio pelo qual passei inúmeras vezes e as janelas que tanto espreitei. Fiquei muito triste e furioso, como se tivesse sido enganado. Mas mesmo no estado de embriaguez em que me encontrava, entendia que, para uma mulher da idade dela viajar pela Turquia com uma trupe de teatro ambulante, era essencial ser casada. Como não tinha pensado isso antes?

"Em que andar vocês moram?"

"Da rua não dá para ver nossas janelas. Foi um ex-maoista que nos convidou para morarmos aqui em Öngören; estamos no primeiro andar. Os pais de Turgay moram no andar de cima. Nossas janelas dão para o quintal. Turgay me disse que você olhava para as janelas toda vez que passava por lá."

Fiquei envergonhado ao saber que meu segredo tinha sido descoberto. Mas o sorriso da Mulher Ruiva era terno, e os lábios, encantadores e voluptuosos como sempre.

"Boa noite", eu disse. "Foi uma peça maravilhosa."

"Não, vamos dar uma volta. Quero saber mais sobre seu pai."

Uma nota para os espíritos curiosos que lerão esta história no futuro: infelizmente, naquela época, quando uma mulher atraente e ruiva, aí pela casa dos trinta, usando maquiagem (ainda que só para o palco) e uma bela saia azul-celeste, diz: "Vamos dar uma volta" à noite, a maioria dos homens só poderia pensar uma coisa. Claro que eu não era um desses homens, apenas um estudante que não conseguia disfarçar uma paixão pueril. Além disso, aquela mulher era casada, e estávamos perto de Istambul, portanto também da Europa — longe da interiorana e conservadora Anatólia. E àquela altura minha cabeça estava cheia do moralismo dos políticos de esquerda — o moralismo de meu pai, em outras palavras.

Caminhamos um pouco sem dizer nada, enquanto eu pensava continuamente sobre o que não estávamos falando. Os cantos escuros pareciam estar mais iluminados, mas no céu sobre Öngören não se viam estrelas. Alguém encostara uma bicicleta na estátua de Atatürk na praça da Estação.

"Ele alguma vez falou com você sobre política?", perguntou a Mulher Ruiva.

"Quem?"

"Os amigos militantes de seu pai iam à sua casa?"

"Na verdade, meu pai nunca estava em casa. E ele e minha mãe procuravam fazer com que eu nunca me envolvesse com política."

"Quer dizer que seu pai não fez você virar uma pessoa de esquerda?"

"Eu vou ser escritor..."

"Então você pode escrever uma peça para nós", disse ela sorrindo de maneira misteriosa. Agora que seu estado de ânimo melhorara, ela estava fascinante, estonteantemente linda e incrível. "Eu adoraria que alguém escrevesse uma peça ou um livro sobre minha vida, algo no espírito do meu monólogo no fim da peça."

"Na verdade, não entendi o monólogo. Você tem o texto dele em algum lugar?"

"Não, essas falas tendem a ser improvisadas, quando me vem a inspiração. Um copo de *raki* ajuda."

"Eu tenho pensado em escrever peças", eu disse, com o ar enfatuado de um estudante pretensioso. "Mas primeiro tenho que ler algumas. Vou começar com os clássicos: *Édipo rei.*"

Naquela noite de julho, a praça da Estação me parecia familiar como uma lembrança. A noite escondera a pobreza e o desmantelo geral, e as fracas luzes laranja dos postes de iluminação transformavam o velho edifício da estação e a praça num cartão-postal. A luz intensa e intimidante do jipe militar que rondava a praça devagar incidiu sobre um bando de cães sem dono que vagavam por ali.

"Eles estão procurando fugitivos e baderneiros", disse a Mulher Ruiva. "Não sei por quê, mas os soldados desta cidade parecem ser particularmente devassos."

"Mas vocês não apresentam matinês especiais de fim de semana para eles?"

"Acho que a gente tem de arrumar uma forma de ganhar dinheiro...", ela disse, olhando diretamente em meus olhos. "Somos um teatro popular, não contamos com patrocínio do governo, como as empresas estatais."

Ela se inclinou para tirar uma palha de meu colarinho. Senti suas longas pernas, seus seios e seu corpo muito perto do meu.

Voltamos em silêncio. Os olhos negros da Mulher Ruiva pareceram tornar-se verdes quando passamos sob as amendoeiras. Eu estava ansioso. Ao longe, avistei o prédio cujas janelas espreitei tantas vezes no último mês.

"Meu marido diz que, para alguém da sua idade, você resiste muito bem ao *raki*", ela falou. "Seu pai também bebia?"

Confirmei com um aceno de cabeça. Minha mente estava ocupada em tentar descobrir quando e onde tinha me sentado para tomar um drinque com o marido dela. Não conseguia me lembrar, mas não tinha coragem de perguntar, meu coração estava partido, e eu só queria esquecer tudo sobre aquela gente. Eu já estava sofrendo feito uma criança ao pensar que, quando o trabalho do poço terminasse, nunca mais a veria novamente. A dor era pior que a de saber que minha secreta fixação em suas janelas (as quais, afinal de contas, nem ao menos eram dela) tinha sido descoberta.

Paramos sob uma das amendoeiras, a uns cem metros da casa deles. Ainda agora não consigo me lembrar se quem parou primeiro foi ela ou eu. Ela parecia tão inteligente, tão terna. Ela sorria para mim com gentileza, afeição e o mesmo olhar franco e otimista que me dirigira do palco. Tornei a sentir o remorso que sentira no teatro ao ver o pai guerreiro e lacrimoso e seu filho.

"Esta noite Turgay está em Istambul", ela disse. "Talvez você possa tomar um pouco do *raki* dele, caso goste dessa bebida tanto quanto seu pai."

"Eu gostaria", eu disse. "E ainda vou poder conhecer seu marido."

"Turgay *é* meu marido", ela disse. "Outro dia você tomou um drinque com ele e disse que queria assistir à peça, lembra?"

Ela ficou calada por algum tempo, deixando que eu assimilasse a revelação. "Às vezes Turgay sente vergonha pelo fato de sua mulher ser sete anos mais velha que ele, por isso não se lembra de dizer que somos casados. Ele pode ser jovem, mas é muito inteligente e um bom marido."

Retomamos a caminhada.

"Eu estava tentando me lembrar onde tomei um drinque com seu marido."

"Turgay me disse que vocês dividiram um Club Raki no restaurante naquela noite. Sobrou meia garrafa em casa. Nosso velho amigo maoista tem também um pouco de conhaque aqui da região. Ele logo vai voltar, e então vamos nos mudar daqui. Vou sentir sua falta, pequeno gentleman!"

"Que quer dizer com isso?"

"Você sabe como a coisa funciona, nosso tempo aqui acabou."

"Também vou sentir sua falta."

Ficamos na frente do edifício deles, nossos corpos próximos um do outro. Eu achava sua beleza deslumbrante.

Ela pegou as chaves e destrancou a porta da frente, dizendo: "Temos gelo e salgadinhos para o seu *raki*."

"Não é preciso salgadinhos", eu disse, como se estivesse com pressa e não pudesse ficar por muito tempo.

A porta da frente se abriu, e avançamos por um corredor estreito e escuro feito breu. Eu a ouvi mexendo no chaveiro, procurando a outra chave. Então acendeu o isqueiro e, enquanto sombras ameaçadoras projetadas pela chama nos cercavam, ela achou a chave e a fechadura, abriu a porta e entrou no apartamento.

Ela se voltou para mim enquanto acendia as luzes. "Não tenha medo", disse ela com um sorriso. "Tenho idade para ser sua mãe."

19.

Naquela noite, dormi com uma mulher pela primeira vez na vida. Foi importante e foi divino. Minha percepção da vida, das mulheres e de mim mesmo — tudo mudou instantaneamente. A Mulher Ruiva me mostrou quem eu era e o que era a felicidade.

Soube que ela tinha trinta e três anos, portanto tinha vivido quase duas vezes mais do que eu, mas poderia ser dez vezes mais. Naquele dia, não pensei muito em diferenças de idade — ponto que seria de grande interesse e admiração entre meus amigos da escola e da vizinhança. Mas, mesmo enquanto vivia aqueles momentos, já sabia que nunca faria um relato completo deles para ninguém. Mesmo agora, não vou me deter nos detalhes, os quais, ainda que os tivesse revelado, meus amigos teriam descartado como apenas "mentiras". Basta dizer que o corpo da Mulher Ruiva era melhor que tudo que eu imaginara, e isso, junto com seu comportamento desinibido, ousado, talvez até um tantinho despudorado, transformou a noite inteira numa experiência extraordinária.

Eu tinha bebido todo o *raki* de Turgay e, na última hora, um copo de conhaque que fora do ex-maoista, que agora era cartazista e trabalhava longe de casa. Assim, quando parti de Öngören bem depois da meia-noite, não conseguia andar em linha reta, sentia-me como num sonho e vivia cada momento como se estivesse fora de mim. Mesmo minha felicidade parecia estar sendo registrada por um observador externo.

Tão logo comecei a subir a colina do cemitério, porém, fui tomado pelo medo de mestre Mahmut. Sentia que precisava guardar dentro de mim aquela coisa deliciosa, para protegê-la de sua raiva. Ele poderia até sentir inveja de minha felicidade. Depois que passei pelo cemitério (onde até a coruja já estava dormindo), peguei um atalho pelo terreno de outro proprietário, tropecei num montinho de terra e caí suavemente na relva, de onde contemplei a amplidão cintilante do céu lá no alto.

Agora eu me dava conta de quão maravilhoso era o universo. Então, por que a pressa? Por que estava com tanto medo de mestre Mahmut? Se o que a Mulher Ruiva me contou era verdade, ele próprio tinha ido ver o espetáculo no pavilhão amarelo, fato que ainda me inspirava um ciúme inexplicável. Eu não podia acreditar que eles conversaram depois do espetáculo e queria esquecer aquilo. Ao mesmo tempo, sabia que pouco importava: dormir com uma pessoa como a Mulher Ruiva tinha aumentado minha autoconfiança a ponto de eu sentir como se não existisse nada que eu não pudesse fazer. Daquele poço nunca jorraria água, mas de todo modo eu iria receber o meu dinheiro, voltar para casa, matricular-me no cursinho, passar no vestibular, tornar-me escritor e viver uma vida brilhante como cada uma das estrelas que via diante de mim. Era evidente que eu estava destinado a alguma coisa; agora eu sabia. Talvez eu até fosse escrever um romance sobre a Mulher Ruiva.

Vi uma estrela cadente. Senti com todo meu corpo, com cada pedacinho de mim, que o mundo ante meus olhos coincidia perfeitamente com o mundo dentro de minha cabeça e concentrei-me totalmente no céu de verão. Se eu pudesse decifrar a língua das estrelas, sua disposição no céu com certeza revelaria todos os segredos de minha vida. Todas as coisas maravilhosas, todas elas de ordem astral. Naquela noite tive certeza de que me tornaria um escritor. Tudo o que se tem de fazer é olhar e ver, entender o que se viu e pôr em palavras. Eu me sentia muito grato à Mulher Ruiva. Tudo no universo e em minha mente estava alinhado em um único propósito.

Mais uma estrela cadente. Talvez eu tivesse sido o único a vê-la. Pensei: eu existo. Era um sentimento bom. Posso contar as estrelas e contar os chios das cigarras. Cá estou eu: 1, 2, 3, 5, 7, 11, 13, 17, 19, 23, 29, 31...

A relva fez cócegas em minha nuca, e eu me lembrei do toque da Mulher Ruiva em minha pele. Fizemos amor no sofá da sala de estar, com algumas luzes ainda acesas. Continuei a evocar seu corpo, aqueles seios fartos, a forma como a luz incidia sobre a pele morena, e quando me lembrei de todos os beijos que vieram de seus lindos lábios, da forma como ela passou as mãos em todo o meu corpo, desejei fazer amor com ela mais e mais. Mas o marido dela, Turgay, voltaria de Istambul no dia seguinte. Portanto, isso era impossível.

Turgay fora amável o bastante para fazer amizade comigo em minhas noites solitárias em Öngören. Em troca, eu o traí dormindo com sua bela mulher quando ele não estava em casa. Em minha embriaguez, vasculhei meu cérebro buscando encontrar desculpas para meu crime e provar a mim mesmo que eu não era um horrível traidor de duas caras: era verdade que quando eu soube que Turgay era seu marido, as coisas já tinham ido longe demais. De todo modo, Turgay não era um amigo de longa data — eu só me encontrara com ele três ou quatro vezes, refleti. Além disso, esses desenraizados artistas de teatro ambulante que dançavam de forma tão lasciva e contavam histórias vulgares para divertir soldados não acatavam os sadios valores da família. Talvez, quem sabe, o próprio Turgay traísse a esposa com outras mulheres. Talvez eles divertissem um ao outro contando aventuras extraconjugais. Talvez no dia seguinte a Mulher Ruiva fosse falar a Turgay da noite que passara comigo. Talvez ela nem fizesse isso e me esquecesse completamente.

Meu humor azedou, e me senti dominado novamente pelo remorso que sentira ao assistir ao espetáculo no teatro. Eu ainda não conseguia entender por que aquelas cenas despertavam esse sentimento em mim. Ao mesmo tempo, não suportava o fato de mestre Mahmut ter assistido à mesma peça. Teria a Mulher Ruiva e mestre Mahmut se encontrado novamente, além da noite em que ele foi ao teatro?

Meus passos na grama seca aproximavam-se da nossa pequena e pobre barraca. O céu era tão vasto, o universo infinito, mas eu ainda tinha de me espremer naquela tenda apertada.

Mestre Mahmut dormia. Eu estava indo me deitar silenciosamente quando o ouvi dizer: "Onde você estava?".

"Eu caí no sono."

"Você me deixou no café. Você foi ao teatro?"

"Não."

"São quatro horas da manhã. Como você vai aguentar o calor do dia, se nem ao menos dormiu?"

"Eu estava entediado, eles me deram *raki*", respondi. "Estava quente. No caminho de volta, deitei-me para olhar as estrelas e devo ter adormecido. Eu dormi bastante, mestre Mahmut."

"Não minta para mim, menino! Cavar poços não é brincadeira. Você sabe que agora estamos perto da água."

Não respondi. Mestre Mahmut saiu da barraca. Pensei que poderia esquecer rapidamente aqueles aborrecimentos e adormecer olhando as estrelas através da abertura da aba da barraca, mas não conseguia tirá-los de minha mente.

Por que ele me perguntou se eu tinha ido ao teatro? Será que estava com ciúmes de mim? Com certeza uma atriz de teatro sofisticada como a Mulher Ruiva não perderia um minuto com um grosseirão como mestre Mahmut. Se bem que com ela não se podia saber. Talvez tenha sido por isso que me apaixonei tão depressa.

Saí da barraca e fui procurar mestre Mahmut. Inacreditavelmente, ele estava seguindo em direção a Öngören, no meio da noite. Raiva e suspeitas incontroláveis revolveram minhas entranhas. Na noite interminável, sob o brilho das estrelas, eu enxergava com dificuldade a negra sombra que era mestre Mahmut.

Mas então ele saiu da estrada e dirigiu-se à minha nogueira. Vi-o sentado sob a árvore, acendendo um cigarro. Fiquei deitado na grama por muito tempo, esperando que ele terminasse de fumar. Tudo que eu conseguia ver era a ponta laranja brilhante do cigarro.

Quando tive certeza de que afinal de contas ele não ia a Öngören, voltei para a barraca antes dele e fui dormir. Mas a lembrança de tê-lo observado naquela noite ficou na minha mente durante anos. Por vezes, em meus sonhos, havia um terceiro olho, e eu podia simultaneamente observar mestre Mahmut e meu eu mais jovem observando-o.

20.

Na manhã seguinte acordei, como sempre, com os primeiros raios de sol que, como longos sabres dourados, iluminavam a estreita abertura da barraca. Não devo ter dormido mais de três horas, mas sentia-me totalmente descansado, revigorado pela minha experiência com a Mulher Ruiva na noite anterior.

"Você dormiu o bastante? Está alerta e bem-disposto?", perguntou mestre Mahmut enquanto bebericava seu chá.

"Estou ótimo, mestre, nunca estive tão bem."

Não falamos sobre como eu cheguei tarde na noite anterior. Mestre Mahmut entrou no poço, como vinha fazendo nos últimos cinco dias, transformando-se num pequeno borrão escuro lá no fundo, jogando areia com a pá num balde ainda menor e gritando "Puuuxe!" a intervalos regulares.

Ele estava a vinte e cinco metros da superfície, mas, visto através daquele tubo de concreto, a distância parecia ainda maior. Por vezes, quando o brilho do sol me ofuscava, e eu ansiosamente temia que não conseguiria mais içá-lo do fundo do poço, me debruçava para ver melhor, e ficava assustado com a ideia de que poderia acidentalmente cair lá dentro.

Cada balde que eu puxava para cima era mais difícil que o anterior. Agora a corda não ficava mais a prumo, e o balde oscilante batia contra as paredes, como se impelido por um vento misterioso. Não conseguíamos atinar com a causa daquele balanço. Enquanto eu operava o sarilho sozinho, muitas vezes notava os arcos descritos pelo balanço do balde, até que mestre Mahmut, temendo que ele caísse em sua cabeça, gritava comigo lá de baixo.

Quanto menor mestre Mahmut ficava à medida que descia no poço, mais frequentes eram seus berros e mais injustificadamente severos. Ele gritava comigo por demorar demais para descer o balde; por levar muito tempo para esvaziá-lo; e às vezes simplesmente por causa da poeira que se erguia da terra sequíssima, fazendo-o perder a calma. Os gritos de meu mestre, reverberando no poço de concreto, encontravam eco na culpa dentro de mim.

Eu então me refugiava em meus devaneios sobre o terno sorriso da Mulher Ruiva, seu lindo corpo, sua sofreguidão de fazer amor. Sentia-me tão bem pensando nela. Será que devia correr a Öngören para visitá-la no intervalo do almoço?

Eu ficava feliz por estar aqui na superfície da terra, mas, no calor, meu trabalho era na verdade mais penoso que o de mestre Mahmut. Agora que já fazia algum tempo que Ali se fora, eu quase me tinha acostumado a operar o sarilho sozinho, mas, ainda assim, às vezes as forças me faltavam.

Depois de puxar o balde cheio para cima, eu sempre lutava para apoiá-lo direito na prancha de madeira. Ali e eu fazíamos grande esforço para conseguir isso. Era preciso levantar um pouco a carga da prancha enquanto se afrouxava a corda, como quando o deixávamos cair no poço, mas puxando-o devagar para a prancha de madeira — uma manobra difícil para uma pessoa só.

O balde sempre se inclinava levemente nessa operação, e com isso porções de areia, conchas fossilizadas de mexilhões e de caracóis rolavam e caíam dentro do poço.

Logo depois, vinham os berros furiosos de mestre Mahmut lá do fundo. Quantas vezes ele me tinha explicado a perigosa força dos objetos que caíam de grande altura, ainda que fossem apenas pequenas conchas e pedrinhas? Elas poderiam ferir gravemente um homem, e até matá-lo, se caíssem em sua cabeça. Era por isso que ele não enchia o balde até a boca — uma precaução que retardava o ritmo de nosso trabalho.

Empurrar o carrinho de mão para despejar a areia seca e poeirenta, pedras e conchas do fundo do poço também era um trabalho muito penoso. No caminho de volta eu sempre ouvia o zumbido indistinto das broncas arbitrárias de mestre Mahmut. Eu não conseguia distinguir as palavras, mas suas acusações pareciam os furiosos discursos de um velho xamã ou de uma criatura das profundezas, cruzamento de um gigante com um espírito mau.

Como a profundidade do poço era igual à altura de um edifício de dez andares, era impossível ver até que ponto o balde tinha descido. Então, lá pelo fim da descida, eu travava a manivela, chamava mestre Mahmut e esperava ouvi-lo dizer: "Um pouco mais". Ele parecia tão pequeno, tão desamparado lá no fundo!

Tínhamos trabalhado por cerca de uma hora naquele dia quando senti uma vertigem. Pensei que ia cair no poço. Quando voltava para o poço depois de ter descarregado o carrinho de mão, parei e me deitei no chão. Não devo ter dormido mais de um minuto.

Mas quando voltei ao poço, mestre Mahmut já estava resmungando. Daquela vez, quando o balde desceu ele não parou de resmungar.

"O que é que houve, mestre?", gritei para dentro do poço.

"Me puxe para cima!"

"O quê?"

"Eu disse me puxe para cima."

Quando o balde ficou de repente pesado, entendi que o mestre devia ter entrado nele.

Içá-lo era a parte mais difícil. Enquanto eu girava a manivela do sarilho com todas as minhas forças, sentindo tonturas, entreguei-me à fantasia de que mestre Mahmut iria desistir do poço, me pagar e me liberar. Eu então iria direto para a Mulher Ruiva confessar que estava apaixonado por ela, pedir que ela abandonasse Turgay e se casasse comigo. O que minha mãe haveria de pensar? Com certeza a Mulher Ruiva iria achar graça nisso: "Tenho idade para ser sua mãe!". Talvez eu tirasse um cochilo de dez minutos sob a nogueira antes do intervalo do almoço. Tinha lido em algum lugar que um cochilo de dez minutos, quando estamos muitíssimo cansados, pode restaurar as forças como se tivéssemos dormido durante horas. Eu poderia visitar a Mulher Ruiva depois disso.

Quando a cabeça de mestre Mahmut apareceu na boca do poço, tentei me recompor e esconder o meu cansaço.

"Você está abatido hoje, garoto", ele disse. "Ouça, eu vou achar essa bendita água e, até lá, você vai fazer exatamente o que eu mandar. Não retarde o ritmo de nosso trabalho."

"Entendido, mestre."

"Não estou brincando."

"Claro, mestre."

"Onde existe civilização, onde existem cidades e aldeias, tem de haver poços. Não pode haver civilização sem poços, nem poços sem o cavador de poços. E não pode haver aprendiz de cavador de poços que não cumpra as ordens do mestre. Quando descobrirmos água, estaremos ricos. Entendeu?"

"Eu estou com o senhor, ainda que não fiquemos ricos, mestre."

Como um pregador, mestre Mahmut então pronunciou um longo sermão sobre a necessidade de se manter atento. Eu me perguntava: será que tudo aquilo estava em sua cabeça desde que ele assistia à Mulher Ruiva no teatro? Eu ouvia as palavras de mestre Mahmut como num devaneio, sem sentir nenhuma necessidade de responder. A imagem da Mulher Ruiva me veio novamente. Fiquei envergonhado.

"Tire essa camisa suada e ponha outra, limpa", disse mestre Mahmut. "Você vai entrar no poço. Lá embaixo o trabalho é mais leve."

"Está bem, mestre."

21.

No fundo do poço, a única coisa que eu tinha de fazer era pegar a pá e encher o balde com aquela terra fétida cheia de conchas de mexilhões, de caracóis e de ossos de peixe. O trabalho era muito menos extenuante que o lá de cima. O duro era ficar lá embaixo, vinte e cinco metros para dentro da terra.

Quando me aproximei do fundo do poço escuro com um pé dentro do balde e ambas as mãos agarradas na corda, vi que a superfície de concreto já estava cheia de rachaduras, teias de aranha e manchas misteriosas. Vi uma lagartixa agitada, correndo em direção à luz. Talvez o mundo subterrâneo estivesse tentando nos advertir contra enfiar um tubo de concreto em seu coração. A qualquer momento poderia haver um terremoto, e eu podia ficar soterrado nas entranhas da terra para sempre. Barulhos estranhos e abafados vinham lá do alto.

"Lá vai ele!", gritava mestre Mahmut para dentro do poço toda vez que fazia descer o balde vazio.

Sempre que eu olhava para cima, a visão da abertura tão terrivelmente pequena e distante me dava vontade de fugir de imediato. Mas mestre Mahmut estava impaciente, por isso eu me apressava a encher o balde e gritar: "Puuuxe!".

Ele era muito mais forte que eu, e logo içava o balde, levantava-o com cuidado e o apoiava na prancha de madeira, para em seguida despejar o conteúdo no carrinho de mão e mandá-lo de volta vazio para mim.

Eu olhava sem mover um músculo, o rosto voltado para cima o tempo todo. Enquanto conseguia ver o mestre ali, não me sentia sozinho debaixo da terra. Toda vez que mestre Mahmut puxava de lado o balde vazio, revelava um pequeno disco de céu. Como ele era perfeitamente azul! Parecia distante como o mundo visto pelo lado errado de um telescópio, mas era bonito. Enquanto mestre Mahmut não reaparecia, eu ficava imóvel, olhando para o céu na outra ponta daquele telescópio de concreto.

Quando finalmente eu voltava a vê-lo, não maior que uma formiga, sentia-me bem. Quando o balde chegava, eu puxava para baixo e gritava: "Já peguei!".

Mas toda vez que a figura minúscula de mestre Mahmut saía do meu campo de visão, novamente me deixava dominar pelo medo. E se ele tropeçasse? E se alguma coisa acontecesse a ele quando eu estivesse lá embaixo? Ele podia até voltar para o poço sem pressa, só para me dar uma lição. Será que ele iria querer me punir, se soubesse da minha noite com a Mulher Ruiva?

Para encher o balde, eram necessárias umas doze pás de terra, e quando eu tomava impulso, cavando fundo na terra com a picareta, ficava cego pela poeira e pela escuridão, de forma que tudo parecia ainda mais escuro. Qualquer um poderia ver que aquele solo arenoso era fofo demais e sem cor. Era evidente que ali não havia água. Toda aquela ansiedade, todo aquele tempo — tudo para dar em nada!

Assim que eu saísse do poço, iria direto para Öngören, para me encontrar com a Mulher Ruiva. Que importava o que Turgay dissesse? Ela me ama. Eu contaria tudo a ele. Turgay podia me dar uma surra, podia até tentar me matar. O que a Mulher Ruiva faria ao me ver diante dela em pleno dia?

Com esses pensamentos, eu conseguia esquecer meu medo por tempo bastante para enviar três baldes de terra (sim, eu os contava) antes de começar a entrar em pânico novamente. Mestre Mahmut demorava cada vez mais para voltar ao poço, e eu ficava ouvindo barulhos lá embaixo.

"Mestre! Mestre Mahmut!", eu gritei. O céu azul estava do tamanho de uma moeda. Onde estaria mestre Mahmut? Eu me pus a gritar o mais alto que podia.

Finalmente ele apareceu lá na boca do poço.

"Mestre Mahmut, puxe-me para cima agora!", gritei para ele. Mas ele não respondeu. Simplesmente voltou ao sarilho e içou o balde cheio. Será que ele tinha me ouvido? Meus olhos se mantiveram fixos no alto do poço.

Mestre Mahmut estava muito longe. Gritei o mais alto que pude. Mas, como num sonho, minha voz nunca o alcançava. Tão logo esvaziou o carrinho, ele pegou a manivela e fez descer o balde vazio.

Gritei novamente, mas sem conseguir me fazer ouvir.

Passou-se um bom tempo. Imaginei mestre Mahmut empurrando o carrinho de mão até o lugar onde o esvaziávamos; logo ele estaria inclinando o carrinho para derramar a areia; ele já deve estar de volta, eu calculava; com certeza, a esta altura já estava ali. Mas mestre Mahmut não veio. Provavelmente estava fumando um cigarro em algum lugar.

Quando ele reapareceu, gritei de novo o mais alto que pude. Mas o mestre parecia não ouvir. Tomei uma decisão: colocando um pé no balde vazio, agarrei-me bem à corda e gritei: "Puuuxe!".

Eu tremia enquanto mestre Mahmut me puxava para a superfície, mas estava feliz.

"O que aconteceu?", disse ele quando eu, sentindo-me grato, pisei na prancha de madeira ali de cima.

"Não posso descer de novo, mestre Mahmut."

"Quem decide isso sou eu."

"Claro, mestre", respondi.

"Bom garoto. Se você se comportasse assim desde o dia em que começamos, talvez a esta altura já tivéssemos encontrado água."

"Mas mestre, no começo eu não sabia o que estava fazendo. Foi mesmo por culpa minha que a água não apareceu?"

Ele ergueu uma sobrancelha, assumindo uma expressão de suspeita. Percebi que ele não gostou do que eu tinha dito. "Mestre, enquanto viver, nunca vou me esquecer do senhor. Trabalhar com o senhor me ensinou muito sobre a vida. Mas, por favor, desista desse poço agora. Vamos, deixe-me beijar sua mão."

Ele não estendeu a mão. "Você nunca mais vai falar em desistir antes de encontrarmos água. Entendido?"

"Entendido."

"Agora faça descer seu mestre para o fundo do poço. Ainda falta uma hora para o almoço. Hoje vamos fazer uma longa pausa. Você vai ter tempo de deitar-se embaixo da nogueira e tirar uma bela e longa soneca."

"Obrigado, mestre."

"Vamos, pegue essa manivela e me faça descer."

Eu girei a manivela, mestre Mahmut desceu devagar e logo sumiu de vista.

Eu esvaziei cada carregamento rapidamente, atentando para a voz de mestre Mahmut, e então acionei o sarilho com todas as minhas forças. O suor escorria por minhas costas, e eu corria para a tenda vez por outra para tomar um gole de água. Eu desacelerei quando vi a cabeça fossilizada de um peixe que viera no meio da areia. Aquele atraso fez mestre Mahmut começar a resmungar de novo. Nos momentos mais difíceis, quando sentia que não conseguiria continuar, eu evocava a Mulher Ruiva, seus seios, sua pele cor de cobre, e isso me dava forças.

Uma borboleta curiosa com manchas brancas e amarelas alçou voo alegremente por entre as folhas de relva, passou por nossa barraca, pelo sarilho, seguiu em frente e sobrevoou o poço.

O que aquilo significava? Quando o trem de passageiros das onze e trinta, que tinha partido de Istambul rumo à Europa pela linha Istambul-Edirne, passou ali perto, lembro-me de ter tomado aquilo como um sinal de que tudo iria dar certo. O trem que vinha na direção oposta, de Edirne para Istambul, passaria ali dentro de uma hora, quando então faríamos a pausa para o almoço.

Vou correr para Öngören no intervalo do almoço, pensei. Queria perguntar à Mulher Ruiva sobre mestre Mahmut. Travei o sarilho para evitar que a corda se desenrolasse. Quando agarrei a alça do balde e comecei a puxá-lo para cima da prancha de madeira, ouvi mestre Mahmut berrando comigo mais uma vez. Minha mão estava se movendo com muita destreza por conta própria, inclinando a carga cuidadosamente para apoiá-la na prancha de madeira, quando de repente o balde se desprendeu do gancho e caiu dentro do poço.

Por uma fração de segundo, fiquei paralisado.

Então gritei: "Mestre, mestre!".

Alguns segundos antes ele estava gritando comigo, mas naquele momento silenciara.

Então um grande gemido de dor veio lá do fundo, seguido por um silêncio ensurdecedor. Nunca vou esquecer aquele gemido.

Recuei. Já não ouvia nenhum som do poço e não criava coragem para me debruçar sobre ele e olhar para baixo. Talvez não tivesse sido um grito, afinal de contas, e mestre Mahmut estivesse apenas praguejando.

Agora o mundo inteiro estava silencioso como o próprio poço. Meus joelhos tremiam. Eu não conseguia decidir o que fazer. Uma grande vespa circulou o sarilho, olhou para dentro do poço e nele mergulhou.

Corri para a barraca. Troquei minha camisa encharcada de suor e a calça. Quando me dei conta de que meu corpo nu estava tremendo, chorei um pouco, mas logo parei. Mesmo que eu tremesse diante da Mulher Ruiva, não iria ficar com vergonha. Ela entenderia e ia me ajudar. Talvez até Turgay ajudasse. Talvez eles chamassem alguém da guarnição do Exército ou da prefeitura; talvez os bombeiros viessem.

Eu estava correndo para Öngören tomando atalhos pela campina. À minha passagem, os grilos em meio à relva seca paravam de cricrilar. Eu seguia pela estrada em alguns trechos do caminho depois tornava a pegar atalhos pela campina. Ao longo de toda a descida depois do cemitério, um estranho impulso me fazia olhar por sobre o ombro e bem longe, na direção de Istambul, avistei nuvens escuras de chuva.

Se mestre Mahmut estivesse ferido e sangrando, precisava urgentemente de ajuda. Mas eu não tinha ideia de quem deveria chamar.

Quando cheguei à cidade, fui direto para a casa deles. Uma mulher que não reconheci abriu a porta do apartamento térreo voltado para os fundos. Acho que era a esposa do cartazista e ex-maoista.

"Eles foram embora", ela disse antes mesmo que eu tivesse chance de perguntar alguma coisa. A porta do apartamento onde eu dormira com a minha amada pela primeira vez fechou-se na minha cara.

Atravessei a praça. No Café Rumeliano não havia ninguém,

e a agência dos correios estava cheia de soldados telefonando. Na calçada vi aldeões que nunca tinha visto à noite, dirigindo-se ao mercado municipal, vindos de povoações vizinhas.

O pavilhão onde funcionava o Teatro de Moralidades não estava mais lá. A princípio não consegui ver nenhum traço do que até o dia anterior estivera naquele lugar, mas então avistei alguns canhotos de ingressos descartados e os espeques de madeira que fixavam a tenda ao chão. Era verdade: eles tinham ido embora.

Saí depressa de Öngören sem saber ao certo o que estava fazendo. Era como se os meus reflexos tivessem assumido o comando, como se fosse outra pessoa que estivesse correndo, parando e tentando encontrar um sentido nas nuvens que se juntavam no céu. O suor escorria em minha testa, em meu pescoço, em todas as partes de meu corpo. À noite, as árvores do cemitério ondulavam à brisa fresca, mas agora o calor estava infernal na descida que começava além das sepulturas. Vi ovelhas pastando, satisfeitas, a grama entre as lápides.

Quando cheguei ao platô, parei de correr e me pus a andar. Percebi claramente que o que quer que fizesse nos trinta minutos seguintes afetaria o resto de minha vida para sempre, mas não sabia o que deveria fazer. Eu não podia me demorar demais me perguntando se mestre Mahmut tinha desmaiado, se estava ferido ou morto. Talvez o calor intenso estivesse me perturbando. O sol estava a pino sobre minha cabeça, queimando-me a nuca e a ponta do nariz.

No atalho que cortava a última curva da estrada, primeiro ouvi o barulho, depois o casco de uma tartaruga agitada tentando sair do meu caminho. Se ela se desviasse para a esquerda ou para a direita, afastando-se do caminho que mestre Mahmut e eu trilhávamos quando voltávamos da cidade, podia esconder-se entre a relva alta que o ladeava. Como não conseguia pensar nessa saída, tentou correr mais rápido que eu, como se seu destino estivesse inescapavelmente ligado ao caminho que eu estava seguindo. Será que eu estava agindo da mesma forma, avançando penosa e inutilmente pelo caminho errado, tentando escapar do meu destino?

Quando eu era criança, havia meninos em Beşiktaş que viravam tartarugas de casco para baixo e as deixavam secar e morrer no calor. A tartaruga recolheu-se no casco quando me viu; eu a peguei com todo cuidado e a soltei em meio à relva mais alta.

Ao me aproximar do poço, tentei respirar mais devagar. Mais do que qualquer coisa, eu desejava ouvir de novo mestre Mahmut, gritando ou gemendo. Repetia para mim mesmo que aquela era uma das inúmeras coisas comuns que tinham acontecido no último mês. O balde não caíra, e mestre Mahmut estava bem. Eu levaria à boca uma garrafa de água e, enquanto estivesse bebendo, ouviria a furiosa bronca de mestre Mahmut lá embaixo.

Mas não se ouvia nenhum som vindo do poço. O único som que se ouvia era o das cigarras. O silêncio encheu minha alma de remorso. Vi duas lagartixas perseguindo uma à outra no sarilho. Avancei mais um passo em direção ao poço, mas entrei em pânico e recuei antes que pudesse me aproximar mais. Era como se eu fosse ficar cego se olhasse.

Eu não conseguiria descer no poço sozinho. Não havia ninguém para me fazer descer até o fundo. Por isso eu tinha corrido para Öngören e para a Mulher Ruiva. Mas voltei sem contar a ninguém o que tinha acontecido. Não sei por que agi assim. Talvez eu tivesse imaginado que não encontraria ninguém disposto a ajudar e que mestre Mahmut ficaria mais contente se eu corresse direto para junto dele.

Ou talvez eu tivesse achado que mestre Mahmut tinha morrido, e não havia como desfazer meu crime. "Ó Deus, por favor, tenha piedade de mim", supliquei. O que eu devia fazer?

De volta à barraca, comecei a chorar novamente. Tudo no

lugar que eu tinha partilhado com mestre Mahmut no último mês agora me causava uma dor insuportável. A chaleira, o jornal velho que eu tinha lido umas mil vezes, os chinelos de plástico de mestre Mahmut, com listras azuis na altura do peito do pé, o cinto para a calça que ele usava quando ia à cidade, o despertador...

Minhas mãos começaram a juntar minhas coisas por conta própria. Levei menos de três minutos para enfiar tudo em minha velha mala, inclusive os tênis que eu nunca tinha usado.

Se ficasse ali, na melhor das hipóteses eu seria preso por ter causado a morte de uma pessoa por "negligência". Meu caso iria se arrastar por anos, eu podia esquecer o cursinho e a universidade, toda a minha vida sairia dos trilhos, eu iria para uma prisão juvenil e minha mãe morreria de tristeza.

Supliquei a Deus que deixasse mestre Mahmut viver. Quando me aproximei da boca do poço, torci para ouvi-lo falar ou gemer. Mas não ouvi nenhum som.

Dispondo de apenas quinze minutos para pegar o trem do meio-dia e meia para Istambul, saí da barraca com a velha mala de meu pai na mão e corri para Öngören naquele calor, sem olhar para trás. Eu sabia que se me voltasse começaria a chorar novamente. As negras nuvens de chuva quase tinham chegado à cidade, e tudo se banhava de um agourento matiz arroxeado.

A estação estava cheia de aldeões que tinham vindo ao mercado. O trem estava atrasado, e enquanto eu esperava em meio a cestas, sacos, engradados, camponeses e soldados, pensei em dar um jeito de me sentar junto à janela do lado esquerdo do vagão para poder ver, até os trilhos tomarem outro rumo, o lugar onde mestre Mahmut e eu cavamos o poço. Durante todo aquele mês de trabalho fiquei imaginando como seria o dia de minha volta para Istambul. Mas sempre imaginara que teríamos achado água, e eu estaria levando os presentes e as gratificações prometidos por Hayri Bey.

Tentei lançar um olhar a cada pessoa que entrava na estação até a chegada do trem, mas ela estava cheia demais. Pelo que eu sabia, a Mulher Ruiva e sua trupe talvez estivessem voltando para Istambul no mesmo trem. No momento em que o trem finalmente entrou na estação, olhei uma última vez a praça e a cidade de Öngören antes de me apressar a embarcar. Quando me acomodei no vagão, tinha esquecido todas as ocasiões em que tive de engolir meu orgulho e obedecer a mestre Mahmut, e não senti nada além de uma culpa incomensurável.

PARTE II

22.

Quando olhei pela janela do trem, meus olhos se encheram de lágrimas e mal consegui enxergar o poço e nosso pedaço de terra no platô. Tudo o que eu via — o cemitério no caminho da cidade, os ciprestes — fazia parte de uma paisagem que, eu tinha certeza, nunca haveria de esquecer enquanto eu vivesse. O terreno onde cavamos o poço parecia prestes a sumir no céu envolto em trevas. Ao longe, vi o clarão de um relâmpago. Quando o barulho do trovão chegou até nós, o trem já havia mudado de rumo, e aquela paisagem familiar — o poço, nosso platô — tinha sumido de vista. Senti-me dominar por um sentimento de liberdade. Alívio e culpa se misturavam, sincronizando-se com o barulho do trem avançando sobre os trilhos.

Por um bom tempo eu não teria de interagir com ninguém. Eu me retirei, afastando-me do mundo. O mundo era belo, e eu queria que meu mundo interior fosse belo também. Se eu ignorasse a culpa, a escuridão dentro de mim, talvez acabasse esquecendo que ela estava lá. Por isso comecei a fazer de conta que tudo ia bem. Se a gente age como se nada tivesse acontecido e como se não fosse haver nenhuma consequência indesejada, termina por achar que afinal de contas nada aconteceu.

O trem ia passando por fábricas, depósitos e campinas. Ele cruzava riachos, passava por mesquitas e resfolegava deslizando entre cafés e oficinas. Um bando de garotos jogava futebol num pátio de escola semideserto, e quando começou a chover, eles pegaram as camisas e mochilas que serviam de traves e logo se dispersaram.

Para onde quer que olhasse da janela do trem, eu via se formarem charcos, ribeirões e corredeiras no solo duro. Aquilo poderia ser uma grande inundação, mas um homem no fundo de um poço não saberia a diferença. Será que mestre Mahmut ainda estava lá? Estaria chamando por mim?

Desci do trem na estação Sirkeci, em Istambul. Andei sob a chuva e comprei uma passagem do ferryboat para Harem, no lado asiático. O ferry estava esperando mais passageiros e levou uma eternidade para se pôr em movimento, com motoristas, famílias, crianças chorando, tigelas de iogurte, o barulho amplificado de motores de caminhão... Tinha me esquecido de como era reconfortante estar rodeado de gente. Eu me sentia como um selvagem de volta à civilização. Água pingava de meu cabelo, descia pelo pescoço e costas enquanto eu me deixava ficar imóvel, olhando, através das gotas de chuva da vidraça da janela, Istambul afastar-se devagar. Apurando a vista, tentei enxergar ao longe o Palácio Dolmabahçe e, por trás dele, o distrito de Beşiktaş e o alto conjunto residencial fronteiro ao cursinho.

Comprei num quiosque um pacote de lenços de papel e me enxuguei um pouco antes de pegar o ônibus. Fazia horas que eu não comia, mas não liguei para os doces e sanduíches de kebab que estavam à venda. *Deve ser isso que se sente quando se é um assassino*, pensei.

Lá estava novamente aquela outra voz dentro de mim, a voz

que eu silenciosamente convocava para falar sobre assuntos que não queria discutir com mais ninguém. Mas não pensem que eu estava enlouquecendo. Às três horas peguei um ônibus para Gebze. Estava ansiosíssimo para encontrar a minha mãe. Desfrutando do calor de um sol de verão brilhando através da janela do lado direito do ônibus, acabei adormecendo e sonhando que estava num paraíso ensolarado e agradável, purgado de crime e castigo.

Eu devia estar temendo o que minha mãe dissesse: "O que é que você tem? Você está me lançando um olhar de assassino". Como ela não fez nenhum comentário desse tipo, percebi o quanto eu estava apreensivo e, logo que a abracei, me senti muito melhor. Minha mãe tinha o mesmo cheiro de sempre. A princípio ela chorou um pouco, depois se pôs a tagarelar despreocupadamente, dizendo que, pensando bem, a vida em Gebze não era tão ruim assim e que ia fazer para mim almôndegas e batatas fritas. A única coisa que a perturbava era a saudade e a preocupação que sentira enquanto eu estava fora. Ela começou a chorar novamente. Nós nos abraçamos ainda com mais força.

"Puxa vida, como você mudou em um mês, suas mãos estão muito grandes, e olhe como você cresceu", ela disse. "Agora você é um homem. Quer que ponha mais tomates na salada?"

Eu fazia longas caminhadas nas colinas ao redor de Gebze e olhava para Istambul ao longe. Por vezes eu via à distância um pedaço de terra parecido com nosso platô e ficava agitado como se estivesse prestes a esbarrar com mestre Mahmut.

Não contei à minha mãe que entrei no poço mesmo tendo prometido muitas vezes que não entraria. Ela podia ver que eu estava vivo e bem, por isso aquele detalhe já não tinha importância.

Nós nunca falávamos de meu pai. Eu tinha certeza de que ele nunca ligou para ela. Mas por que ele não ligava para mim? Minha última visão de mestre Mahmut descendo no poço sempre aparecia na minha mente como uma pintura. Eu tinha certeza de que ele ainda estava cavando obstinadamente, como um persistente bicho de fruta abrindo caminho numa laranja gigantesca.

Fomos fazer compras em Gebze, e minha mãe comprou uma televisão nova e um despertador. Pus no banco todo o dinheiro que economizara trabalhando para mestre Mahmut. Passei três dias em casa, descansando e me recuperando. Sonhava com mestre Mahmut e também sonhava que eu estava sendo perseguido por malfeitores. Mas ninguém veio me procurar em Gebze; ninguém estava atrás de mim. No quarto dia, fui para Istambul, matriculei-me num cursinho em Beşiktaş e comecei a frequentar as aulas.

Quando eu estava sozinho, não conseguia tirar mestre Mahmut e o poço da cabeça. Por isso decidi retomar amizade com os velhos vizinhos do bairro e os colegas da escola em Beşiktaş, e íamos todos ao cinema. Chegamos até a experimentar alguns bares no centro, mas, ao contrário de meus amigos, eu não tinha a habilidade de fumar cigarros e tomar *raki*. Eles zombavam de mim por tomar o copo de uma só golada, feito um iniciante, e ficar bêbado imediatamente. Aquilo não me incomodava, ao contrário de seus comentários de que minha barba e meu bigode eram ralos demais, o que significava que eu ainda não era um homem.

"Se barba fosse tudo, o bode seria um pregador", respondi. "Até as raposas têm bigodes."

Eles gostaram dessa tirada! Eu colecionava montes de aforismos dos livros que lia até ficar com a vista embaçada nas noites que passava na Livraria Deniz.

Mas como alguém desalmado o bastante para deixar seu mestre morrer no fundo de um poço poderia aspirar a ser escritor? Será que o balde tinha caído por mero acidente? Muitas vezes eu tentava convencer a mim mesmo que nada de ruim acontecera no poço. Eu simplesmente não conseguira suportar todo aquele esforço, as broncas e o fato de não ter dormido. Só o que fiz foi deixar tudo para trás, pegar meu dinheiro e voltar para casa, como qualquer pessoa normal faria — se bem que eu nem tinha mais certeza se ainda gostava da ideia de uma "pessoa normal".

Alguns dos meus amigos mais velhos agora estudavam na Universidade de Istambul. Eles tinham barbas e bigodes e participavam de protestos políticos, enfrentando a polícia nas ruas secundárias do bairro, histórias que eles tinham orgulho de contar quando bebíamos e nos divertíamos. Eu sabia que eles respeitavam meu pai. Mas certa noite me dei conta do quanto eles me aborreciam.

"Cem, você já chegou a pegar na mão de uma garota?", perguntavam eles, zombando de mim.

Alguns falavam abertamente de cartas de amor que tinham escrito para esta ou aquela garota e do quanto ansiavam por uma resposta. Então deixei escapar que o marido de minha tia me arranjara um trabalho de construção (construção me parecia mais pomposo que cavar poços) perto de Edirne, e que lá eu tivera um caso de amor com uma mulher, na cidade de Öngören. "Alguém aqui já ouviu falar em Öngören?", perguntei aos que estavam à mesa.

Eles não esperavam nada desse tipo de mim, e por um instante ficaram boquiabertos. Um deles disse que fora com os pais visitar seu irmão mais velho, que estava prestando serviço militar em Öngören, mas achou o lugar pequeno e sem graça.

"Eu me apaixonei por uma mulher incrível, uma atriz de teatro que tinha o dobro da minha idade. Eu nem ao menos sabia quem ela era. Simplesmente a vi na rua. Ela me levou ao seu apartamento."

Eles me lançaram olhares incrédulos. Eu disse a eles que fora a minha primeira vez com uma mulher.

"E como foi?", os que escreviam cartas agora me perguntavam. "Foi bom?"

"Como é o nome dela?"

"Por que vocês não se casaram?", disse outro, dando um trago no cigarro.

O que tinha ido visitar o irmão na guarnição disse, desdenhosamente: "Lá você pode achar todo tipo de gente: teatros mambembes com apresentação de dança do ventre para soldados, cantores de clubes noturnos e tudo o que se possa imaginar".

Naquela noite, compreendi que se eu quisesse me livrar da dor e da culpa, tinha de manter distância daqueles amigos de infância. Além disso, fui percebendo aos poucos que o que aconteceu no poço sempre me privaria das alegrias da vida comum. Eu ficava repetindo para mim mesmo: "O melhor a fazer é agir como se nada tivesse acontecido".

23.

Mas era possível fingir que não tinha acontecido nada? Dentro da minha cabeça havia um poço em que, de picareta na mão, mestre Mahmut continuava cavando a terra. Isso devia significar que ele sobrevivera ou que a polícia ainda não investigara seu assassinato.

Eu imaginava que alguém — talvez Ali — encontraria o cadáver, e então o promotor público assumiria o caso; primeiro, ele daria o alerta em Gebze (na Turquia, isso podia levar dias ou semanas); transtornada, minha mãe haveria de chorar até perder os sentidos, e quando a polícia de Gebze avisasse à de Istambul (o que, por sua vez, poderia levar mais alguns meses), eles viriam me pegar no cursinho ou na livraria algum dia. Pensei que talvez devesse procurar meu pai e contar-lhe tudo. Mas ele nunca ligara para mim, por isso eu concluía que, mesmo se o fizesse, não ia adiantar muito. Além do mais, o fato de contar a ele significaria reconhecer que a coisa era séria. Cada dia que passava sem que a polícia tivesse vindo me buscar parecia um sinal de que eu era inocente, que não era diferente de ninguém, mas mesmo assim sentia como se fosse a última vez que desfrutava da vida normal. Toda vez que um cliente da Livraria Deniz se mostrava particularmente grosseiro, eu me convencia de que se tratava de um policial à paisana e quase confessava. Outras vezes, eu me consolava achando que mestre Mahmut com certeza sobrevivera e, cheio de raiva, esquecera totalmente a minha existência.

Eu era rápido, eficiente e dava duro na livraria. O sr. Deniz, que gostava de minhas sugestões inovadoras para vitrines, campanhas promocionais e listas de livros para ter em estoque, disse-me que eu podia dormir no sofá no pavimento superior, mesmo no inverno. Que eu devia considerar aquele pequeno espaço como um segundo lar e gabinete de estudos. Minha mãe ficou tristíssima por me ver longe dela novamente, mas também sabia que se eu continuasse a frequentar a Escola Secundária de Kabataş e o cursinho em Beşiktaş, com certeza passaria no vestibular.

Eu não queria desapontá-la e, sabendo quão importante era o vestibular para a minha vida, me tornei um verdadeiro *nerd*, não deixando de memorizar nenhuma fórmula que eventualmente me pudesse ser útil. Em minhas mais profundas e absortas imersões no trabalho, uma visão da Mulher Ruiva, vinda do nada, se acendia em minha mente como um sol ardente, e eu fazia uma pequena pausa para fantasiar um pouco sobre a cor de sua pele e sobre seu ventre, seios e olhos.

Quando se abriram as inscrições para o vestibular e tive de decidir que curso fazer, minha mãe naturalmente queria que escolhesse medicina como primeira opção. Ela temia que minhas aspirações literárias fossem um caminho para a pobreza ou, pior ainda, para o tipo de atividade política que causou tantos problemas a meu pai.

Felizmente para ela, meu sonho de me tornar escritor se desvaneceu logo que abandonei mestre Mahmut no fundo do poço. Eu sabia que minha mãe aceitaria que me tornasse engenheiro, se não médico. Por isso escrevi na ficha de inscrição "geologia". Minha mãe notou que o aprendizado com o cavador de poços deixou uma espécie de marca em mim. Eu fiquei pensando, naquela altura, se o que ela percebia como sendo minha súbita "maturidade" era, na verdade, uma mancha em minha alma.

No fim do verão de 1987, passei em quinto lugar no vestibular e comecei a faculdade de geologia, no campus de Maçka da Universidade Técnica de Istambul. O edifício que compunha o campus, construído havia cento e dez anos, servira de quartel e arsenal para algumas das novas unidades do Exército criadas nos últimos anos do Império Otomano. Em 1908, quando os integrantes do movimento político Jovens Turcos, que terminaram por depor Abdul Hamid II, marcharam de Tessalônica para Istambul, os soldados permaneceram fiéis ao sultão aqui estabelecido. Travaram-se batalhas no que agora eram nossas salas de aula. Eu lia sobre essas coisas em livros de história e falava delas aos meus colegas de turma. Eu estava fascinado pelo velho edifício, por seu pé-direito alto, seus intermináveis lances de escada, seus corredores cavernosos e cheios de ecos.

E o campus ficava a apenas dez minutos, morro acima, de Beşiktaş e da Livraria Deniz, onde fui promovido a gerente. Embora o patrão continuasse relutante em aceitar que afinal de contas eu não me tornaria escritor, ficou animado com a minha ideia de estudar geologia, achando que, de todo modo, engenheiros podiam ser bons romancistas. No alojamento de estudantes, eu mergulhava em um novo livro quase toda noite.

Em retrospecto, parte do fingimento de que não acontecera nada de ruim implicava esquecer completamente a peça de Sófocles e suas associações com as conversas com mestre Mahmut na hora de dormir. Eu consegui manter essa distância durante os três anos de universidade, até que um dia, na Livraria Deniz, me deparei por acaso com aquela velha antologia sobre sonhos. Tratava-se do livro no qual li pela primeira vez, em sinopse, a história de Édipo. Então descobri que o resumo era de autoria de Sigmund Freud e tinha menos a ver com Sófocles do que com a teoria freudiana de que todo homem alimenta o desejo de matar o próprio pai.

Alguns meses depois encontrei um exemplar usado da obra de Sófocles numa tradução publicada em 1941 pelo Ministério da Educação. Fiquei sobressaltado ao ver o título *Édipo rei* em sua capa desbotada. Era praticamente impossível encontrar edições turcas da peça. Eu a devorei, como se esperasse encontrar nela alguma verdade secreta sobre minha própria vida.

Ao contrário do resumo de Freud, a peça não começava com o nascimento de Édipo, mas anos depois, quando o príncipe Édipo, por engano, já tinha matado o próprio pai, assumido o trono e gerado quatro filhos em sua própria mãe. A peça não explicava como um filho dormia com a própria mãe, uma mulher pelo menos dezessete anos mais velha que ele. Tentei mas não consegui imaginar como seria aquilo, assim como não conseguia conceber que os filhos de Édipo eram ao mesmo tempo seus irmãos, e que sua mulher era também sua mãe. Mas, no início da peça, nem Édipo nem nenhum dos outros personagens, nem mesmo o público, tinham a menor ideia do escândalo que seria revelado. Talvez aquela ignorância tivesse causado a peste e, para salvar a cidade, eles teriam de descobrir quem havia assassinado o velho rei. O próprio rei Édipo dirige a investigação como um detetive, sem saber ser o culpado. Passo a passo, ele descobre a amarga verdade, até que finalmente, torturado pela culpa, fura os próprios olhos.

Eu não contara a mestre Mahmut a história nessa ordem naquela noite, perto do poço, três anos antes. Mas lendo a peça agora, senti como se de alguma forma tivesse contado. Notei também que estava me sentindo menos culpado de ter provocado sua morte. Passados três anos, parei de temer que algum dia a polícia invadisse a sala de aula e me levasse para a cadeia. Talvez mestre Mahmut nem tivesse morrido, tivesse sido resgatado do fundo do poço, como numa dessas velhas alegorias religiosas.

Mestre Mahmut costumava me contar aquelas histórias e parábolas do Corão para me dar lições de moral. Isso me perturbava. Em contrapartida, eu contei a ele a história do príncipe Édipo só para perturbá-lo, mas então de certo modo eu terminara por repetir as ações do protagonista da história que escolhi. Por isso mestre Mahmut, nervoso, ficou preso no fundo de um poço: foi tudo devido a uma história, a um mito.

Tendo se empenhado em refutar uma história e uma profecia, Édipo terminou por matar o próprio pai. Se ele não tivesse levado a sério as previsões do oráculo, talvez nunca tivesse deixado seu lar e sua terra, nem se deparado com o rei, seu pai, e o matado inadvertidamente. O mesmo poderia ser dito do pai de Édipo. Se ele não tivesse tomado providências para contrariar o destino do filho, nenhuma das calamidades subsequentes teria acontecido. Foi assim que vim a entender que se eu quisesse viver uma vida "normal", comum, como todo mundo, tinha de fazer o contrário do que Édipo fez e agir como se não tivesse acontecido nada de ruim. Édipo, que queria tanto ser bom, se tornou um assassino, por desejar desesperadamente não o ser; ele descobriu que matara o próprio pai porque desejava ardentemente saber quem era o assassino. Toda a peça de Sófocles se desenrolava não em torno das más ações em si mesmas, mas da investigação de seu inquisitivo protagonista.

Mas pouco importava se eu me considerava um assassino; eu nem ao menos tinha certeza de que houvera um assassinato.

Eu não tivera a intenção de matar ninguém nem de ser morto por meu próprio filho. Mestre Mahmut podia muito bem ter saído do poço e voltado à sua vida normal. Caso contrário, a polícia não estaria batendo na minha porta? O melhor a fazer era esquecer tudo o que tinha acontecido; só assim eu poderia, também, ser capaz de viver.

24.

Por muito tempo eu repeti para mim mesmo: "Afinal de contas, não aconteceu nada". Eu andava pelos corredores da universidade, que cheiravam a mofo e a produtos de limpeza baratos; ia ao cinema com meus colegas que usavam a agitação política e seus enfrentamentos como desculpas para matar aulas de metalurgia; assistia distraidamente a seriados na televisão no alojamento; e me consolava pensando que finalmente tinha conseguido ser como todo mundo. Jogos de futebol na televisão, filmes de arte que começavam a circular em modernosos videoteipes, navios cruzando o Bósforo: eu olhava aquilo tudo com indiferença. Dava uma olhada nos novos eletrodomésticos nas vitrines das lojas, me misturava às multidões em Beyoğlu e, nas noites de domingo, pensava melancolicamente que mais um fim de semana tinha passado.

Não havia muitas alunas matriculadas na faculdade de engenharia da Universidade Técnica de Istambul, instalada no antigo arsenal.

As poucas que lá havia eram cortejadas por todos os alunos.

Durante o período da universidade, conheci pouquíssimas alunas de minha idade. Por isso fiquei muito interessado quando, num fim de semana em que fui a Gebze, minha mãe me disse que o marido de minha tia tinha um parente cuja filha entrara para o curso de farmácia. Como a jovem ia ficar no alojamento de estudantes e se sentia um pouco assustada com a cidade e as multidões, o marido de minha tia gostaria que eu lhe desse umas dicas de como as coisas funcionavam.

Os cabelos de Ayşe eram castanho-claros, mas apesar disso alguma coisa nela lembrava a Mulher Ruiva, principalmente a curva do lábio superior e o queixo gracioso. No dia em que nos conhecemos, tive certeza de que me apaixonaria por ela, tão desejoso estava de me apaixonar por alguém, e senti que ela iria corresponder aos meus sentimentos. Nas noites de sábado íamos ao cinema, víamos peças de Tchékhov ou Shakespeare no Teatro Municipal ou pegávamos o ônibus para Emirgan, para tomar uma xícara de chá. Sair com uma garota que se podia considerar desejável e atraente — "namorar" com ela, como alguns amigos meus diziam — fazia a vida parecer tão esplêndida que eu acreditei que finalmente tinha tomado distância de mestre Mahmut e do poço.

Para continuar levando esse tipo de vida, candidatei-me à pós-graduação em geologia e, como era um dos melhores alunos da classe, fui aceito. No segundo ano em que estávamos juntos, passamos a andar de mãos dadas e até a nos beijar em cinemas, parques e ruas desertas; desde o início do nosso namoro, porém, eu já sabia que Ayşe, jovem de uma família conservadora, só dormiria comigo quando nos casássemos.

Um amigo de Beşiktaş, um tipo sedutor que costumava frequentar bordéis e acreditava piamente que toda garota podia ser seduzida, deu um jeito para que eu passasse uma tarde com Ayşe num pequeno apartamento, mas a coisa toda foi um verdadeiro desastre. Tentei fazer com que ela tomasse comigo um copo de *raki*, como se fosse uma coisa que fizéssemos todos os dias. Ao cabo de duas horas repelindo firmemente meus avanços, ela terminou por deixar o apartamento, às lágrimas. Depois disso, por muito tempo ela nem atendia ao telefone quando eu ligava para seu alojamento. Com isso entrei numa fase de fantasias sobre procurar a Mulher Ruiva, durante a qual eu me masturbava evocando nossa noite juntos.

Mas por fim fiz as pazes com Ayşe; nós reatamos e decidimos ficar noivos. Eu me deliciava com as tardes de sábado, depois da festa de noivado (para a qual minha mãe e sua costureira fizeram um vestido juntas), em que Ayşe vinha me encontrar na Livraria Deniz, e eu sentia um grande prazer ao ouvir o patrão e os jovens balconistas comentarem o quanto era bela a "garota de Gördes". Gostava de falar para ela dos livros que estava lendo, da história da geologia e de minhas opiniões, em sua maioria banais, sobre política e futebol. Quando eu ia às cidades de Kozlu e Soma em trabalhos de verão, escrevia-lhe cartas apaixonadas sobre as terríveis condições dos mineiros de carvão de lá, e fiquei emocionado ao saber que Ayşe guardava aquelas cartas e as relia de vez em quando. Eu também guardava as cartas que recebia dela.

Mas mesmo em meio a essa serenidade, qualquer detalhe podia inesperadamente revelar a escuridão que ainda havia em minha alma. Durante um verão de seca e racionamento de água em Istambul, quando o ministro da Agricultura parecia estar prestes a propor danças da chuva, me peguei mergulhado em longo silêncio ante a sugestão de minha noiva de que se deveriam cavar poços imediatamente em todos os quintais. (Eu nunca lhe falei de meu mês como aprendiz de cavador de poços, anos atrás.) Quando li no jornal que a fábrica de geladeiras que o primeiro-ministro inaugurara próximo a Öngören era a maior daquele tipo nos Bálcãs e no Oriente Médio, lembrei--me de mestre Mahmut e das parábolas religiosas que ele me contava. Certa vez, pensei em presentear minha noiva com uma nova tradução de Os irmãos Karamázov, mas quando vi que a introdução fora escrita por Freud e falava de Dostoiévski e de parricídio, com referências a Édipo rei e a Hamlet, resolvi, depois de ler o inquietante ensaio ali mesmo, comprar-lhe um exemplar de O idiota — pelo menos seu protagonista era ingênuo e inofensivo.

Havia noites em que eu sonhava com mestre Mahmut. Ele estava em algum lugar no espaço, numa colossal esfera azulada que girava lentamente entre as estrelas. Isso devia significar que ele não estava morto e que eu não precisava me sentir tão culpado. Apesar disso, a culpa ainda me doía quando eu olhava de muito perto o planeta onde ele estava.

Eu queria dizer à minha noiva que tinha resolvido estudar geologia por causa de mestre Mahmut, mas sempre me continha. A compulsão para confessar ficava mais forte quando líamos livros juntos. Mas em vez de confessar, eu lhe falava sobre os segredos e singularidades das ciências geológicas: por exemplo, que o mistério das conchas marinhas, cabeças de peixe e mexilhões encontrados nas rachaduras, fendas e cavidades no cimo das mais altas montanhas foi resolvido no século XIX por um polímata chinês chamado Shen Kuo. Cento e cinquenta anos depois de Sófocles, Teofrasto escreveu um livro chamado Sobre pedras, e as teorias que ele desenvolveu sobre os minerais continuaram válidas por milhares de anos. Mesmo não tendo conseguido me tornar romancista, não me importaria de escrever um livro tão amplamente aceito como esse! Eu me imaginava escrevendo um livro intitulado A geologia da Turquia, que tratasse de tudo — do alto da cadeia de montanhas Taurus, passando pelos segredos dos solos granulosos trácios, constituídos basicamente de marga, onde cavamos nosso poço, até as formações tectônicas no sul do país e a distribuição das jazidas nacionais de petróleo e de gás.

25.

Eu sabia que meu pai estava em algum lugar em Istambul. Ressentia-me por ele não me procurar, mas eu também não o procurava. Finalmente viria a encontrá-lo depois de meu casamento com Ayşe, pouco antes de partir para o serviço militar. Combinamos de nos encontrar no restaurante de um hotel novo, na praça Taksim, uma noite depois do casamento. Fiquei surpreso ao perceber o quanto eu ficara feliz em vê-lo. "Você arrumou uma garota igual a sua mãe", ele me disse em particular. Logo criou uma ligação com Ayşe, e os dois até começaram a se unir contra mim ao longo do jantar, implicando comigo por ser um *nerd* da engenharia que parecia memorizar números automaticamente.

Meu pai tinha envelhecido, mas parecia bem. Percebi seu constrangimento por estar em boa situação financeira e pela nova vida que tinha construído para si. Meu fascínio por histórias de parricídio me constrangia. Mas foi por ter crescido sem ele todos aqueles anos, cuidando de minha própria vida, que me tornei "eu mesmo".

Quando ainda o tinha ao meu lado, lutei para ser eu mesmo, ainda que ele não se metesse na minha vida e sempre tivesse me encorajado. Foi enfrentando mestre Mahmut, com quem passei apenas um mês, que me tornei o que sou. Era certo pensar daquela maneira? Eu não tinha bem certeza, mas conhecia meus sentimentos. Ainda ansiava pela aprovação de meu pai e queria acreditar que levava a vida honrosa que ele esperava de mim, mas ao mesmo tempo tinha muita raiva dele.

"Você tem muita sorte, ela é uma garota maravilhosa", ele disse, olhando para Ayşe, quando nos despedimos. "Eu não poderia deixá-lo em melhores mãos."

Ao voltar para casa com minha esposa, andando de Taksim até Pangaltı sob as nogueiras altas, senti um grande alívio por ter encontrado meu pai. Morávamos num apartamento barato de um quarto, numa ladeira que descia de Feriköy para Dolapdere. Recém-casados, fazíamos amor quase todos os dias durante horas; ríamos e conversávamos bastante; eu era feliz. Às vezes pensava em mestre Mahmut e me perguntava o que teria acontecido com ele. Mas eu sabia que investigar um crime antigo, como Édipo fez, só poderia resultar em mais remorsos.

Depois do serviço militar, comecei a trabalhar como funcionário público no Departamento Nacional de Exploração Mineral. Meus amigos da universidade costumavam gracejar dizendo que, na Turquia, um pós-graduado em geologia só podia ganhar a vida trabalhando na construção civil ou abrindo uma loja de kebab. Assim sendo, eu devia me dar por satisfeito por ter conseguido aquele emprego mal remunerado.

Nesse meio-tempo, muitas empresas turcas de engenharia civil tinham começado a construir represas e pontes nos países árabes, na Ucrânia, na Romênia, e estavam procurando geólogos e engenheiros para fazerem inspeções nesses países. Acabei conseguindo um trabalho mais bem pago na Líbia, onde teríamos de passar pelo menos seis meses por ano. Àquela altura, porém, Ayşe e eu já estávamos preocupados com o fato de ainda não termos filhos. Achando que era melhor ficar perto dos médicos que já conhecíamos e em quem confiávamos, voltamos para Istambul.

Em 1997, entrei para uma empresa que tinha projetos mais perto de nossa terra, no Cazaquistão e no Azerbaijão. Eu passaria os quinze anos seguintes voando de Istambul para países vizinhos e consegui por fim ter melhores condições de vida.

Nós nos mudamos para um apartamento melhor em Pangaltı. Nos fins de semana em que eu não estava viajando a trabalho, íamos a shoppings para ver filmes e tomar um lanche. À noite, jantávamos assistindo às fanfarronadas de dignitários do Estado e de militares na TV. Nesse meio-tempo, nos perguntávamos se deveríamos consultar o excêntrico professor que dizia ter desenvolvido uma miraculosa fórmula de fertilidade ou o brilhante médico que acabava de voltar da América para Istambul. Seguiam-se, então, longas conversas sobre nosso medo de que o fato de não termos filhos envenenasse nosso casamento harmonioso, tirando nossa alegria de viver.

Vez por outra, eu ainda ia a Beşiktaş visitar a Livraria Deniz. Finalmente conformado com o fato de que eu não me tornaria um escritor, o sr. Deniz agora me propunha uma parceria em seus negócios. Consideradas bem as coisas, minha vida era como a de todo mundo — talvez um pouco melhor do que a média. De vez em quando me ocorria pensar que, enfim, eu estava conseguindo fingir que não tinha acontecido nada. Eu ainda pensava em mestre Mahmut e em meu crime, quase sempre quando viajava de avião. Às vezes eu chegava a me perguntar se todas as viagens que fazia a Benghazi, Astana e Baku não seriam para ter a chance de me lembrar. Quando olhava pela janela do avião, pensava nele e ruminava sobre os filhos que eu não tinha.

146

Pouco depois de decolar do aeroporto de Atatürk em Yeşilköy, todos os aviões se voltavam para o oeste, como os bandos de aves migratórias que sobrevoavam a cidade todos os anos, e eu sempre via lá embaixo a cidade de Öngören. Não ficava muito longe do Mar Negro nem do Mar de Mármara, das praias, dos novos resorts ao longo da costa e dos depósitos de petróleo e gasolina que, mesmo vistos de cima, pareciam imensos. Mas, distante das árvores, da luxuriante vegetação junto ao mar e isolada das ricas plantações fulvo-avermelhadas ali próximas, a cidade era sempre rodeada de descorados e áridos tratos de terra e que confinavam com a velha guarnição militar.

Logo aquela vista iria desaparecer quando o avião guinasse de novo, girando lentamente em seu eixo ou passando por um aglomerado de nuvens, mas mesmo assim eu não deixava de sentir a presença da extensão de terra lá embaixo.

Estávamos envelhecendo, ainda não tínhamos filhos, e enquanto isso as áreas cultivadas entre Öngören e Istambul se enchiam de complexos industriais, armazéns e fábricas — todos eles, vistos do alto, eram opacos e pretos feito carvão. Algumas empresas inscreveram seus nomes nos telhados de suas fábricas e armazéns com grandes letras brilhantes, certamente para serem vistos pelos passageiros aéreos. Essas estruturas eram rodeadas por oficinas menores, obscuras firmas que forneciam suprimentos para a produção industrial e edifícios comuns em mau estado. Quando o avião ganhava altura, os bairros residenciais ilegais que se espraiavam em volta daqueles estabelecimentos também se tornavam visíveis. As cidadezinhas e aldeias próximas de Istambul estavam se expandindo num ritmo tão perturbador quanto o da própria cidade. A cada viagem que eu fazia, via seus tentáculos alcançarem os mais remotos recessos e centenas de milhares de veículos avançando por estradas cada vez mais largas, como uma grande quantidade de formigas pacientes. Isso me fazia refletir que o ritmo do progresso tecnológico há muito tempo tinha tornado o ofício de mestre Mahmut obsoleto.

Desde meados de 1980 os métodos tradicionais de cavar poços com pá e picareta, o trabalho lento de içar baldes com sarilhos, de revestir as paredes, metro após metro, com cimento, já tinham desaparecido em Istambul. Durante umas férias de verão que Ayşe e eu passamos em Gebze com minha mãe, testemunhei os primeiros esforços para cavar poços artesianos em vários terrenos que rodeavam o lote do marido de minha tia. Os primeiros dispositivos de perfuração, ainda operados manualmente, como brocas, mais tarde seriam substituídos por outros mais fortemente mecanizados, máquinas barulhentas parecendo torres de perfuração de petróleo, transportadas em carrocerias de caminhões leves enlameados, de pneus muito altos. Na mesma terra em que mestre Mahmut e dois aprendizes tinham labutado durante semanas, eles conseguiam perfurar cinquenta metros em um só dia, estender tubos que bombeavam água das profundezas da terra em pouquíssimo tempo, e a um preço irrisório.

Nos primeiros anos da década de 1990, esses avanços técnicos resultaram, durante algum tempo, em abundante suprimento de água nos novos bairros de Istambul, mas logo os lagos e aquíferos subterrâneos mais próximos da superfície se esgotaram. Já em princípios da década de 2000, o único lençol freático que restava em muitas partes da cidade ficava a mais de setenta metros da superfície, e seria praticamente impossível alcançá-lo pela simples escavação nos quintais das casas, com a ajuda de dois aprendizes, ao ritmo de um metro por dia, como mestre Mahmut fazia. Istambul e seu solo tinham sido degradados e poluídos.

26.

Vinte anos depois de minha temporada em Öngören, um colega da Universidade Técnica de Istambul convidou-me para uma reunião em uma empresa de petróleo em Teerã. Poucos minutos depois da decolagem, quando o avião, que seguia para o oeste, guinou para o sudeste, notei que Öngören e Istambul tinham se expandido uma em direção à outra, acabando por se fundirem. Agora elas compunham um único mar de ruas, casas, telhados, mesquitas e fábricas. As futuras gerações de Öngören descreverão a si mesmas como moradoras de Istambul.

Quão importante é para as pessoas saberem qual é a sua cidade? Mais de vinte e cinco anos depois da revolução do aiatolá Khomeini, o Irã se transformara num país voltado para dentro. Meu amigo Murat estava confiante de que lá haveria muitas oportunidades de negócios lucrativos para uma empresa turca, otimismo que eu compreendia, mas não partilhava.

Murat me disse que tentaria conseguir contratos de construção no Irã rico em petróleo, e nós lhes venderíamos equipamentos de perfuração, tirando partido da guerra verbal que eles travavam com o Ocidente. Talvez ele estivesse certo, mas eu desconfiava que, se seguíssemos o exemplo de outras empresas turcas, rompendo o embargo do Ocidente contra o Irã, logo estaríamos às voltas com a CIA e similares. Murat, que era de uma família tradicional da cidade de Malatya, ainda se comprazia em fraudes e pequenas tramoias, como fazia na escola, e não se preocupava com essas complicações. Além disso, ao contrário de mim, não se incomodava nem um pouco com o fato de as mulheres de Teerã terem de cobrir a cabeça para sair em público.

Era uma época em que os jornais ocidentais debatiam a conveniência de bombardear o Irã, e os jornais seculares e nacionalistas de Istambul indagavam: "A Turquia se tornará um Irã?". Cortei pela raiz nossa discussão política, concluindo bem depressa que não podíamos ter negócios com Teerã.

Ainda assim, a semelhança entre iranianos e turcos me fascinava. Por isso retardei minha volta para Istambul, intrigado com as arcadas das lojas, com as livrarias (traduções de Nietzsche por toda parte!) e muitas outras coisas que via quando flanava pelas calçadas de Teerã. Os gestos que os homens faziam com as mãos, as expressões faciais, a linguagem do corpo, o costume de deter-se nos vestíbulos para deixar alguém passar e de ficar à toa fumando durante horas em cafés lembravam-me estranhamente os hábitos turcos. Além disso, o trânsito era tão ruim quanto o de Istambul. Na Turquia, esquecíamos totalmente do Irã tão logo nos voltávamos para o Ocidente. Dei uma olhada nas livrarias da rua Enqelab, nome que a Revolução Islâmica mudara, e fiquei encantado com a variedade nelas exposta.

Descobri a existência de raivosos iranianos modernos e seculares, obrigados a levarem suas vidas dentro de casa. Murat me levou a festas em que homens e mulheres se misturavam e bebiam livremente. Nessas festas, as mulheres não cobriam a cabeça. As bebidas alcoólicas eram de fabricação caseira. Na Turquia, fazia algum tempo que o secularismo existia, ainda que tivesse de ser sustentado pelo Exército, e era visto como um valor a ser preservado a todo custo; no Irã, porém, o secularismo parecia não existir, o que o tornava uma necessidade ainda mais fundamental.

Certa noite fui a outra festa numa casa cheia de crianças que ressoava com as conversas e risos estridentes de famílias estendidas, mulheres e homens de negócios. Todos se mostraram gentis e amáveis ao saberem que eu era turco. Eles gostavam de Istambul e muitas vezes viajavam para lá para fazer compras e visitar os pontos turísticos. Pediam-me para falar alguma coisa em turco e sorriam quando eu falava, como se eu tivesse feito alguma coisa engraçada. Uma das famílias que participavam da festa convidou-nos para sua casa de veraneio no Mar Cáspio. Murat, que bebera muito mais do que eu, aceitou o convite sem a menor hesitação.

Quando olhei pela janela para as luzes de Teerã sob o céu azul-escuro, me vi tomado de uma insistente suspeita de que a determinação de meu velho amigo de estreitar laços entre o Irã e a Turquia ia muito além do desejo de enriquecimento pessoal, como se ele estivesse numa missão secreta. Eu não conseguia descobrir se ele era um espião que trabalhava para afastar a Turquia da Otan e do Ocidente ou se tinha como objetivo tirar o Irã de seu isolamento. Talvez ele estivesse ali apenas para tirar proveito da quebra do embargo, mas eu não podia ter certeza.

A bebida alcoólica com sabor de fruta que eles serviam fez minha cabeça girar. Sentindo saudades de Ayşe, que ficara em Istambul, de repente me peguei relembrando meus passeios noturnos a Öngören com mestre Mahmut. Fui dominado por estranha aflição, um furioso sentimento de ter de algum modo me tornado órfão, e meus pensamentos se embaralharam.

Eu tinha certeza de que aqueles sentimentos tinham algo a

ver a pintura na parede que eu tinha à minha frente, uma imagem que me era vagamente familiar, embora não a pudesse situar nem entender bem. Parte de mim parecia conhecer o tema, enquanto outra ansiava por esquecê-lo. A imagem, obviamente tirada de um livro antigo e reproduzida para decorar aquele calendário, mostrava um homem embalando o filho e chorando. Parecia baseada numa história como a que eu vira encenada anos atrás, no pavilhão amarelo do teatro em Öngören. Via-se o angustiado pai cheio de remorsos, o sangue do filho cobrindo a ambos...

Nossa anfitriã, uma senhora muito observadora, vendo-me paralisado diante do calendário, aproximou-se de mim. Perguntei-lhe o que a imagem representava. Ela disse tratar-se de uma cena do *Shahnameh*, na qual Rostam chora sobre Sohrab, seu filho, que ele acabara de matar. Sua expressão de orgulho parecia dizer: "Como você não sabia?". Refleti que os iranianos não eram como nós, turcos, que, de tão ocidentalizados, esquecemos nossos antigos poetas e mitos. Eles manteriam sempre a lembrança dos seus, principalmente dos poetas.

"Se você tem interesse nesse tipo de coisa, vamos levá-lo ao Palácio Golestan amanhã", disse a anfitriã, agora sentindo uma evidente satisfação. "Foi de lá que veio essa reprodução, e lá você vai encontrar muitos outros manuscritos com iluminuras e livros antigos."

Ela não me levou ao Palácio Golestan, mas eu fui lá com Murat durante meu último fim de semana em Teerã. No extenso jardim, com árvores exuberantes, havia um grande número de edifícios senhoriais de menor porte. Entramos na galeria do palácio, o Negar Khaneh, que me fez lembrar o Palácio Ihlamur, próximo à Farmácia Vida, de meu pai. Era um edifício com pouca luz, dedicado à antiga arte persa. Exceto por nós, não havia outros visitantes. Carrancudos, os guardas nos olhavam com desconfiança, como a dizer: "O que vocês vieram fazer aqui?".

Logo encontramos novas representações do mesmo homem, tentando salvar o filho ferido ou chorando sobre seu cadáver. O pai era Rostam, herói do *Shahnameh* e da história de Rostam e Sohrab. Ainda assim, quando olhei para aquela imagem, o que eu vi assemelhava-se à ideia de paternidade que eu trazia no fundo de mim.

Não havia livros nem cartões-postais na loja do museu; não consegui encontrar nenhuma das pinturas que eu vira e nenhuma outra imagem de Rostam e Sohrab. Senti-me frustrado e incomodado, como se uma lembrança terrível que eu tentava reprimir pudesse aparecer de repente e me trazer infelicidade. A imagem era como um pensamento perverso que insiste em entrar em nossa mente, por mais que desejemos nos livrar dele.

"Você pode fazer o favor de me dizer o que há de tão especial nessa pintura?", Murat me perguntou.

Não me dispus a explicar, mas ele por fim prometeu enviar para mim, em Istambul, a figura do calendário que eu vira na casa onde jantáramos.

Em minha viagem de volta, quando o avião estava descendo, tentei avistar Öngören da janela, mas só pude ver por entre as nuvens uma vasta extensão de Istambul. Foi então que, vinte anos depois, comecei a sentir um desejo irresistível de voltar a Öngören e ao lugar onde eu vira mestre Mahmut pela última vez.

27.

Mas resisti à tentação de voltar. Passei os fins de semana seguintes em Istambul, deixando-me ficar ociosamente com minha mulher na frente da TV ou indo ao cinema em Beyoğlu, tentando esquecer minhas preocupações. Mas será que eu podia chamá-las assim? Eu não tinha grandes preocupações na vida, exceto minha incapacidade de gerar um herdeiro. Depois de incontáveis dias e meses consultando médicos que diziam que o problema devia estar em Ayşe, e não em mim, e sem conseguir nada seguindo suas recomendações, achei que se agíssemos como se isso não tivesse importância, então não teria.

Não era fácil encontrar em Istambul uma tradução do épico milenar de Ferdowsi. A maioria dos intelectuais otomanos devia ter um conhecimento superficial do *Shahnameh*, o *Livro dos Reis* persa, ou pelo menos devia conhecer algumas de suas histórias. Mas depois de duzentos anos lutando para se ocidentalizar, ninguém na Turquia estava interessado nessa profusão de histórias. Uma tradução para o turco em versos livres circulava desde a década de 1940 e foi publicada pelo Ministério da Educação dez anos depois, em quatro volumes. Foi essa edição do poema épico — com a capa branca, característica da coleção Clássicos do Mundo, já amarelecida pelo tempo — que finalmente encontrei e devorei.

A mistura de história e mito me encantava, assim como a forma como o livro começava com uma fábula estranha para depois se transformar numa espécie de conto que encerrava uma moral sobre família e ética. Fiquei impressionado com o fato de o poeta persa Ferdowsi ter dedicado toda sua vida à história nacional, que chegaria a um total de mil e quinhentas páginas na tradução. O erudito poeta amante de livros lera as histórias, lendas e sagas de outras nações, procurando manuscritos em árabe, avéstico e pálavi; ele combinava mitos com crônicas heroicas, parábolas religiosas com história e memória; e assim compôs seu próprio poema épico monumental.

O *Shahnameh* era um compêndio de histórias esquecidas, as vidas de reis e heróis do passado. Eu me sentia como se fosse ao mesmo tempo o herói e o autor de algumas daquelas narrativas. Ferdowsi sofreu a dor da morte de um filho, e isso infundiu nas passagens sobre a dor do pai que perdeu um filho uma profundidade e sinceridade muitíssimo comoventes. Eu me imaginava contando a mestre Mahmut essas histórias nas trevas da meia-noite e me lembrava da Mulher Ruiva. Se eu fosse escritor, gostaria de criar algo comparável àquela eterna e abrangente obra-prima, que parecia apreender cada detalhe de qualquer tema, um livro ao mesmo tempo emocionante e angustiante, em sua perfeita descrição da humanidade, que me enchia de surpresa e assombro a cada passo. Meu livro *A geologia da Turquia* também haveria de ter um caráter épico e enciclopédico. Fazendo um uso judicioso da narrativa, eu descreveria os mundos submarinos, as cadeias de montanhas e as camadas e veios da rocha subterrânea.

O *Shahnameh* começa com mitos da criação e histórias de gigantes, monstros, gênios e demônios, mas sua paisagem se torna mais reconhecível quando a narrativa passa a focar nas aventuras de reis mortais, de bravos guerreiros e de gente igual a nós que enfrentou a família, a vida — e o Estado. Enquanto lia, me lembrava de meu pai e, com relutância, cada vez mais me convencia de que, afinal de contas, provavelmente eu tinha matado mestre Mahmut. Esse sentimento se intensificou quando passei do drama de Sohrab para o de Afrasiab, até me ver tomado de tal angústia que pensei em largar o livro. Ao mesmo tempo, eu achava que, se continuasse a explorar aquele mar de histórias, acabaria resolvendo o enigma da minha própria vida, indo finalmente descansar em praias mais tranquilas.

Havia uma história que eu li tanto, depois que minha mulher dormia, que sabia que a guardaria na memória para sempre, como uma canção de ninar, um pesadelo recorrente ou alguma outra experiência indelével:

Era uma vez um homem chamado Rostam, um dos heróis persas sem igual, um guerreiro incansável. Todos o conheciam e o amavam. Um dia, Rostam saiu para caçar e se perdeu e, naquela mesma noite, enquanto dormia, perdeu também o cavalo, Rakhsh. Quando saiu à procura do cavalo, foi dar no território inimigo de Turan. Mas como sua boa fama o precedia, foi reconhecido e bem tratado. O xá de Turan recebeu o visitante inesperado com generosa hospitalidade; organizou um banquete em sua homenagem, e os dois beberam juntos.

Depois do jantar, Rostam se recolheu ao quarto, e alguém bateu à porta. Era Tahmina, filha do xá de Turan; ela vira o belo Rostam no banquete e agora viera declarar seu amor por ele. Ela queria ter um filho do herói inteligente e famoso. A filha do xá, alta e esguia, tinha sobrancelhas bem delineadas, lábios delicados e cabeleira farta (em minha mente, de um belo tom ruivo). Rostam não pôde resistir àquela beldade inteligente e sensível que se dera ao trabalho de ir procurá-lo no quarto. Então eles fizeram amor. De manhã, Rostam deixou uma pulseira para o bebê ainda não nascido, mas que ele sabia ter sido concebido, e voltou para sua terra.

Tahmina deu o nome de Sohrab a seu filho ilegítimo. Quando cresceu e descobriu ser filho do famoso Rostam, Sohrab anunciou: "Vou ao Irã depor o cruel xá Kay-Kavus e pôr meu pai em seu lugar. Então voltarei para Turan e deporei o xá Afrasiab, que é tão cruel quanto Kay-Kavus, e assumir seu lugar no trono. E assim meu pai Rostam e eu uniremos o Irã e Turan, ligando Ocidente e Oriente, para governar sobre toda a criação".

Tal era o plano do honesto e bondoso Sohrab. Mas ele subestimou a astúcia e a malícia de seus inimigos. Afrasiab, o xá de Turan, sabia das intenções de Sohrab, mas ainda assim o apoiou em sua guerra contra a Pérsia. Além disso, plantou espiões no Exército para garantir que Sohrab não reconhecesse seu pai, Rostam, quando finalmente se vissem frente a frente. Atrás de suas respectivas linhas, pai e filho inicialmente observavam o embate dos dois exércitos. Finalmente, uma série de golpes sujos e ardis conspirou com os caprichos do destino para reunir no mesmo campo de batalha o lendário guerreiro Rostam e seu filho Sohrab. Naturalmente, eles não se reconheceram, resguardados que estavam com armaduras, assim como Édipo não reconheceu o pai. Além disso, Rostam tinha o costume de procurar esconder a própria identidade na batalha, para evitar que sua fama levasse um adversário, fosse ele qual fosse, a se empenhar mais que o normal na luta. E o inexperiente Sohrab estava tão ansioso para ver o próprio pai no trono persa que nem considerou a possibilidade de este estar lutando. E assim esses dois guerreiros poderosos e destemidos, pai e filho, sacaram suas espadas e se enfrentaram sob as vistas dos dois exércitos.

Ferdowsi descreve longamente como pai e filho combateram, numa luta que durou mais de um dia, até que por fim o pai matou o filho. Mais do que a violência e o *páthos* inerente à história, o que me enervava era a sensação de estar lendo algo que na verdade acontecera comigo. Era muito perturbador, mas ao mesmo tempo me trazia uma sensação pela qual eu ansiava. Enquanto eu passava as páginas daqueles velhos volumes, mergulhando nas histórias, sentia como se estivesse no teatro em Öngören. Toda vez que eu lia sobre Rostam e Sohrab, era como se estivesse revivendo minhas próprias lembranças.

28.

Recuando um pouco para examinar o assunto racionalmente, eu conseguia entender o que havia de tão familiar na história de Sohrab e Rostam e sua semelhança com a história de Édipo. Na verdade, havia paralelos surpreendentes entre a vida de Édipo e a de Sohrab. Mas havia também uma diferença fundamental: Édipo matou o pai, ao passo que Sohrab foi morto pelo pai. Uma história é de parricídio, a outra, de filicídio.

Contudo, essa distinção crucial só acentuava as similaridades. Como na história de Édipo, o leitor é lembrado repetidamente que Sohrab não conhece o pai e nunca se encontrou com ele. Então, entende-se que Sohrab não tem culpa, pois não sabe que o homem que ele pretendia matar era o próprio pai. Mas esse momento fatal é adiado continuamente. Assim como a investigação do assassinato empreendida por Édipo leva muito tempo para chegar a uma conclusão, também no *Shahnameh* a batalha adiada entre pai e filho parece não ter fim. No primeiro dia, Rostam e Sohrab lutam com espadas curtas, e quando estas se partem de encontro às armaduras, eles sacam cimitarras e recomeçam o combate. Ambos os exércitos veem as centelhas que chovem sobre pai e filho toda vez que suas espadas se chocam. Quando as espadas também se partem, eles passam a lutar com clavas. Armas e escudos se vergam sob o impacto dos golpes, e os cavalos de ambos mostram cansaço. A encenação no teatro de Öngören apresentou os momentos finais dessa batalha.

No primeiro dia, Sohrab consegue ferir o pai no ombro com um golpe de clava; no segundo dia, a luta se precipita para o final. Quando cheguei à parte em que o jovem Sohrab agarra o cinto do pai e o joga no chão, eu me encolhi. Sentando-se sobre ele, Sohrab saca uma adaga turca e está prestes a cortar a garganta do pai quando Rostam, lutando pela vida, engana o jovem guerreiro.

"Você não pode me matar agora, tem de me vencer uma segunda vez", diz Rostam ao filho Sohrab. "Só então terá adquirido o direito de me matar. Essa é nossa tradição. Se você a respeitar, será considerado um guerreiro digno desse nome!"

Sohrab acatou a voz dentro de si, que o mandava poupar o adversário de idade avançada. Naquela noite, porém, seus companheiros lhe disseram que ele cometera um erro e que não deveria subestimar os inimigos. Mas o forte e jovem guerreiro não deu muita atenção aos amigos.

Então, não muito depois do início da batalha do terceiro dia, Rostam de repente domina o filho e joga-o no chão. Antes mesmo que eu tivesse tempo de entender o que se passava, Rostam enfiou a espada no peito de Sohrab, dilacerou-o e o matou. Fiquei tão chocado quanto ficara anos antes, no teatro de Öngören.

Édipo matou o pai — que ele também não reconheceu — com a mesma rapidez surpreendente, num louco acesso de raiva. Naqueles momentos, talvez nem Édipo nem Rostam estivessem pensando claramente. Era como se Deus tivesse tornado esse pai e esse filho temporariamente insanos para que não hesitassem, cumprindo, assim, Sua divina vontade.

Visto que ambos agiram num acesso de raiva, será que Édipo, que matou o pai, e Rostam, que matou o filho, podiam ser considerados inocentes? Os antigos gregos que assistiam à peça de Sófocles decerto acreditavam que o maior crime de Édipo não fora matar o pai, mas rebelar-se contra o destino que Deus lhe reservara — exatamente como mestre Mahmut dissera tantos anos atrás. Da mesma forma, o verdadeiro pecado de Rostam não foi o filicídio, mas gerar um filho numa noite de paixão e deixar de cumprir seus deveres paternos.

Édipo se puniu furando os próprios olhos de remorso. O público da Grécia antiga certamente se satisfazia com esse desenlace, que era o justo castigo por recusar o destino traçado por Deus. Da mesma forma, a lógica diz que Rostam tinha de pagar algum preço por matar o próprio filho. Mas não houve punição no final da história oriental — apenas o pesar do leitor. Será que ninguém faria o pai do Oriente pagar por seu ato?

Às vezes eu acordava no meio da noite e pensava sobre essas coisas enquanto minha esposa dormia ao meu lado. As luzes de neon da rua passavam através das cortinas entreabertas e banhavam a fronte harmoniosa e os lábios expressivos de Ayşe, e eu pensava no quanto éramos felizes, apesar de não termos filhos. Eu me levantava da cama e ia olhar pela janela que dava para a rua, perguntando-me por que era atormentado por certos pensamentos o tempo todo. Lá fora chovia ou nevava na noite de Istambul, as calhas de nosso velho edifício gemiam, e um apressado carro de polícia passava pela rua, com sua intensa luz azul brilhando de modo intermitente. Naquela época facções que defendiam a entrada da Turquia na União Europeia enfrentavam na rua nacionalistas e muçulmanos. Todos os lados desfraldavam a bandeira nacional como um emblema e uma arma ao mesmo tempo, e enormes bandeiras turcas tremulavam sobre guarnições militares e em toda Istambul.

Havia noites em que o barulho de um avião passando me lembrava mestre Mahmut. Toda a cidade devia estar dormindo, e eu tinha a impressão de que o avião lá em cima mandava uma mensagem especialmente para mim. Se eu estivesse naquele voo em plena madrugada, olharia pela janela tentando ver o poço de mestre Mahmut, embora provavelmente não conseguisse localizá-lo. Istambul tinha crescido a ponto de engolir Öngören; mestre Mahmut e seu poço estavam perdidos em algum ponto daquele charco metropolitano. Então eu pensava mais uma vez que, se quisesse saber se era ou não culpado e enfim me livrar de minha perturbação, tinha de voltar a Öngören. Mas eu ainda resistia, contentando-me em reler o *Shahnameh* e *Édipo rei* e em comparar a tragédia de Rostam e Sohrab com a de Édipo e com os dramas de outras histórias.

29.

Foi por essa época que comecei a desenvolver o que seria uma eterna compulsão de comparar pais e filhos, que eu conhecia em circunstâncias normais, com Édipo e Rostam. O gerente do café ralhando com o empregado, numa noite em que eu andava distraidamente do trabalho para casa, era de um tipo diferente do de Rostam, mas eu vi, nos furiosos olhos verdes de seu subalterno, o desejo de pegar uma faca de kebab e estripar o patrão. A caminho da casa da melhor amiga de Ayşe, para comemorar o aniversário de seu filho, me perguntei se o marido dela, um pai rigoroso e intolerante, podia ser comparado ao insensato Rostam.

Houve um período em que eu dava preferência a jornais que tratavam de escândalos e assassinatos e traziam histórias que me lembravam Édipo e Rostam. Naquela época, dois tipos de histórias de assassinato eram muito populares entre os leitores de Istambul, e muitas vezes apareciam nos tabloides. No primeiro tipo, um pai fazia sexo com sua bela e jovem nora, enquanto o filho estava no serviço militar ou na prisão. Quando, de volta a casa, o filho descobria a verdade, matava o pai. O segundo tipo de assassinato, com inúmeras variações, era motivado por um filho sexualmente frustrado que assediava a mãe num acesso temporário de loucura. Quando o pai tentava impedi-lo ou puni-lo, o filho terminava por matá-lo. O público abominava esses filhos, recusando-se até mesmo a lhes pronunciar os nomes; as pessoas os odiavam nem tanto pelo assassinato dos pais, mas pela violação das próprias mães. Na prisão, alguns desses parricidas terminavam mortos por chefes de gangues, brutamontes ou assassinos de aluguel buscando fazer nome matando um degenerado daquela espécie. Ninguém condenava esses assassinatos — nem o Estado, nem os administradores das prisões e tampouco a opinião pública.

Mais de vinte anos depois de ter cavado o poço com mestre Mahmut, comecei a explicar meu interesse por Édipo e Sohrab à minha esposa Ayşe. Nunca lhe falei de mestre Mahmut, mas ela começou a partilhar minha fascinação com a peça de Sófocles e com o épico de Ferdowsi. Era uma espécie de exercício especulativo sobre o filho que não tínhamos. Cá comigo, eu classificava as pessoas como do tipo Rostam e do tipo Édipo. Pais que inspiravam medo nos filhos apesar de amá-los e de desejarem o melhor para eles nos lembravam Rostam, embora, naturalmente, Rostam tivesse abandonado o filho. Talvez os filhos que se ressentiam de seus pais e rejeitavam sua autoridade fossem como Édipo, mas aí surgia a questão: onde estariam todos os Sohrabs abandonados? Às vezes discutíamos o que devíamos fazer para evitar que um hipotético filho nosso viesse a desenvolver um complexo de Édipo ou de Sohrab. Toda vez que visitávamos nossos amigos, assim que chegávamos nos apressávamos a puxar assunto sobre seus filhos. Tínhamos teorias simplistas sobre pais opressores e filhos rebeldes e, inversamente, sobre filhos submissos e pais indulgentes. Transfigurando nossa tristeza por não termos filhos em algo mais profundo, fortalecíamos nosso laço conjugal.

Nossa economia doméstica também tirava partido das circunstâncias. Como minha empresa tinha relações estreitas com as autoridades municipais e com o partido do governo, sabíamos com antecedência que áreas tinham sido escolhidas para reurbanização: a construção de novas torres residenciais, novas estradas, e assim por diante. Comprávamos terrenos com base nessas informações e aproveitávamos os subsídios do governo para novos prédios. Nunca achei que essa prática fosse antiética. Mas às vezes eu me perguntava o que meu pai diria se soubesse que os interesses econômicos de seu filho implicavam uma convivência íntima com os líderes do partido do governo, o comparecimento a seus espalhafatosos eventos culturais e de levantamento de fundos e ouvir os pomposos discursos que pronunciavam nas cerimônias. Durante anos, nutri um ódio constante por meu pai por nos ter abandonado. Mas àquela altura já não me importava tanto com isso, porque sabia que ele não iria aprovar o que eu estava fazendo.

Parece que todos nós desejaríamos ter um pai forte e decidido nos dizendo o que fazer e o que não fazer. Será que esse desejo nasce da dificuldade de distinguir o que devemos do que não devemos fazer, o que é certo do que é errado? Ou se deve ao fato de precisarmos o tempo todo nos convencer de que somos inocentes e não pecadores? A necessidade de um pai existe sempre ou nós a sentimos apenas quando estamos confusos ou angustiados, quando nosso mundo está vindo abaixo?

30.

Quando entrei na casa dos quarenta anos, comecei a sofrer de insônia, da mesma forma que meu pai. Eu ficava na cama acordado no meio da noite até que, achando que devia fazer alguma coisa útil, dirigia-me ao escritório para verificar quaisquer arquivos, pastas sobre construção e contratos que tinha trazido do trabalho para casa. Mas aquele material me deprimia, e eu acabava ainda mais insone do que antes. Por fim, descobri que ler o *Shahnameh* ou *Édipo rei* libertava meus pensamentos de dinheiro e cifras e me ajudava a dormir melhor — como quando se ouve um antigo conto de fadas. Embora se tratasse de duas histórias sobre uma culpa terrível, minha própria culpa parecia amenizar-se quando eu as relia.

Ler e reler a mesma coisa como uma prece me tranquilizava, mas a certa altura percebi que minha mente não reagia da mesma maneira a cada uma das cenas. Ambos os livros eram fundamentais para as culturas que lhes deram origem — de um lado, a Grécia ou o Ocidente, de outro, a Pérsia ou o Oriente —, mas, embora eu os relesse muitas vezes, só conseguia me preocupar com os muitos problemas que seus protagonistas viviam ou com as grandes questões éticas e existenciais que afloravam. Tomemos, por exemplo, o relacionamento sexual de Édipo com sua mãe, Jocasta: eu não conseguia imaginá-lo de modo algum, limitando-me a classificá-lo em minha mente como um "grande crime" e apressar-me em seguir em frente. Vocês talvez concluam que eu não era capaz de pensar no assunto em termos visuais.

Outro exemplo era a busca tantalizante pelo pai que nunca se conheceu, a busca comum na qual Édipo e Sohrab mostram uma semelhança fraterna. Eu nunca me detinha muito a pensar que ambos tinham crescido longe do pai verdadeiro. Talvez eu temesse que, fazendo isso, tomasse ciência de meu próprio desejo. Quando meu pai me abandonou (como Rostam abandonou Sohrab) e foi para a prisão, para depois construir para si uma nova vida, procurei figuras paternas que o substituíssem e me guiassem. E eu continuava pensando muitas vezes em mestre Mahmut: em algum canto de minha mente, um homem que encolhia cada vez mais, cavava um poço rumo ao centro da Terra e às vezes entrava em meus sonhos com outra aparência e me contava histórias.

Numa sombria tarde de outono, fui ao encontro da sra. Fikriye, diretora da Biblioteca de Manuscritos do Palácio Topkapı, a quem fui recomendado pelo dr. Haşim, um amigo comum da Livraria Deniz, que lecionava literatura na universidade. Ele lhe falara de meu interesse em Rostam e Sohrab, e a sra. Fikriye lhe tinha dito: "Ele deve vir aqui para que eu lhe mostre nossas belas edições ilustradas do *Shahnameh*". (Ainda havia muita gente boa em Istambul.) Enquanto conversávamos sentados nos vastos jardins do palácio do sultão Abdulmajid, ela me lembrou que a desesperada busca por um pai podia ter consequências que eu não previra.

Embora os diretores do museu nunca a expusessem, a Biblioteca do Palácio Topkapı possuía uma das mais belas coleções de manuscritos persas com iluminuras, e seu acervo dos séculos XV e XVI rivalizava com o da galeria do Palácio Golestan, em Teerã. As sementes dessa coleção foram plantadas em 1514, quando o sultão Selim I, tendo derrotado o xá Ismail na Batalha de Chaldiran, ao sul do lago Van, promoveu o saque de Tabriz e voltou para Istambul com bom número de livros e manuscritos. Entre os tesouros do xá Ismail havia grande número de *Shahnamehs*, volumes adornados de beleza excepcional, tomados dos antigos turcomenos e da dinastia uzbeque *Shaybanid, que ele havia conquistado. Nos dois séculos que se seguiram, os safávidas e os otomanos voltariam a se enfrentar muitas vezes, e Tabriz mudou de mãos dez vezes. Depois de cada batalha, porém, quando os safávidas mandavam seus enviados de paz aos otomanos, não deixavam de encarregá-los de levar com eles, como presente, os Shahnamehs* com iluminuras, de cuja beleza se orgulhavam, e logo esses manuscritos começaram a acumular-se no tesouro do Palácio Topkapı.

A sra. Fikriye teve a generosidade de me permitir folhear o mais primoroso dos *Shahnamehs*, de quinhentos anos, e juntos examinamos atentamente as miniaturas mostrando Rostam logo depois de ter matado Sohrab, gemendo de dor sobre o sangue de seu filho morto. A principal emoção evocada por essas pinturas era um intenso remorso, idêntico ao que eu sentira ao assistir à cena no teatro de Öngören. Era o remorso do pai por ter matado o filho — o insuportável sentimento de culpa e pesar que nos domina no exato instante em que percebemos ter destruído algo belo e infinitamente precioso. Na melhor daquelas ilustrações, podia-se praticamente ler nos olhos do pai o desejo desesperado de voltar atrás os últimos minutos de sua vida.

Naquele dia, a sra. Fikriye me mostrou muitas coisas. "Obrigada pela visita", disse ela enquanto o céu já escurecia lá fora.

"Isso aqui faz com que nos sintamos um pouco solitários. Ninguém mais se importa com essas velhas histórias. Fico feliz em ver alguém tão interessado em Rostam e Sohrab. O que a história deles tem de tão especial para você?"

"A forma como o pai mata o filho e depois sofre com isso me toca profundamente", respondi. "Uma vez, muitos anos atrás, assisti à encenação de uma história parecida no pavilhão de um teatro ambulante perto de Istambul, e ela nunca me saiu da cabeça."

"Você não se dá bem com seu pai?", perguntou a sra. Fikriye. Como não respondi, ela passou a abordar o assunto de outra perspectiva: "Na Turquia, deixamos que o *Shahnameh* se perdesse ao longo dos anos. Acho que não estamos mais num mundo em que se leiam e apreciem velhos épicos de heróis guerreiros. Mas embora o livro de Ferdowsi tenha sido esquecido, as histórias do *Shahnameh* continuam presentes entre nós. Elas estão muito vivas e reaparecem sob várias formas."

"Como?"

"Uma noite dessas estávamos assistindo a um filme no Canal 7", disse a diretora da biblioteca. "Era uma adaptação da história de amor de Ardashir e a jovem escrava Gulnar, do *Shahnameh*, com o ator İbrahim Tatlıses. Minha assistente Tuğba e eu assistimos a esses velhos filmes de Yeşilçam para nos lembrar de quão bela Istambul já foi, mas também para identificar enredos inspirados no *Shahnameh* e em outros livros. Istambul mudou tanto, não é mesmo, sr. Cem? Mas ainda é possível identificar as velhas ruas e praças. O mesmo acontece com o *Shahnameh*. Certo dia estávamos vendo outro filme que, embora ambientado totalmente no presente, nos permitiu identificar cada uma das partes do enredo tomadas de empréstimo de 'Farhad e Shirin'. Eu sempre digo que, apesar de esquecidos, esses livros têm suas histórias recontadas tantas vezes que, de certo modo, elas ainda estão bem vivas. E quando assistimos a esses velhos melodramas de

Yeşilçam, nos lembramos daquelas narrativas. Talvez as pessoas que sempre recorrem ao *Shahnameh* buscando inspiração para escrever roteiros para filmes turcos e iranianos sejam um pouco como você. Acontece o mesmo no Paquistão, na Índia e na Ásia Central; em todos esses lugares, eles também amam essas histórias e fazem filmes com elas, exatamente como nossas produções de Yeşilçam."

Expliquei à sra. Fikriye que era geólogo, não roteirista de cinema, e que meu interesse em histórias antigas teve origem numa viagem que fiz ao Irã. Perguntei-lhe se sabia que o atual governo do Irã estava tentando recuperar uma miniatura de Rostam chorando a morte de seu filho Sohrab. Eles estavam oferecendo grandes recompensas para quem conseguisse trazer essa ilustração do Metropolitan Museum of Art, de Nova York, de volta ao Irã, usando experientes e astutos negociantes de arte como intermediários.

"Vejo que o dr. Haşim o enviou aqui para inteirar-se dos boatos que circulam entre os colecionadores de livros", disse a sra. Fikriye. "Esse famoso livro que você mencionou ficava aqui no Topkapı. Ele foi roubado e contrabandeado para o Ocidente quando os sultões resolveram mudar-se do palácio, deixando tudo para trás. Primeiro, ele caiu nas mãos dos Rothschild, depois foi vendido para os americanos. Como alguns de seus heróis trágicos, esse livro passou sua existência inteira exilado no estrangeiro. É por isso que sempre o invocam como um símbolo político nacionalista."

"Como assim?"

"Você já parou para pensar que os povos de Turan e da Rumélia, que aparecem com muita frequência no *Shahnameh*, sempre descritos em termos muito zombeteiros e rancorosos, na verdade são turcos?"

"Mas o *Shahnameh* foi composto no ano mil", respondi com um sorriso. "Os turcos nem ao menos tinham saído da Ásia."

"Ah, sr. Cem, o senhor pode ser mais bem informado e mais curioso que muitos dos chamados acadêmicos, mas ainda é um amador", disse a sra. Fikriye, pondo-me delicadamente em meu lugar e retomando a visita guiada.

Não me incomodei de ser chamado de amador, mas isso me lembrou do quanto minhas pesquisas eram dominadas pela emoção. Todas aquelas iluminuras mostravam também mulheres vendo seus maridos lutando com seus filhos e chorando diante dos cadáveres ensanguentados de seus rebentos, que jaziam nos braços de homens que os geraram e depois os mataram. Ao contemplar aquelas mulheres, às vezes me imaginava pintando-as com cabelos ruivos — como num livro para colorir.

Agradeci à sra. Fikriye profusamente por me ter convidado a visitar a biblioteca e por partilhar seus conhecimentos especializados, para não falar das horas de que abriu mão, tão somente para isso. Conversamos até o anoitecer naquela tarde de outono. Não havia turistas no museu, que estava fechado aos visitantes. Mais tarde, enquanto eu andava sob os pórticos do Topkapı e por seus pátios atapetados de folhas amareladas de nogueiras e plátanos, ocorreu-me que aquilo que eu sentia era algo similar à sensação de aliviar a culpa, que eu não conseguia tirar de minha alma, transformando-a, talvez, na diversão literária de um engenheiro: uma sensação de passado!

A sra. Fikriye, que de outra forma não tinha interesse pelas intrigas políticas contemporâneas, relacionara o destino do mais primoroso de todos os manuscritos do *Shahnameh* à política nacionalista. Isso, por sua vez, lembrou-me outro traço comum entre Édipo e Sohrab, que antes eu deixara passar: exílio político e distanciamento da pátria… Meu pai sempre se mostrara muito sensível a esse tema. Alguns de seus amigos militantes fugiram para a Alemanha logo depois do golpe militar, sabendo o que lhes aconteceria se não o fizessem. Outros, como meu pai, se deixaram ficar, talvez por falta de recursos para partir ou por acharem que não tinham feito nada de terrível que justificasse a saída do país. Outros simplesmente pensaram que não seriam pegos. Mas no final todos foram presos e torturados pela polícia.

A busca por pais perdidos afastou Édipo e Sohrab de suas cidades e terras, levando-os para lugares em que, vulneráveis à exploração pelos inimigos de seus países, acabaram se tornando traidores. Em ambas as histórias, a lealdade à família, ao rei, ao pai e à dinastia se coloca acima da lealdade à nação, e a deslealdade dos protagonistas nunca é enfatizada. Ainda assim, buscando seus respectivos pais, o príncipe Édipo e Sohrab terminam por colaborar com os inimigos de seu próprio povo.

31.

Quando Ayşe chegou aos trinta e oito anos e eu aos quarenta, começamos a nos conformar com a ideia de que nosso sonho de ter filhos nunca haveria de se realizar. Pode-se dizer que, em vista da frieza dos médicos turcos e das exaustivas e infinitas tentativas em hospitais americanos e alemães de Istambul, nós simplesmente desistimos.

A maior compensação foi o fato de nosso cansaço e decepção nos aproximarem ainda mais. Estreitamos nossa amizade, distanciamo-nos de outras famílias e ficamos mais inclinados a atividades intelectuais. Ayşe cansou-se de ser alvo de piedade — e às vezes até vítima de crueldade calculada — das mães donas de casa com quem ela tinha amizade. Logo parou de frequentá-las e começou a procurar emprego. Assim lhe propus que dirigisse a empresa que eu resolvera fundar para aproveitar as oportunidades de construção menores, que meus atuais empregadores deixavam passar. Ela aprenderia rápido como gerenciar engenheiros e lidar com contramestres. De todo modo, eu lhe daria apoio. A empresa, que nós batizamos de Sohrab, seria nosso filho.

Começamos a viajar juntos como um jovem casal em lua de mel. Toda vez que nosso avião decolava, eu me debruçava sobre o colo de minha mulher e olhava pela janela (Ayşe achava isso muito cativante) procurando avistar Öngören. No primeiro ano de nossas viagens, vi do avião que o platô de Öngören agora estava coberto de prédios e fábricas, e aquilo me fez sentir uma estranha serenidade.

No início do verão, mudamo-nos para um apartamento caro de quatro quartos em Gümüşsuyu, com vista para o mar. Quando viajávamos, ficávamos nos melhores hotéis, com as mais belas paisagens, e, entre uma e outra visita a museus, encaixávamos consultas ocasionais a clínicas de fertilidade em Londres ou Viena. Essas consultas invariavelmente aumentavam nossas esperanças, e nossa decepção era maior a cada tentativa malograda.

Por sugestão da sra. Fikriye, procurávamos museus com manuscritos persas em suas bibliotecas, como a Chester Beatty, em Dublin, à qual conseguimos acesso graças a um amigo diplomata, e a biblioteca do Museu Britânico, no ano seguinte, para nos deliciar com cópias do *Shahnameh*. Como aqueles desenhos e miniaturas raramente eram exibidos, muitos frequentadores de museus nunca conseguiram vê-los. Os competentes e atenciosíssimos curadores assistentes — as luvas brancas que às vezes usavam e o cheiro de madeira e poeira que pairava em seus depósitos banhados de uma luz cor de limão — nos lembravam quão antigas, quão cheias de vida e quão frágeis eram aquelas imagens.

O que as meticulosas e detalhadas miniaturas nos ensinavam era quão efêmeras todas aquelas vidas antigas tinham sido, quão rápido tinham caído no esquecimento e como era leviano pensar que podíamos entender o sentido da vida e da história aprendendo um punhado de fatos. Saíamos dos corredores sombrios das bibliotecas desses museus para as ruas das capitais europeias sentindo que tínhamos nos tornado mais sábios por termos admirado a arte.

Como todos os turcos cultos da geração de meu pai, o que eu realmente esperava encontrar nessas viagens, vagando por lojas, cinemas e museus do mundo ocidental, era uma ideia, um objeto, uma pintura — qualquer coisa — que pudesse transformar e iluminar minha própria vida. Uma dessas obras da mão humana era a famosa pintura a óleo de Ilya Repin, *Ivan, o Terrível e seu filho*, que Ayşe e eu contemplamos assombrados na Galeria Tretyakov, em Moscou. A pintura mostra um pai, como Rostam, tendo nos braços o corpo ensanguentado do filho que ele acabara de matar. Ela se parecia com o trabalho de um pintor persa que se inspirara em representações mais antigas de Rostam e Sohrab, mas que também mostrava influência das técnicas de perspectiva e de claro-escuro do Renascimento. O modo como o pai — e rei — matara seu filho num momento de fúria cega, e de que forma agora agarrava seu corpo ensanguentado, com o horror e o remorso estampados na face; o modo como o filho — e príncipe — jazia de costas nos braços do pai: todas aquelas imagens nos eram familiares. Aquele pai assassino era o implacável tsar Ivan IV, fundador do Estado russo, tema do filme de Eisenstein, *Ivan o Terrível*, um dos preferidos de Stálin. A brutalidade e o remorso que emanavam da pintura, sua absoluta simplicidade e sua determinação lembravam estranhamente a implacável autoridade do Estado.

Senti o mesmo medo familiar e intimidante da autoridade enquanto contemplava o céu de Moscou, sem estrelas naquela noite. Ivan, o Terrível parecia ao mesmo tempo arrependido do que fizera e transbordante de amor e ternura pelo filho. Aquilo me lembrou um medonho aforismo que meu pai me ensinou, expressando a atitude ambivalente das autoridades ante artistas e escritores talentosos que criticam seus regimes: "Os poetas devem ser enforcados, depois pranteados na forca".

Houve um tempo em que o primeiro ato de todo sultão otomano ao subir ao trono era executar os outros príncipes (cujas mortes ele em seguida lamentava, pois afinal de contas eram seus irmãos). Esse derramamento de sangue era justificado de acordo com a lógica de que, quando se trata de questões de Estado, é preciso "ser cruel para ser bom". Eu ansiava por discutir tudo isso com meu pai, mas ao mesmo tempo que sentia sua falta, hesitava em procurá-lo, porque talvez ele desaprovasse meu estilo de vida.

Nossas andanças pelos museus da Europa eram um modo de aplacar a dor de não termos filhos e, também, como dizíamos levianamente um ao outro, de encontrar "um retrato de Édipo". Mas exceto por uma ou duas representações pictóricas da peça de Sófocles, não conseguíamos achar grande coisa. O quadro de Ingres, *Édipo e a Esfinge*, exposto no Louvre, não nos causou grande impressão. A única coisa de que me lembro é ter especulado se a representação de Tebas, uma colina em tons desmaiados, tendo em primeiro plano a entrada da caverna, seria uma representação, ainda que remotamente realista, da cidade.

Em outra versão, o quadro de Gustave Moreau *Édipo e a Esfinge*, no museu homônimo em Paris, foi pintado cinquenta anos depois do de Ingres. Também ele destacava mais a decifração, por parte de Édipo, do "enigma" da Esfinge que seus crimes e pecados. Havia uma cópia dessa pintura no Metropolitan Museum de Nova York e, quarenta passos adiante, na galeria da arte islâmica, ficamos desconcertados ao ver a imagem de Rostam matando seu filho, Sohrab. A ala de arte islâmica, muito pouco iluminada, estava caracteristicamente vazia, e sentimos como se estivéssemos inspecionando um lugar há muito tempo abandonado. A pintura de Moreau podia ser apreciada mesmo por quem não conhecia a história que havia por trás dela, mas aquela ilustração do *Shahnameh* só nos emocionava porque conhecíamos seu tema. O deleite estético que ela nos proporcionava era, por assim dizer, de um tipo muito mais limitado.

Ainda mais intrigante era o fato de que a Europa, com sua muito mais ampla e mais rica tradição de representar temas humanos, não conseguira produzir mais imagens de Édipo; não havia pinturas que representassem as cenas mais cruciais, como quando Édipo mata o pai ou quando dorme com a mãe. Os pintores europeus podem ter sido habilidosos ao descrever esses momentos em palavras e compreender seu significado, mas não foram capazes de visualizar os atos descritos e representá-los na tela. Assim, limitaram-se a mostrar a cena em que Édipo decifra o enigma da Esfinge. Em contrapartida, em terras muçulmanas, onde a arte do retrato nunca vicejou, e na verdade muitas vezes foi banida, os artistas, com grande intensidade, criaram milhares de representações do exato momento em que Rostam mata seu filho Sohrab.

Somente Pier Paolo Pasolini, o romancista, pintor e cineasta italiano, quebrou essa regra não escrita com seu filme *Édipo rei*. Eu assisti à inquietante adaptação apresentada numa retrospectiva de cinema patrocinada pelo consulado italiano em Istambul. O jovem ator que representava Édipo abraça, beija e dorme com sua mãe, interpretada pela atriz mais velha e atraente, Silvana Mangano. Naquela noite, no auditório com lambris de madeira da Casa d'Italia, ante a cena em que mãe e filho fazem amor, o público composto de cinéfilos e intelectuais de Istambul fez um silêncio ensurdecedor.

Pasolini rodou o filme no Marrocos, tendo como pano de fundo as paisagens locais, o solo avermelhado e uma fortaleza vermelha antiga e espectral.

"Eu veria esse filme vermelho outra vez", eu disse. "Você

acha que podemos encontrar um DVD ou uma fita em algum lugar?"

"Que linda a Silvana Mangano… até o cabelo dela era avermelhado", minha mulher comentou.

32.

Os leitores não devem nos imaginar como um casal de intelectuais estéreis que nada faz além de ver filmes de arte e examinar velhos manuscritos e pinturas o dia inteiro. Ayşe saía comigo todas as manhãs, para assumir seu lugar na direção da empresa Sohrab, cujo rápido crescimento nos surpreendeu. Todas as tardes, depois de sair do trabalho, eu dava uma passada em seus movimentados escritórios em Nişantaşı. Trabalhávamos com nossos engenheiros até tarde da noite, jantávamos num lugar qualquer e íamos para casa.

No fim de 2011, um ano depois da retrospectiva de Pasolini, pedi demissão, planejando dedicar meu tempo exclusivamente à Sohrab. Eu ainda passava os dias supervisionando canteiros de obras em toda a Istambul, só que agora o fazia para minha própria empresa, e enquanto meu motorista de Samsun enfrentava penosamente os engarrafamentos no trânsito da cidade, eu fazia meus negócios pelo celular. A maioria dos fornecedores, supervisores de obra e corretores imobiliários com quem eu me comunicava durante os percursos a passo de tartaruga também estava encalhada no trânsito em alguma outra região da cidade. Às vezes eles interrompiam nossa discussão de normas de construção ou margens de lucro para ralhar com o motorista ou parar pessoas na rua e lhes perguntar como se chamava o bairro em que estavam. Eu ficava desanimado ao perceber que meu interlocutor estava provavelmente preso num engarrafamento em algum bairro ainda em construção, de que ninguém tinha ouvido falar, mas já abarrotado de gente. Todo mundo construía, comprava tudo o que era possível comprar, e a cidade crescia em um ritmo vertiginoso.

Sempre que via pessoas pobres, jovens, vendedores ambulantes ou flanelinhas se acotovelando nas ruas, eu me dava conta de que agora era um próspero homem de meia-idade e, mais importante, já bem acomodado nessa condição. Então me perguntava: "Que outras alegrias eu tenho em minha vida além da companhia da minha esposa e de meu entusiasmo de leigo por narrativas antigas?". Eu pensava em meu pai, ligava para minha esposa e tentava me convencer de que estava em paz em meio à multidão da cidade. A falta de filhos fizera com que me resignasse à melancolia e à humildade. Às vezes parava para pensar que, se tivesse tido um filho, ele ou ela agora teria vinte anos.

No começo gastávamos todo o dinheiro que ganhávamos comprando roupas de marca, esculturas, preciosos artigos otomanos, antiguidades, editos reais manuscritos, tapetes requintados e móveis italianos; mas esse consumo exagerado, longe de nos satisfazer, apenas fazia com que nos sentíssemos superficiais e falsos. Uma parte de mim ainda se mostrava muito propensa a rejeitar os amigos aos quais queríamos mostrar nossos refinados objetos de decoração, justamente porque a existência deles nos estimulava a fazer isso. Provavelmente a tendência a essa rejeição se devia à influência das opiniões esquerdistas de meu pai. Assim, ainda que nossa fortuna aumentasse, continuávamos com o nosso ordinário Renault Megane.

Começamos a investir a maior parte de nosso dinheiro em terras para novos projetos de construção e velhos edifícios em bairros promissores. Quando comprávamos terrenos desocupados na periferia da cidade, eu me sentia como um sultão tentando esquecer a falta de um herdeiro anexando províncias ao seu império. Como a própria Istambul, a Sohrab crescia a um ritmo espantoso.

Equipamos nosso carro com um desses aparelhos de navegação por satélite que informam a rua em que se está em determinado momento. Seguíamos o trajeto mostrado em sua tela até os novos bairros que nunca tínhamos visto, colinas acima, das quais era possível ver as Ilhas do Príncipe no horizonte e espantar-se com a expansão da cidade. Mas em vez de nos queixarmos o tempo todo, como tantas outras pessoas faziam, que a velha cidade estava sendo destruída, víamos com simpatia esses novos bairros, que para nós significavam oportunidades de negócio. Todos os dias no escritório, Ayşe examinava os anúncios de leilões no *Diário Oficial* e pesquisava no *Hürriyet* e em outros sites de negócios imobiliários.

Certo dia, Ayşe chamou minha atenção para um leilão do qual ela achava que devíamos participar. Antes que eu tivesse tempo de ler a notícia, ela já localizara o terreno no Google Maps e ampliara a imagem. Quando eu vi a palavra Öngören na tela, meu coração disparou. Mas como assassino experiente, me mantive impassível. Desloquei o cursor na tela e selecionei a cidade mais importante de minha vida.

Uma placa com a palavra "Öngören" tinha sido afixada na praça da Estação. Algumas das ruas circunvizinhas me pareciam vagamente familiares, mas o Google Maps as identificava com seus nomes oficiais, e não com nomes como os moradores da cidade as conheciam, trinta anos atrás. Assim, eu só conseguia reconhecer alguns poucos nomes. Primeiro localizei a estação, depois o cemitério, e a partir dele tentei descobrir onde estaria nosso platô, mas não havia meio de saber pelos nomes das ruas, porque toda a área agora era cortada por estradas.

"Murat disse que vão abrir uma nova rodovia por ali, e existe um lugar com belas paisagens que pode ser perfeito para um novo condomínio. Vamos dar uma olhada domingo de manhã quando formos à casa de sua mãe?"

Murat era o mesmo amigo da universidade que me convidara a ir para Teerã. Ele abandonou todos os outros negócios para entrar na corrida do ouro da construção, e, graças a seus amigos do partido conservador no poder, o faturamento de sua empresa ultrapassou em muito o nosso, embora ele fosse generoso o bastante para nos dar um toque quando uma área parecia promissora.

"Sinto que há algum tipo de maldição nessa 'Öngören'", eu disse a Ayşe. "Como um daqueles lugares sinistros dos contos de fadas que nos contavam quando éramos crianças. Vamos deixar de lado, por enquanto. Além disso, que tipo de vista você pode vender a pessoas que sempre tiveram aquele cintilante céu noturno para contemplar?"

33.

Houve uma longa estiagem em Istambul naquele verão, depois de uma primavera excepcionalmente seca. Com os reservatórios baixos, as decrépitas tubulações da cidade só conseguiam distribuir metade do volume normal de água. Em alguns bairros, mães e pais acordavam no meio da noite para ouvir os canos, da mesma forma como faziam quando crianças, de forma a estarem prontos, quando o abastecimento se normalizasse, para tomar banho e encher a tina com uma nova reserva de água. O racionamento tornou-se objeto de feroz debate político e ocasionais episódios de violência na cidade.

O fim do verão trouxe dias de trovões e chuvas pesadas e barulhentas, que inundaram algumas áreas de Istambul. Certa noite, na sequência de um daqueles dias tempestuosos, meu pai nos convidou para jantar. Sua nova esposa mandara um e-mail a Ayşe. "Será que ele estava tão mal que não pôde ele próprio escrever?", me perguntei.

Ele estava morando num apartamento alugado em um novo condomínio atrás de Sarıyer, numa colina com vista para o

Mar Negro. Levamos duas horas de carro para chegar lá. O Mar Negro era uma mancha à distância, e embora o minúsculo apartamento fosse novo, já parecia em mau estado e estava atravancado com as coisas velhas de meu pai, que me faziam lembrar minha infância.

O teto estava manchado da água da chuva. Quando passamos da fase dos gracejos iniciais, piadas forçadas e troca de gentilezas, fiquei chocado com o aspecto cansado de meu pai e com seu estado de pobreza.

Quando criança, eu o idolatrava, sempre querendo desfrutar um pouco mais de seu tempo, conversar com ele, desejando que ele me tomasse nos braços e me provocasse de brincadeira. Mas agora aquele homem estava debilitado; seus movimentos eram mais lentos, seu corpo se encurvara, e, o que era pior, ele se resignara ao fracasso que a vida lhe impusera. O antigo mulherengo, sempre vestido impecavelmente, parecia não mais se importar com as roupas que usava nem com a própria saúde e, indiferente, brincava com isso: "Esquerdistas se importam com princípios, não com aparências".

Apesar disso, continuava flertando com sua mulher radiante, dentuça e peituda, dizendo-lhe palavras de duplo sentido que davam a entender sua ativa vida sexual. Ayşe entrou no jogo deles de provocação, e logo a conversa, baseada em nossa experiência coletiva, passou a tratar de amor, casamento e juventude. Como eu não conseguia discutir assuntos tão pessoais na presença de meu pai, peguei meu copo de *raki* e refugiei-me junto à estante que havia num canto, e fiquei olhando as lombadas de velhos volumes de literatura de esquerda que meu pai tinha desde que eu era criança. Ainda assim, continuei atento à conversa à mesa de jantar, e quando a esposa de meu pai falou da terrível falta de água naquele verão, pensei em mestre Mahmut.

"Aposto como ainda seria possível cavar um poço à moda

antiga aqui em Sarıyer", falei de repente. "Bastaria ter um molde de madeira e uma prancha para fazer escorrer o revestimento de concreto."

"O que você sabe sobre isso?", perguntou meu pai.

"Em 1986, no verão depois que o senhor nos deixou, eu precisava pagar o cursinho pré-vestibular, e por isso passei um mês trabalhando como aprendiz para um velho cavador de poços", respondi. "Nunca contei isso nem a Ayşe."

"Por que não? Você tinha vergonha do trabalho braçal?", meu pai disse.

Fiquei satisfeito por finalmente lhe ter falado sobre a época em que dei duro — embora meu pai não tivesse objeções sobre estarmos bem de vida. Meu erro foi não ter parado por ali; em vez disso, deixei-me dominar pelo entusiasmo e falei a meu pai sobre Édipo, Sohrab e Rostam, sobre todas as leituras que fizera, os museus que visitamos na Europa, tudo só para lhe mostrar o quanto sabia de história cultural e social.

"A verdadeira autoridade sobre esse assunto é Wittfogel", disse meu pai com desdém. "Tenho esse livro em algum lugar. Não que ainda haja quem o leia, ele foi totalmente esquecido… O que ele diria se soubesse que existe uma tradução em francês guardada na estante de um esquerdista de Istambul?"

Meu pai formulara o mesmo tipo de pergunta que muitas vezes eu me fazia sobre ele ("O que ele diria se soubesse?"), e aquilo despertou minha curiosidade. Vasculhei os volumes empoeirados na estante já meio capenga.

Enquanto eu tomava outro copo de *raki*, meu pai se manteve em silêncio na cabeceira da mesa. Nossas esposas conversavam entre si.

"Pai…", eu disse. "Aqueles grupos militantes de seu tempo… você se lembra dos Maoistas Nacional-Revolucionários… como eles eram?"

"Eu conheci um bando de caras daquele grupo", disse meu pai. "E muitas garotas também", acrescentou ele lascivamente, como um estudante bêbado.

"Que *tipo* de garotas?", perguntou a esposa de meu pai, como para se ufanar dos namoricos juvenis do marido.

Durante todos aqueles anos, eu tinha uma suspeita, por mais que tentasse escondê-la até de mim mesmo: era perfeitamente possível que no auge de sua fase de militância meu pai tenha conhecido o Teatro de Moralidades e talvez até ter visto a Mulher Ruiva apresentar uma de suas peças políticas. Eu me perguntava: o que ele pensaria da primeira mulher com quem dormi?

Àquela altura, porém, ele começara a ficar sóbrio, o rosto novamente composto, a mesma expressão de alheamento que costumava assumir sempre que queria esconder de mim detalhes de sua vida pessoal e de sua militância política. Ele aproveitou uma brecha para me perguntar em tom grave como estava minha mãe. Eu lhe disse que comprara uma casa para ela em Gebze — ela não queria se mudar para Istambul —, e que Ayşe e eu íamos visitá-la a cada dois domingos. Aquilo lhe bastou: "Fico feliz que sua mãe esteja bem!", disse ele, encerrando o assunto.

Como eu tinha bebido demais, Ayşe dirigiu o carro na volta. "Por que você não me contou que trabalhou como aprendiz de cavador de poços?", ela perguntou, no tom de uma mãe censurando delicadamente o filho. Já passava da meia-noite, e enquanto o carro avançava através da Floresta de Belgrado e por entre seus diques, eu cochilava no banco do passageiro ao som do chiar das cigarras, à fria brisa que recendia a tomilho.

Eu levava no colo um exemplar do agora ultrapassado tratado *O despotismo oriental*. Quando chegamos em casa, liguei o computador. Localizei Öngören no Google Maps e, em silêncio, fui ampliando a imagem. Vi outdoors que anunciavam uma confeitaria, um banco na praça da Estação e um posto de gasolina na rodovia para Istambul. Tentei me lembrar de cada um daqueles pontos e imaginar todos aqueles lugares por que passei enquanto seguia a Mulher Ruiva.

Se ela tivesse dito a verdade sobre sua idade quando nos conhecemos em Öngören, agora devia ter sessenta anos. A mulher de meu pai teria mais ou menos a mesma idade, por isso eu podia muito bem imaginá-lo vivendo com a Mulher Ruiva naquele pequeno apartamento com vista para o Mar Negro.

Eu tinha me proibido de tentar descobrir onde ela estava ou o que estava fazendo, e não tivera nenhuma pista dela nos quase trinta anos que se passaram desde que nos conhecemos. Naturalmente, vez por outra eu me perguntava sobre ela, principalmente ao ver na televisão comerciais de detergentes, de cartões de crédito e planos de previdência privada dirigidos a mulheres de sua geração — inclusive algumas que certamente tinham trabalhado nos mesmos teatros populares que ela, interpretando o papel da mãe satisfeita (ou, mais recentemente, da avó feliz). Havia noites em que, assistindo a novelas ambientadas em palácios otomanos centenas de anos atrás, examinava a tela com os sentidos entorpecidos de *raki*, tentando descobrir se a cortesã alta e de lábios cheios que ensinava a última jovem consorte do sultão a lidar com a política do harém e manter o interesse de seu homem era na verdade Ela, ou se eu simplesmente tinha esquecido o rosto da primeira mulher com quem dormi. Por vezes a voz de uma dubladora de uma série de TV estrangeira parecia com a sua, e eu tentava me lembrar da maneira como recitara seu furioso monólogo final, anos atrás, no pavilhão amarelo, e o som daquela voz que ouvi quando atravessamos a praça da Estação naquela noite.

Nossa empresa prosperava, mas eu estava sobrecarregado de trabalho, e certa noite despertei por causa do estresse, e me surpreendi com o e-mail de um engenheiro experiente que agora gerenciava os investimentos imobiliários da Sohrab. Ele me encaminhara um anúncio de venda de uma propriedade em Ön-gören. Tratava-se de um velho depósito e oficina próximos ao lu-gar onde mestre Mahmut e eu cavamos nosso poço. Passados trinta anos, os edifícios abandonados de nada serviriam; o que de fato estava à venda eram os terrenos em que eles se situavam e as oportunidades de empreendimentos imobiliários. Sem con-sultar Ayşe, que ainda estava dormindo, escrevi ao nosso empre-gado para informá-lo de nosso interesse.

34·

O despotismo oriental, de Karl A. Wittfogel, teve com certeza uma fase de grande receptividade, mas nem Ayşe nem eu entendemos, a princípio, por que meu pai o tinha mencionado. Ele não continha nada sobre Édipo nem sobre Sohrab nem sobre nada do que tínhamos conversado. Era óbvio que ele nunca o lera, limitando-se a folheá-lo porque era considerado um clássico esquerdista sobre as sociedades orientais.

Publicado pela primeira vez em 1957, no auge da Guerra Fria, o livro apresenta debates sobre secas e inundações. Wittfogel dá muita atenção à rede de canais, diques, estradas e aquedutos necessários para o desenvolvimento da agricultura no desafiante solo árido de certas nações asiáticas, como a China, e também aos vastos aparatos burocráticos necessários para construir esse tipo de infraestrutura. Ele argumenta que essas estruturas organizacionais só podem ser desenvolvidas sob regimes rigorosamente autoritários, cujos governantes não toleram resistências nem rebeliões. Assim, prossegue Wittfogel, em vez de encher os haréns e a máquina burocrática com gente com ideias próprias, esses governantes preferem governar rodeando-se de escravos e delatores.

"Quando um rei trata suas esposas e ministros dessa maneira, não é difícil imaginá-lo matando o próprio filho", disse Ayşe. "Não é de surpreender. Sabemos exatamente como são essas pessoas. Mas isso não explica a atitude dos pintores da corte. Por que eles se compraziam tanto em retratar aquela cena terrível?"

"Porque eles tinham uma oportunidade de pintar um rei chorando", respondi. "Além disso, essas cenas só aparentemente tratam de remorso e pesar... O verdadeiro propósito é ressaltar o poder absoluto do sultão. Afinal de contas, é ele quem encomenda os trabalhos aos artistas, e não os patéticos Sohrabs desse mundo."

"Quer dizer então que Sohrab não passava de um tolo... mas seria Édipo mais inteligente?", perguntou Ayşe.

O interesse pelas ideias de Wittfogel pode ter se apagado rapidamente, mas aquele livro sugerido por meu pai mostrava uma conexão entre a natureza de uma civilização e a forma como encarava o parricídio e o filicídio. Só por isso me satisfiz em consultar esse enciclopédico tratado histórico e antropológico sobre hidrovias e "sociedades hidráulicas" da Ásia.

No inverno, resolvi comprar aquele pedaço de terra em Öngören. O excedente populacional de Istambul estava invadindo aquela área em ondas sucessivas. Além disso, Murat nos tinha informado, pouco tempo atrás, que as estradas e rampas para a terceira ponte sobre o Bósforo — que logo seria construída próximo à costa do Mar Negro — passariam por ali e dariam nova vida à região. Eu precisava parar de procurar justificativas em lendas, maus presságios e velhas lembranças, e dar prioridade à Sohrab.

Tínhamos canalizado todas as nossas energias para a empresa, e sempre que eu pensava em nossa falta de filhos, ficava arrasado: quem haveria de herdar tudo aquilo quando fôssemos embora? De todo modo, mesmo que eu tivesse um filho, ele provavelmente faria exatamente o que fiz. Escolheria um caminho muito diferente, em vez de seguir os passos do pai. Mas pelo menos ainda seria meu filho! Ele talvez viesse a ser um escritor.

Uma noite, a esposa de meu pai ligou para o celular de Ayşe para dizer que ele estava passando mal. Pegamos o carro imediatamente, mas a viagem até a casa deles levava exatamente três horas e quinze minutos. Surpreendeu-me ver que não havia luz nas janelas deles, e quando a mulher de meu pai abriu a porta em lágrimas, a primeira coisa que me ocorreu é que eles tinham brigado. Mas assim que entrei, vi que meu pai tinha morrido. Alguém acendera as luzes, e senti um grande remorso quando vi o que não queria ver: meu pai estendido no sofá no qual ele se sentara deleitando-nos com suas histórias, em nossa última visita.

Quando ele tinha morrido? Se tivesse acontecido enquanto estávamos presos no trânsito, eu teria uma parcela de culpa. Mas talvez ele já tivesse morrido quando recebemos o telefonema. Eu não tinha coragem de olhar para ele, mas, como um detetive, fiquei repetindo as mesmas perguntas à sua chorosa viúva. Ela não conseguia responder.

Assim que resolvemos passar a noite com ela no apartamento, comecei a beber o Club Rakı que encontrei na geladeira. Chamamos um médico, que confirmou o que já suspeitávamos: meu pai morrera de ataque cardíaco. Enquanto lia o atestado de óbito, também me vi à beira das lágrimas, e mais uma vez quando nós três o carregamos para o quarto e o deitamos sobre lençóis limpos. Talvez eu tenha chorado, mas os soluços da viúva eram tão altos que abafavam qualquer som que eu tenha emitido.

Só muito depois da meia-noite minha mulher foi dormir no sofá, e a mulher de meu pai, na cama extra, enquanto eu me deitei na cama ao lado dele. Tudo em meu pobre pai — o cabelo, as faces, os braços, os vincos da camisa e até o cheiro — era exatamente igual ao que eu guardara na memória quando criança.

Meus olhos vagaram pela pele de seu pescoço. Um dia, quando eu tinha sete anos, meus pais me levaram à praia na ilha Heybeli. Eles queriam me ensinar a nadar: minha mãe encostava minha barriga na água, e eu me debatia, espadanando água, tentando alcançar meu pai, três passos mais adiante. Cada vez que eu me aproximava, ele recuava um passo para que eu tivesse de nadar um pouquinho mais. Em meu desespero de alcançá-lo, eu gritava: "Papai, não vá!". Gritava tão alto e ficava tão agitado que ele não conseguia deixar de sorrir quando levantava os braços fortes, me tirava da água como um gatinho e aninhava minha cabeça em seu peito ou na curva do pescoço — que eu agora fitava e que, mesmo à beira-mar, mantinha seu cheiro inconfundível de biscoitos e sabonete floral. A cada vez, ele franzia as sobrancelhas e dizia:

"Filho, não há o que temer. Eu estou aqui, está bem?"

"Está bem", eu respondia, arquejante, desfrutando a alegria e o conforto de seus braços.

35.

Enterramos meu pai no cemitério de Feriköy. As pessoas que foram ao funeral se dividiam em três tipos: nas primeiras filas, parentes próximos e distantes — inclusive nós e sua chorosa viúva; postados um pouco mais atrás, empreiteiros diversos, engenheiros e homens de negócios que, em sua maioria, estavam lá por minha causa; e, finalmente, ali em volta, em grupos de dois ou três, seus velhos amigos militantes, fumando enquanto esperávamos a chamada para as orações.

Eu gostaria de me estender mais sobre o funeral, mas imagino que não seja muito relevante, por isso não vou entrar em detalhes. Enquanto a multidão no cemitério de Feriköy se dispersava, um homem de tronco largo com expressão amável se aproximou de mim e me abraçou com toda a força. "Talvez você não saiba quem sou, mas faz anos que eu o conheço, sr. Cem", ele disse.

Quando percebeu que eu não o reconheci, ele se desculpou e enfiou seu cartão de visitas em meu bolso do peito.

Eu só olhei o cartão quando voltamos ao trabalho, duas semanas depois. Esforcei-me para me lembrar dos nomes e dos rostos de todas as pessoas que conheci durante aquelas semanas em Öngören, quando eu tinha dezesseis anos, tentando descobrir quem era aquele sr. Sırrı Siyahoğlu, que disse ter me conhecido àquela época e cujo cartão de visitas oferecia "serviços de impressão de cartões de visitas, convites e anúncios". Minha mente trazia à lembrança o rosto de Ali, meu colega aprendiz. Depois da Mulher Ruiva e do mestre Mahmut, Ali era a pessoa cujo destino mais me interessava.

Mas ainda assim não consegui me lembrar do sr. Sırrı, então mandei a ele um e-mail para o endereço que constava no cartão impresso por ele mesmo. Eu imaginei que, se o encontrasse, poderia lhe perguntar o que fora feito de toda aquela gente de Öngören e também sondá-lo sobre as perspectivas comerciais dos imóveis daquela região. E que melhor maneira podia haver senão voltar à cena do crime, anos depois, na pele de um empreiteiro?

Nosso encontro, dez dias depois, no Palace Pudding Shop, em Nişantaşı, foi tão breve quanto desconcertante. Não nos detivemos em conversa fiada; talvez meu erro tenha sido esse. Durante todo o nosso encontro, eu só pensava em lhe perguntar o que sempre quisera saber, ao mesmo tempo que sentia muito medo de fazê-lo.

O sr. Sırrı era muito mais gordo e parrudo do que me parecera no funeral. Eu continuava sem conseguir identificá-lo, repassando na memória os rostos que conheci naquele mês que passei em Öngören. Mas antes que tivesse tempo de me preocupar com isso, ele revelou que, embora sempre tivesse sabido quem eu era, nunca nos tínhamos encontrado face a face até o funeral de meu pai.

Ele conhecera meu pai pessoalmente e sempre o tivera na mais alta conta, por isso estava feliz de poder apresentar seus cumprimentos. Ele me reconheceu à primeira vista, pois eu me parecia muito com meu pai: tão bem-apessoado quanto ele e com a mesma expressão amável e bondosa. Meu pai fora um modelo de patriotismo e de autossacrifício. Abrira mão de tudo pela sua pátria, e fizera aquilo por sua generosidade. Fora torturado devido a seus ideais, mas nunca conseguiram dobrá-lo. Ele padeceu na prisão mas, ao contrário de muitos outros, nunca abdicou de suas convicções. Era lamentável que seus próprios amigos o tivessem caluniado e lhe causado tanto sofrimento.

"Que tipo de sofrimento, sr. Sırrı?"

"É tudo história antiga, fofocas militantes, sr. Cem, e não quero tomar seu valioso tempo com tão lamentáveis bobagens. Eu só queria lhe pedir um favor. Sua empresa Sohrab está interessada em meu humilde pedaço de terra, mas seus corretores e engenheiros estão tentando me enganar. Seu pai era o tipo de homem que não toleraria injustiça, e eu achei que o senhor deveria saber o que está acontecendo."

Tinham-lhe oferecido um preço menor do que o valor de mercado, porque apareceram outras pessoas reclamando sua parte. Mas na verdade o terreno pertencia só a ele.

"Sr. Sırrı, você pode me informar a localização exata de sua propriedade e onde ela está registrada?"

"Fiz uma fotocópia do título de propriedade. Como você vai ver, nele se lê que existem outros pretensos proprietários, mas não se deixe enganar por isso."

Enquanto examinava o título para saber onde ficava a propriedade, eu lhe disse, fingindo indiferença: "Anos atrás, passei algum tempo em Öngören. Conheço essa região."

"Eu sei, sr. Cem. O senhor visitou o pavilhão do teatro de meus amigos no verão de 1986. Por essa época, o sr. Turgay e sua esposa foram meus hóspedes por cerca de um mês; eles ficaram em meu apartamento, e os pais do sr. Turgay ficaram no pavimento superior, de frente para a praça da Estação."

O sr. Sırrı era o cartazista em cujo apartamento eu fiz amor com a Mulher Ruiva! A mulher que atendeu à porta algum tempo depois e me disse que a trupe tinha ido embora com certeza era sua esposa. Como não me dei conta disso antes?

"O senhor estava cavando um poço com mestre Mahmut no platô nas cercanias da cidade", ele disse. "Meu terreninho fica exatamente no caminho de seu poço. Quando mestre Mahmut finalmente encontrou água, todos os industriais se apressaram em pôr as mãos em algum pedaço de terra. Eu não estava ganhando grande coisa pintando cartazes... Mas minha esposa e eu conseguimos economizar um pouco e compramos um terreninho alguns anos depois. Agora esse terreno é o único patrimônio de minha família."

Eu acabava de descobrir o que, de certo modo, sempre soubera, embora não chegasse a acreditar ser verdade: mestre Mahmut não apenas sobreviveu, mas continuou cavando até achar água. Tentei assimilar o que acabara de descobrir, olhando para os clientes que enchiam o restaurante sem de fato vê-los — estudantes tomando um lanche rápido, donas de casa fazendo compras, homens de terno de trabalho — pois minha mente estava irremediavelmente presa ao passado.

Por que eu havia passado quase trinta anos achando que eu tinha matado acidentalmente mestre Mahmut?

Provavelmente porque li *Édipo rei* e acreditei em suas verdades. Pelo menos era isso que eu queria pensar. Com mestre Mahmut eu aprendera a acreditar na força das velhas histórias. E, como Édipo, não resisti a investigar meu crime do passado.

"Sr. Sırrı, pode me dizer como conheceu mestre Mahmut?"

Quando mestre Mahmut encontrou água depois de minha volta para Istambul, Hayri Bey recompensou-o com presentes e outras encomendas de trabalhos. Ele foi tratado com grande reverência, porque seu ombro sofreu uma séria concussão quando um balde caiu durante uma escavação. Hayri Bey contratou mestre Mahmut para construir mais dois poços e ligá-los a túneis subterrâneos e tanques de armazenamento. Outras fábricas e empresas de lavagem e tingimento começaram a contratar seus serviços para projetar sistemas de armazenagem e também para supervisionar escavações e o assentamento do concreto. Como a escavação de poços se tornou um ofício em extinção, mestre Mahmut terminou por se estabelecer em Öngören com seu ombro contundido, e lá ficou até o dia de sua morte.

"Quando mestre Mahmut morreu?"

"Faz mais de cinco anos", disse o sr. Sırrı. "Está enterrado no cemitério da ladeira. O funeral foi acompanhado por seus aprendizes de Öngören, colegas de profissão e muitos homens de negócios."

"Mestre Mahmut foi como um pai para mim", eu disse, com alguma surpresa.

Pela forma como o sr. Sırrı me olhou, eu tive certeza de que ele sabia que eu, de certa forma, fora responsável pelo sério ferimento de mestre Mahmut e que este morrera cheio de rancor contra mim. Mas como precisava de minha ajuda, não queria dar muita importância àquilo. Será que sabia que eu tinha entrado em pânico e abandonado meu mestre no fundo do poço, trinta anos atrás, porque pensava que o tinha matado?

Como mestre Mahmut conseguiu sair do poço? Eu estava doido para descobrir isso e para perguntar tudo o que se podia saber sobre a Mulher Ruiva, mas segurei a língua.

"Mestre Mahmut sempre falava de você como seu aprendiz mais culto", disse o sr. Sırrı, procurando alguma coisa boa para me dizer. Desconfiei que mestre Mahmut não disse apenas isso sobre mim e que deve ter acrescentado: "É dessa gente que lê muito com quem temos que nos preocupar". Eu não podia culpá-lo. Foi por minha culpa que ele teve o ombro esmagado.

O sr. Sırrı desconhecia o fato de que sua casa fora a cena da minha primeira experiência sexual. Resistindo às perguntas diretas que queria fazer, consegui, de forma indireta, descobrir o seguinte: o sr. Sırrı e a esposa se mudaram daquele prédio feio com janelões que davam para a praça da Estação. O edifício fora demolido, e em seu lugar construíram um shopping. Hoje em dia, todos os jovens da cidade o frequentam. Ele gostaria de dar uma volta comigo em Öngören, se eu me dispusesse a ver pessoalmente sua propriedade, e fazia questão de que fosse jantar em sua casa. Há muito que ele abandonara o movimento, mas não cortara relações com seus velhos amigos. De vez em quando ainda comprava um exemplar de *Revolução Nacional*, mas já não se alinhava tanto com suas ideias, que tinham se tornado muito radicais. "Seria melhor que eles escrevessem sobre fraude e injustiças na indústria da construção, em vez de atacar insistentemente o imperialismo americano", ele disse.

Será que aquelas palavras encerravam uma ameaça velada?

"Não se preocupe, sr. Sırrı, vou falar com meu pessoal, eles vão cuidar para que o senhor tenha um tratamento digno. Mas tem uma coisa que eu gostaria de lhe perguntar. Esses boatos sobre meu pai de que o senhor falou..."

O caso de meu pai não foi o único. Àquela época, a Turquia era um país atrasado. Mesmo militantes marxistas bem-intencionados, principalmente os da região oriental, ainda tinham uma mentalidade "feudal". Eles desaprovavam a convivência de homens com mulheres, o flerte aberto e, com certeza, os casos de amor entre os membros do grupo. Esse comportamento proibido resultava em ciúmes e rixas dentro do movimento. Por isso a organização desaprovou o romance de meu pai.

"A jovem era muito bonita, mas já chamara a atenção de alguém das altas esferas dos nacional-revolucionários", disse o sr. Sırrı.

Isso fez com que a situação saísse do controle, até que finalmente meu pai saiu do grupo e entrou em outro. O militante mais velho se casou com a jovem, mas acabou sendo morto a tiros por soldados, e a jovem, não podendo sair do grupo, casou com o irmão mais novo dele. A paixão de meu pai por aquela jovem destemida fora frustrada, mas teve também seu lado bom, pois lhe permitiu se casar com uma jovem fora do movimento, e além disso, foi assim que acabei nascendo. Ele esperava que eu não me deixasse perturbar por essas histórias antigas, agora que meu pai tinha falecido.

"Tudo isso é coisa do passado, sr. Sırrı, não há nada que possa me perturbar. São apenas velhas histórias."

"Na verdade, sr. Cem, o senhor conheceu todas essas pessoas."

"Que pessoas?"

"O irmão mais novo com quem a moça se casou era o sr. Turgay. A amada de seu pai era aquela atriz que morou em meu apartamento."

"O quê?"

"Aquela mulher de cabelos ruivos, Gülcihan. Bem, ela costumava ter cabelos castanhos, naquela época, mas ela era a jovem amante do seu falecido pai."

"É mesmo? E o que é feito de toda essa gente agora?"

"Cada um de nós foi para um lado, sr. Cem... Eles armaram o circo e apresentaram espetáculos para os soldados por mais dois verões, mas depois disso nunca mais voltaram. Eu também abandonei o movimento, como todos os militantes que fazem o mesmo e se mudam para outras cidades quando começam a ter filhos... O filho dela é contador, é ele quem faz minha contabilidade. Mas restaram poucos da velha guarda como eu em Öngören; nós gostaríamos muito de recebê-lo em nossa casa."

Não lhe perguntei mais nada sobre a Mulher Ruiva naquele dia. O sr. Sırrı tentou amenizar o golpe improvisando um pouco, expondo os fatos até mais ou menos seis ou sete anos antes de meus pais se conhecerem. Mas lembro que, quando eu tinha nove anos, meu pai desapareceu por dois anos. Durante essa ausência, minha mãe pareceu perder qualquer estima que ainda tivesse por ele e ficou muito mais furiosa que das outras vezes. Seu desaparecimento com certeza tinha a ver com política, mas parecia também estar em jogo outro elemento mais furtivo. Deduzi isso dos sussurros que entreouvi naquela época e da natureza da fúria de minha mãe, dirigida menos contra o Estado que contra os amigos do meu pai ligados ao movimento.

Ao sair do restaurante com o sr. Sırrı, sentia-me num estupor, esgotado por todas as coisas que ouvira do velho cartazista e pelo esforço de disfarçar meu atordoamento. Andei quilômetros pela cidade, como um fantasma sem pai e sem filhos.

36.

Naquela noite contei a Ayşe que, quando procurava um terreno para comprar, encontrei uma pessoa que me contou muitas histórias da antiga Öngören. Mais que culpa ou arrependimento, eu me sentia traído e humilhado. O que meu pai teria dito se ainda estivesse vivo? O que teria pensado se soubesse que ambos dormimos com a mesma mulher, com um intervalo de sete ou oito anos? Tentei não pensar nisso. Eu queria contar à minha esposa, mas não queria que ela visse o quanto estava abalado com a descoberta. Eu tinha medo da Mulher Ruiva.

Eu sentia um desejo implacável de saber mais, mas temia o que pudesse vir a descobrir. Apesar de todo o esforço que fiz para ser um homem decente, ainda me sentia oprimido pelo mesmo remorso desmesurado. O pavor de ser censurado por alguma coisa, ainda que não se tenha feito nada de errado, é algo que normalmente se manifesta apenas em sonhos. Eu sentia tudo aquilo com muita frequência.

O portfólio de construções da Sohrab continuava a expandir-se, ao ponto de não podermos mais cuidar de tudo sozinhos. Pusemos o primo de Ayşe para cuidar da compra e venda de imóveis. Começamos até a falar como Murat: "Compramos toda essa terra atrás de Beykoz, e sabe de uma coisa? Acho que nunca estivemos lá!". Quando dizíamos a amigos que não tínhamos ideia do que havia além de Şile, embora a Sohrab tivesse comprado "um montão de hectares por lá", nós nos comprazíamos com o orgulho displicente de pais — porque a Sohrab era nosso filho. A empresa estava crescendo muito mais do que a maioria dos filhos, superando seus pares e recebendo louvores por seu tino comercial.

Às vezes eu me perguntava ingenuamente qual era o propósito da minha vida e ficava cada vez mais desapontado. Seria pelo fato de não termos filhos, ninguém para herdar tudo aquilo quando partíssemos? Quanto mais desanimado me sentia, mais me refugiava na companhia de Ayşe. Ela intuíra que nossa ligação era alimentada pela minha necessidade de estar próximo de uma mulher forte e inteligente. Ela sabia que eu nunca a trairia. Não acreditava que eu pudesse ter nenhum tipo de vida sentimental paralela, manter um segredo ou arrumar uma amante. No trabalho, quando passávamos mais de uma hora sem nos falar, um de nós ligava para o celular do outro e perguntava "Onde você está?". Na verdade, nossa intimidade alimentava-se de tal sentimento de superioridade que nos últimos tempos nos levou a cometer um erro muito prejudicial à Sohrab.

Estávamos no começo de 2013, e outras empresas de construção cresciam no mesmo ritmo que a nossa, explorando mudanças nas normas de construção para erguer prédios de muitos andares. Elas faziam campanhas publicitárias na TV e nos jornais, para todo o país, a fim de vender apartamentos. Caímos na tentação, entramos na onda e assinamos um contrato com uma das dinâmicas agências de publicidade que atuavam nesse ramo. Empreiteiros de destaque muitas vezes apareciam nos próprios comerciais para garantir a qualidade de suas construções. Aquilo era um truque muito popular desde que começou a febre de construção de edifícios altos: lá estava o próprio venerável construtor, de terno e gravata, ao lado de sua obra, obviamente o tipo de homem incapaz de fazer uma construção errada e vender uma casa sujeita a desabar com o menor terremoto!

A agência de publicidade nos fez ver quão jovens, sofisticados e modernos éramos quando comparados com aqueles velhos que apareciam na maioria dos comerciais; se aparecêssemos juntos numa campanha de promoção da Sohrab, deixaríamos nossos rivais provincianos para trás. A princípio, fomos contra a ideia, mas a justaposição das palavras "modernos" e "Sohrab" nos deslumbrou, e logo estrelávamos nossos próprios anúncios.

Ainda durante as filmagens, estávamos apreensivos. Fizeram-nos ostentar um estilo de vida afetado, faustoso e ocidentalizado de um casal abastado — um tipo de vida que nem sequer levávamos. Nossas imagens apareceram primeiro nos jornais e nos outdoors, e, logo que começaram a aparecer na TV, ficaram famosas. Exatamente como temíamos, isso nos causou intermináveis constrangimentos entre amigos e familiares. A Sohrab logo vendeu seus apartamentos relativamente caros e ainda em construção em condomínios espalhados por três áreas de Istambul (Kavacık, Kartal e Öngören), e as roupas que usamos nos comerciais se tornaram objeto de zombaria entre nossos conhecidos. Nossos amigos mais sinceros, embora a princípio também tivessem se divertido, tentaram nos advertir: "Será que é sensato submeter-se a esse tipo de exposição?". No Império Otomano, assim como na Rússia, no Irã e na China atual, os ricos costumam esconder sua riqueza temendo o Estado implacável.

Então, mantivemo-nos em casa, com a televisão desligada, esperando que aquele pesadelo da mídia se dissipasse. Sohrab, nosso filho, parecia ter-se tornado, temporariamente, nosso carcereiro.

Enquanto isso, começamos a receber cartas — inclusive algumas bem agressivas. Nunca recebíamos mais de uma dúzia por semana, e eu descartava a maioria delas imediatamente. Mas uma eu guardei:

> Sr. Cem,
>
> Gostaria de poder respeitá-lo; o senhor é meu pai.
> A Sohrab passou dos limites em Öngören.
> Sendo seu filho, quis adverti-lo.
> Escreva para mim neste endereço, que vou explicar tudo.
> Não tenha medo de seu filho.
>
> Enver

Abaixo vinha um endereço de e-mail. Imaginei que fosse alguém de Öngören tentando nos extorquir dinheiro com ameaças e boatos, como Sırrı Siyahoğlu. Devo admitir que gostei do respeito que ele me mostrou chamando-me de pai. Mas me perguntei o que ele queria dizer com "passou dos limites", por isso consultei nosso advogado, o sr. Necati.

"Todo mundo sabe que você foi aprendiz de cavador de poços em Öngören uns trinta anos atrás, quando a cidade era pouco mais que uma guarnição militar", ele explicou. "Mas depois desses comerciais que deram tanto na vista, o que antes era boato agora dá assunto para a invenção de lendas. O povo de Öngören sente orgulho de ver um jovem que cavava poços no meio deles transformado em rico empreiteiro que mostra seu estilo de vida moderno na TV, com sua esposa. Mas esse mesmo orgulho também desperta expectativas infundadas sobre o valor de suas terras. Na primeira rodada de negociações, a simpatia dessas pessoas se transforma em raiva. Em parte, o ódio é alimentado pela imagem que aparece na TV, que o faz parecer esnobe e talvez um pouco sem coração, mas também é atiçado pela ideia de que, muitos anos atrás, aconteceu alguma coisa ruim entre você e o mestre Mahmut, tão estimado por eles. Como foi Mahmut quem trouxe água para Öngören, ele é considerado praticamente um santo na cidade. É essa impressão que você precisa dar um jeito de desfazer. Se você tirar um pouco do seu tempo para explicar ao povo de Öngören que passou todo um verão, trinta anos atrás, procurando água ao lado de mestre Mahmut, eles vão sentir que você é um deles, e a Sohrab será poupada de mais aborrecimentos."

37.

Mas eu ainda hesitava em ir a Öngören. Talvez porque tivesse passado tempo demais cismando com as histórias de Édipo e de Sohrab, deixando meu espírito permanentemente perturbado por maus presságios.

Cinco semanas depois, o sr. Necati pediu para ter uma conversa comigo em particular.

"Sr. Cem, há um homem que afirma ser seu filho."

"Quem é ele?"

"Enver. O que lhe escreveu."

"Ele existe mesmo?"

"Pelo visto, sim. Ele tem vinte e seis anos. Ele afirma que você dormiu com a mãe dele em Öngören em 1986."

Nuvens baixas e plúmbeas pairavam sobre Istambul. Estávamos em nosso escritório, na sede da Sohrab, que ocupava os três últimos andares do centro empresarial, com shopping center anexo, no fim da avenida Valikonağı, em Nişantaşı.

"Você teria dezesseis anos na época em que, segundo ele, isso aconteceu", disse Necati, notando o meu silêncio. "Foi há quase trinta anos. Tempos atrás nenhum juiz haveria sequer de considerar a possibilidade de um processo, depois de tanto tempo. Até recentemente, havia estatutos rigorosos que limitavam a alegação de paternidade. Normalmente o processo só poderia se iniciar dentro de um ano a partir do nascimento da criança... e, no máximo, até um ano depois do décimo oitavo aniversário do filho... Faz oito anos que essa pessoa completou dezoito anos."

"E se ele estiver dizendo a verdade?"

"Investigamos isso e descobrimos que a mãe estava casada com um ator quando o filho foi concebido. Para proteger a instituição da família, a autoridade e honra da paternidade, a lei turca estipula que um filho nascido de uma mulher casada deve ser registrado como filho do marido, independentemente do que outra pessoa possa alegar. Imagine o que aconteceria se uma mulher dissesse: 'Eu dormi com outro homem, e essa criança é filha dele, não do meu marido'. Se o marido dela e os parentes não a matassem, ela iria parar na cadeia por adultério."

"Mas a lei mudou?"

"O que mudou foi a ciência médica, sr. Cem. No passado, um juiz consciencioso convocaria o suposto pai e o filho para o tribunal e os colocaria lado a lado para identificar semelhanças. 'Você conhece a mãe dessa pessoa?', ele perguntaria ao homem. 'Há fotografias ou testemunhas?', ele perguntaria ao jovem postulante. Mas agora, para descobrir a relação de paternidade, só se precisa de duas amostras de sangue para o teste de DNA. Foi-se o tempo em que isso seria considerado um ataque aos fundamentos da sociedade."

"Mas em que vai prejudicar a sociedade o fato de um filho descobrir quem é seu verdadeiro pai?"

"Você ficaria pasmo se ouvisse as histórias contadas por meus amigos advogados que lidam com esse tipo de caso, sr. Cem. Há homens que gostam de manter casos com moças de origem humilde, e se por acaso as engravidam, usam seu conhecimento da lei para levar a moça na conversa com promessas de casamento 'no próximo ano' e terminam por casá-la com algum subalterno, como os antigos generais otomanos costumavam fazer... Também ouvi casos de famílias estendidas vivendo sob o mesmo teto; um sobrinho seduz a jovem esposa de seu tio, um parente vindo da aldeia engravida a esposa do vizinho, a esposa do irmão ou até mesmo a própria irmã... Tudo isso é varrido pra debaixo do tapete, para salvar as aparências, evitar derramamento de sangue e poupar a instituição da família. Mas as pessoas não esquecem esse tipo de coisa tão facilmente... Então, sr. Cem, é verdade que dormiu com a mãe desse jovem, a sra. Gülcihan, em 1986, quando você tinha dezesseis anos?"

"Só uma vez", respondi. "É difícil acreditar que isso tenha bastado para gerar um filho."

"O advogado que eles arrumaram é implacável; ele não vai ceder um centímetro. É um desses caras jovens e dedicados. Passou a infância pensando que seu pai era outra pessoa, só pega esse tipo de caso quando acredita que seu cliente tem razão."

"Como se pode saber quem está com a razão?", eu disse. "A sra. Gülcihan ainda está viva?"

"Está."

"Quando eu tinha dezesseis anos, ela era ruiva."

"Ela ainda é, e continua muito bonita, na verdade. Seu casamento não foi feliz, mas ela é cheia de vida e de paixão pelo teatro. Seu marido, Turgay, morreu depois que eles se separaram. Assim, é evidente que ela não está nesse processo para humilhá-lo, mas para garantir algum tipo de renda ao seu aguerrido filho. Ela deve ter ouvido falar sobre testes de DNA e sobre a revogação das limitações das leis antigas..."

"E esse rapaz, o que faz da vida?"

"Enver, o homem que afirma ser seu filho, tem um diploma

de contador de alguma universidade obscura. É solteiro, dirige uma pequena firma de contabilidade em Öngören... Também participa de organizações juvenis nacionalistas, odeia os curdos e os esquerdistas. E guarda muito ressentimento do pai e da vida que leva."

"Quando você diz 'o pai', está se referindo a Turgay?"

"Isso."

"Necati, o que você faria se estivesse em meu lugar?"

"Você sabe muito melhor do que eu o que aconteceu trinta anos atrás, sr. Cem, por isso não posso me pôr em seu lugar. Mas como você se lembra de ter estado com a senhora em questão, sugiro que providencie um teste de DNA... Vou pedir o teste na primeira sessão do tribunal, não devemos perder tempo. Vou também fazer uma petição para que o processo corra em sigilo, do contrário a imprensa sensacionalista vai cair em cima de você."

"Por enquanto não vamos dizer nada a Ayşe. Ela vai ficar arrasada se souber. Por que você não se encontra com Enver primeiro? Talvez possamos encontrar uma solução amigável, fora dos tribunais."

"O advogado diz que seu cliente não quer se encontrar com você."

Surpreendeu-me o fato do quanto essas palavras me feriram e percebi que, no fundo, eu queria saber mais sobre esse meu "filho".

Será que éramos parecidos? Será que ele andava do mesmo jeito que eu? Como eu me sentiria se nos conhecêssemos? Será que estava mesmo ligado a um bando de nacionalistas semifascistas? Por que se estabelecera em Öngören? O que a Mulher Ruiva pensava disso tudo?

38.

Dois meses depois, fiz um exame de sangue no hospital universitário de Çapa. Necati recebeu os resultados antes de mim, e me telefonou antes de o juiz os ler no tribunal. Na semana seguinte, o juiz determinou que Enver fosse registrado oficialmente como meu filho. Eu acompanhei e participei de todas as etapas do processo, desde os procedimentos iniciais da justiça e o exame de sangue, até a determinação do juiz. Além disso, passei certo tempo no cartório de registro civil, na esperança secreta de me deparar com meu filho em algum corredor. Como reagiríamos ao nos ver pela primeira vez?

Segundo Necati, a recusa de meu filho de se encontrar comigo era um bom sinal. Qualquer que seja sua idade, filhos que se encontram na situação dele são inevitavelmente rancorosos. A partir do momento que a paternidade é estabelecida oficialmente, eles e suas mães ganham o direito de processar o pai pelos anos que sofreram passando necessidade. Devíamos ficar aliviados pelo fato de que, até aquele momento, nenhum dos dois tinha feito nada nesse sentido. Talvez, afinal de contas, não estivessem interessados em conseguir mais nada de nós. Mas quando viu o quanto fiquei aliviado com aquelas palavras, o advogado me advertiu para não baixar a guarda; isso porque, atualmente, os casos de paternidade são sempre motivados por uma questão de dinheiro. Nunca na história um filho procurou a justiça para declarar que seu pai era um pobre coitado qualquer, mas antes um cavalheiro distinto e próspero. Pensando nos investimentos da Sohrab, Necati reiterou que seria sensato não adiar a apresentação da companhia em Öngören.

Como tinha de contar tudo a Ayşe antes de mais nada, eu disse a ela certa manhã: "Há uma coisa importante que preciso te contar. A gente tem que sentar e conversar".

"De que se trata?", disse Ayşe, já imaginando o pior. Eu sabia que aquele não era um segredo que eu podia esconder de mim mesmo e do resto do mundo, como escondera o fato de ter deixado mestre Mahmut no fundo do poço, durante todos aqueles anos.

"Eu tenho um filho", falei impulsivamente no jantar, depois de dois copos de *raki*. Contei-lhe exatamente o que tinha acontecido. Assim que tirei o peso de meus ombros, ele foi parar nos de Ayşe.

"Imagino que você tenha uma responsabilidade com esse filho", disse Ayşe depois de um longo silêncio. "Essa é uma notícia que me causa muita dor. Você quer conhecer seu filho?"

Ante o meu silêncio, minha mulher começou a fazer mais perguntas: Será que eu queria rever a Mulher Ruiva? Queria ganhar a amizade de meu filho? Esperava que ela, Ayşe, fizesse o mesmo? Isso explica por que passamos nossas vidas esmiuçando as várias versões e interpretações de *Édipo rei* e da história de Rostam e Sohrab?

Naquela noite, ambos ficamos completamente bêbados e não pudemos deixar de pensar: como não tínhamos outros filhos, e a lei turca não reconhece testamentos, esse meu filho automaticamente herdaria dois terços da Sohrab quando eu morresse. Se Ayşe morresse antes de mim (o que era possível, visto que ela não era muito mais nova que eu), esse filho que nunca vimos ficaria com *toda* a Sohrab depois da minha morte.

"Na noite passada, sonhei que seu filho tinha sido assassinado", disse Ayşe na manhã seguinte.

Quando, em outra noite, discutíamos as leis relativas a herança, advogados, fundos de fideicomisso, ela foi ainda mais longe: "Nem consigo acreditar que estou dizendo isso, mas às vezes tenho vontade de matar seu filho. Imagine a ironia se o nome desse bastardo fosse Sohrab".

"Não use essa palavra", eu disse à minha mulher. "A culpa não é dele. Além disso, agora sabemos quem é o verdadeiro pai."

Vendo-me tomar partido do meu filho, minha mulher ficou magoada e caiu em silêncio. Ela tentou me fazer confessar que eu me encontrara com meu filho sem que ela soubesse. "Ele nem ao menos quer se encontrar comigo", garanti. "Acho que ele deve ser um pouco estranho."

"E quanto a você? Você quer conhecer esse homem? Você imagina como ele é?"

"Não", menti. Eu tinha decidido que não podia contar a verdade à minha mulher: que eu tinha começado a sentir uma irreprimível simpatia e encantamento por meu filho.

Passados três meses, Murat me ligou de Atenas com uma proposta. Lembrando-se do quanto eu apreciara minha viagem a Teerã anos atrás, ele disse que eu devia ir encontrá-lo no Hotel Grande Bretagne, onde os britânicos estabeleceram seu quartel-general durante a guerra civil em que a Grécia mergulhou depois da Segunda Guerra Mundial. Quando nos encontramos em Atenas dois dias depois, ele anunciou, ofegante, que a Grécia estava à beira da falência. No elegante saguão do hotel, Murat me informou que os preços dos imóveis na cidade caíram pela metade e que muitas daquelas pessoas que estavam à nossa volta naquele momento eram homens de negócios estrangeiros — alemães, em sua maioria — que tinham vindo comprar imóveis a baixo preço. Ele tinha algumas fotografias de alguns edifícios à venda no coração da capital.

Passei os dois dias seguintes vendo imóveis com Murat e seu corretor imobiliário em Atenas. Uma tarde, contratei um táxi para nos levar a Tebas, cidade a uma hora de viagem. Lá, também, vimos ferrovias abandonadas, velhos vagões cobertos de trepadeiras e infestados de aranhas, fábricas e depósitos vazios. A cidade do rei Édipo ficava na escarpa de uma colina, exatamente como Ingres e Gustave Moreau a tinham pintado. Enquanto tomávamos café, Murat confessou estar precisando de dinheiro e propôs que eu lhe comprasse a terra adquirida por ele em Öngören.

Nossos advogados em Istambul, cujas mentes funcionavam com mais precisão e rapidez que a minha, confirmaram que podíamos ir em frente e opinaram que o preço pedido por Murat era razoável. Essa aquisição daria à Sohrab um bom lucro, mas antes de fecharmos o negócio era preciso organizar a reunião para lembrar aos moradores de Öngören os dias que eu passara lá, tranquilizá-los quanto às intenções da Sohrab e mostrar-lhes que eu também venerava a memória de mestre Mahmut.

Sem que Ayşe soubesse, autorizei Necati a contratar um detetive particular, se necessário, para descobrir como Gülcihan e Enver reagiriam se marcássemos tal reunião em Öngören.

Duas semanas depois, meu advogado deu o retorno. A Mulher Ruiva e seu filho, até então inseparáveis, tinham se afastado um do outro depois do processo de reconhecimento de paternidade. Quando Necati procurou a sra. Gülcihan, de início ela não quis participar da reunião, mas logo se deixou convencer, com a condição de que não "contássemos a ninguém". Em seguida mudou de ideia novamente e decidiu não comparecer. Ela morava no bairro de Bakırköy, em Istambul, num apartamento que o marido Turgay lhe deixara, e ganhava a vida com a parca renda que recebia dublando séries de TV estrangeiras.

Segundo Necati, meu filho Enver também não queria comparecer à reunião, em parte por não ter gostado de nossa campanha publicitária, em parte para evitar que mais alguém descobrisse que eu era seu pai. Os conhecimentos de contabilidade de meu filho eram, na melhor das hipóteses, medianos, mas os lojistas locais confiavam nele e o encarregavam de sua contabilidade e declaração de imposto de renda. Alguns achavam que ele ainda não se casara por ser muito apegado à mãe, outros atribuíam isso ao seu temperamento. Ele se envolveu com um grupo de rapazes e moças que partilhavam com sua mãe o gosto pelo teatro e publicava poemas em periódicos conservadores como *O Crescente* e *A Nascente*. Necati encontrara alguns exemplares dessas publicações e, enquanto eu os lia em casa escondido de Ayşe, me perguntava o que meu pai teria pensado de ter um neto que escrevia poesia para publicações religiosas.

Encarreguei o departamento de marketing de organizar a reunião em Öngören e disse a Ayşe que não iria comparecer. Estava intimidado ante a perspectiva de voltar a Öngören e não queria aborrecer minha mulher, que teria preferido que não houvesse reunião nenhuma.

Agendei uma viagem para Ancara no dia da apresentação. Por volta do meio-dia do sábado, porém, quando estava a caminho do escritório, resolvi cancelar a viagem. A equipe estava se preparando para ir a Öngören, e sua ansiedade era contagiante. Pedi a Necati para não contar a Ayşe que eu iria com eles. Eu disse aos meus empregados que iria de trem — como vinha planejando, no fundo de minha mente, havia trinta anos. Quando parti, peguei minha pistola Kırıkkale e a licença da arma, que o governo emitia a pedido de barões do petróleo e de magnatas da construção. Duas semanas antes, eu testara a Kırıkkale num dos terrenos baldios da Sohrab destinados à construção, atirando em garrafas enfileiradas sobre sacos de cimento. Naturalmente, eu temia que houvesse problemas.

39.

Enquanto o trem sacolejava entre as muralhas da cidade velha e o Mar de Mármara, passando por velhos edifícios decadentes e novos parques, hotéis de concreto, navios e carros, fui ficando cada vez mais enjoado. Necati me acompanhara à estação garantindo-me que Enver não compareceria à reunião e estaria fora de Öngören durante todo o dia, mas eu não conseguia deixar de pensar que havia uma possibilidade de meu filho decidir me ver. Passados trinta anos, o medo de encarar meu crime contra o mestre Mahmut se transformara na comoção de conhecer meu filho. Quando o trem foi parando devagar em Öngören, não consegui distinguir o nosso platô devido aos incontáveis edifícios de concreto, mas tinha a clara impressão de que havia alguém ali que eu estava fadado a encontrar.

Assim que saí da estação, soube que a velha Öngören já não existia: o edifício que eu costumava espreitar, olhando para as janelas da Mulher Ruiva, fora demolido. Em seu lugar, um movimentado shopping center ocupava todo o quarteirão e atraía uma multidão de jovens ávidos por comer hambúrgueres e beber cerveja e refrigerante. Surgiram bancos, lojas de kebab e barracas de sanduíche no térreo dos edifícios em torno da praça. Seguindo os mesmos passos que tantas vezes evoquei em minhas lembranças, me pus a andar mecanicamente da praça da Estação para o lugar onde outrora ficava o Café Rumeliano, e especificamente até o ponto na calçada em que ficava nossa mesa, mas não encontrei nada que pudesse me lembrar das muitas xícaras de chá que tomamos naquele lugar. Todas as pessoas que outrora passavam por ali, todas as casas nas quais moravam tinham desaparecido, substituídas por novos edifícios ocupados por outra fauna humana — gente desordeira, animada, curiosa e ansiosa por se divertir numa tarde de sábado.

Andando pela antiga travessa, surpreendi-me ao ver que, mesmo num fim de semana, não havia soldados por lá nem gendarmes para os vigiar. A loja de ferragens, a oficina do ferreiro e a mercearia onde mestre Mahmut comprava cigarros todas as noites não estavam onde eu esperava que estivessem, mas às vezes eu nem ao menos sabia se estava procurando nos lugares certos, por falta dos pontos de referência dos velhos edifícios baixos, cada um com seu jardim, que tinham dado lugar a edifícios residenciais muito parecidos entre si.

Cheguei à conclusão de que não precisava ficar tão apreensivo com aquele meu retorno a Öngören. A cidade que eu conhecera se transformara num bairro de Istambul bastante comum, cheio de estruturas de concreto como qualquer outro. Finalmente, porém, consegui encontrar algumas pessoas que moravam ali havia algum tempo. Encontrei-me com meu colega aprendiz Ali, que me recebeu com um sorriso amável. Visitei Sırrı Siyahoğlu e sua esposa, também gorducha, para tomar uma xícara de chá, e logo Necati e os outros diretores da Sohrab vieram ao meu encontro. Fui apresentado ao dono de uma doceria que disseram ser parente de mestre Mahmut e, devido à insistência dos circunstantes, apertamo-nos as mãos, com grande embaraço de ambas as partes. Enquanto subia a colina que levava ao cemitério onde mestre Mahmut foi enterrado, concluí que, à exceção das pessoas que tinham a ver com o mercado imobiliário local, ninguém mais em Öngören sabia quem eu era, portanto não havia muito o que temer.

"Nosso platô" no alto da colina, que há trinta anos não passava de um terreno baldio, também se transformara num labirinto de concreto com conjuntos de apartamentos residenciais de seis a sete andares, depósitos, oficinas, postos de gasolina e uma vasta gama de vagões-restaurantes, barracas de kebab e supermercados. Com tudo aquilo no caminho, já não era possível ver a estrada cujas voltas evitávamos tomando atalhos pelo campo, e era muito difícil determinar o lugar onde cavamos o poço.

A diligente equipe de marketing da Sohrab conduziu-me pelas ruas secundárias da cidade para o salão de festas alugado para a apresentação da empresa e para o banquete que viria a seguir. Olhando pelas amplas janelas do salão, tentei imaginar em que parte de nosso platô devíamos estar, para que lado olhar a fim de ver a guarnição do Exército e as montanhas azuis que emolduravam a paisagem à distância. Nosso poço devia ficar cerca de meio quilômetro naquela direção. O que eu mais queria, agora, era esquecer tudo aquilo e ir até lá.

Uma estrada asfaltada de quatro pistas, que logo ligaria Öngören às rodovias que levavam ao novo aeroporto e à Ponte do Bósforo, se estenderia até as proximidades do centro velho da cidade, partindo de um ponto mais próximo de nosso poço que da estação ferroviária. Com isso, o valor da terra e das casas em nosso platô estava aumentando. A maioria dos presentes à reunião não era composta de moradores de Öngören, mas de novos-ricos, desejosos de comprar uma casa naquela área em franco desenvolvimento. Eu estava tão agitado que nem saberia dizer ao certo se essas expectativas tinham sido despertadas pelas maquetes de compensado compradas pelo Grupo Sohrab, pelas vistas deslumbrantes propiciadas por nossas unidades de muitos andares ou pelas grandes piscinas e playgrounds que estavam no projeto. Nossa equipe também trouxera casais para darem depoimentos de quão satisfeitos estavam com seus apartamentos nos condomínios de Beykoz e Kartal, da Sohrab. Seus comentários sobre o chamado estilo de vida Sohrab despertaram a curiosidade dos que se encontravam nas fileiras de trás, que pareciam gente desocupada sem nada melhor a fazer. Quando comecei a ouvir as muitas perguntas sarcásticas, concluí que aquela gente do fundo tinha uma motivação oculta; talvez eles estivessem orquestrando modos de me constranger e até de me insultar, para frustrar nossa campanha de vendas.

Embora não tivessem anunciado minha presença, os antigos habitantes de Öngören contavam com ela. Fiz um breve discurso revelando que tinha vindo para aquele recanto agradável de Istambul trinta anos atrás para cavar um poço com mestre Mahmut, cuja bem-sucedida busca de água dera vida nova àquele pedaço de terra empoeirado, tornando possível o influxo de novos moradores e indústrias agora ali estabelecidas. Os futuros edifícios, cujas maquetes estavam sendo apresentadas naquele dia, eram apenas a continuação natural do primeiro passo rumo à civilização, que fora dado trinta anos atrás.

Porque os desordeiros do fundo não estavam fazendo nenhum esforço para esconder seu desprezo, achei que eles deviam ser inofensivos e que estavam ali mais para se divertir. Girei o pescoço para examinar o grupo de cerca de cem pessoas; era mais provável que algum perigo real viesse dos que se mantinham em silêncio.

Como os que tinham falado antes de mim, também fui crivado de perguntas antes mesmo de ter tempo de dizer: "Alguma pergunta?". Deixei que o gerente de projetos respondesse uma sobre planos de pagamento. O mesmo gerente estava respondendo a um casal que queria saber quando receberiam as chaves do apartamento que comprariam naquele dia quando — olhando para o meio do salão — avistei uma mulher madura com a mão levantada, e senti meu coração disparar.

De algum modo, minha mente levou mais tempo para perceber o que meus olhos tinham reconhecido imediatamente: era óbvio, pela cor de seu cabelo, que a senhora no meio da sala era a Mulher Ruiva. Nossos olhares se cruzaram enquanto ela mantinha a mão erguida em meio ao burburinho à sua volta. Ela deu um sorriso afável, e eu pedi que ela falasse.

"Nós o parabenizamos pelo sucesso da Sohrab, sr. Cem", ela disse. "E espero que o senhor considere a possibilidade de destinar espaço para um teatro num dos edifícios."

Alguns dos que estavam à sua volta aplaudiram de forma discreta. Não notei ninguém particularmente interessado em nossa conversa nem dando muita atenção às suas palavras.

Sem mais perguntas, a multidão começou a se dispersar. Quando as pessoas foram examinar as maquetes, me vi face a face com a Mulher Ruiva pela primeira vez em trinta anos.

O tempo fora complacente com ela e apenas lhe acentuou a bela e inescrutável expressão do rosto, os traços do nariz, da boca, e a perfeita conformação dos lábios cheios e redondos. Ela não se mostrava nem aborrecida nem hostil; ao contrário, parecia relaxada e bem-humorada. Talvez fosse essa a impressão que ela queria passar.

"Você deve estar surpreso de me ver, sr. Cem. Eu e alguns amigos de meu filho estamos fazendo uma campanha para que se construa um teatro aqui... Gostaria que você os conhecesse. Ninguém disse que você viria, mas eu sabia que estaria aqui hoje."

"Enver está aqui?"

"Não."

Os jovens que ela mencionara estavam de pé formando um grupo separado de todos os demais presentes. Discretamente, Necati conduziu a mim e à Mulher Ruiva a uma área mais reservada do salão, para onde ele levou um pouco de chá e nos deixou a sós.

"Durante anos, eu não soube ao certo se o pai de nosso filho Enver era você ou Turgay... Eu não pensava muito nisso, mas sempre me perguntava... Mas eu não seria capaz de provar nada, ainda que procurasse a justiça, e isso só iria causar transtorno para todos e vergonha a mim e a você. Tenho certeza de que você sabe que eu nunca faria algo assim."

Eu bebia cada palavra que vinha de sua boca, ao mesmo tempo que ficava de olho naqueles que ainda estavam no salão, para o caso de alguém de repente se mostrar por demais interessado no que estávamos fazendo. Tudo o que ela me dizia me surpreendia. Parecia impossível o fato de ela estar ali agora diante de mim, as mãos delicadas ainda se movendo lépidas no ar, a roupa do mesmo azul-celeste da saia que ela usara havia trinta anos, quando cruzamos a praça da Estação, o rosto e as unhas maravilhosamente lisos.

"Claro que nenhum dos dois suspeitava que eu não sabia ao certo quem era o pai", ela continuou. "Turgay sempre foi mau conosco, talvez porque antes dele eu fora casada com seu irmão mais velho. Ele morreu pouco depois de nossa separação, e não foi fácil contar a Enver que seu pai biológico talvez fosse outro homem, alguém muito bem-sucedido e talentoso, e persuadi-lo a entrar com o processo. Ele acabou fazendo, mas só depois de muita resistência. Nosso filho ainda haverá de deixar sua marca no mundo, ele é um rapaz orgulhoso, sensível e criativo. Ele escreve poemas."

"O sr. Necati me disse isso, me disse até que alguns deles foram publicados. Cheguei a encontrar exemplares das revistas. Os poemas são bons. Mas não sei bem como me sinto quanto às políticas dele e dos jornais em que ele os publicou. E infelizmente eles não trazem nenhuma fotografia do jovem poeta."

"Oh, mas claro! Preciso te mandar uma fotografia de nosso filho", disse a Mulher Ruiva. "Mas eu não me preocuparia com as posições políticas dele. Hoje é uma publicação religiosa, amanhã talvez ele esteja compondo odes ao Exército e à bandeira... Ele é obstinado e conhece a própria mente, mas também é prepotente. O que lhe falta é uma forte figura paterna que o oriente." Algumas pessoas estavam vindo ao nosso encontro. "Enver com certeza haverá de conhecer e amar o pai", ela acrescentou. "Eu pedi a ele que viesse hoje, mas ele se recusou. Fui eu que falei sobre o teatro a esses jovens que estão aqui hoje. Nós nos reunimos aos domingos e vamos a Istambul assistir a peças de teatro. Alguns são amigos de Enver."

Quando se aproximaram de nós, a Mulher Ruiva assumiu uma atitude formal de potencial compradora, como se estivesse se informando minuciosamente das características dos apartamentos, e continuou a bebericar o chá com elegância. Eu me levantei e vaguei um pouco entre a multidão antes de ir ter com Necati. Pedi-lhe que convidasse a Mulher Ruiva e seus jovens amantes de teatro para o banquete daquela noite.

"A coisa funcionou", ele disse, sentindo-se aliviado e eufórico. "A Sohrab não deve mais ter grandes problemas em Öngören."

"Eu não teria tanta certeza", respondi. "Isso aqui não é mais Öngören. É Istambul."

40.

Foi do departamento de marketing a ideia de oferecer jantar e bebidas no salão de festas. O Restaurante Libertação, que fez o serviço de bufê, ainda funcionava no mesmo lugar. Encontrei-me com o velho proprietário, um homem de Samsun, e, enquanto falávamos de nossas lembranças, eu pensava na noite em que partilhei uma mesa com a Mulher Ruiva, trinta anos antes. Eu decidira evitá-la e também a sua trupe de atores jovens e voltar para Istambul assim que terminasse a refeição. O que eu queria mesmo era ver o poço que cavei com mestre Mahmut. "Isso é fácil", disse Necati, mas fiquei preocupado quando vi que ele, em vez de pedir a um dos moradores, como meu colega aprendiz Ali, que me conduzisse até o poço, indicou a Mulher Ruiva e um de seus jovens amigos.

"Serhat é o mais brilhante de meus jovens atores e o mais maduro", disse a Mulher Ruiva. "O sonho dele é encenar Sófocles em Öngören algum dia."

"Como você sabe onde fica o poço?", perguntei ao sr. Serhat.

"O poço ficou famoso logo que se descobriu água", disse

Serhat. "Quando éramos crianças, mestre Mahmut nos contava histórias e lendas sobre ele."

"Você ainda se lembra de alguma dessas lendas?"

"Eu me lembro da maioria delas."

"Venha comigo, sr. Serhat", eu disse. "Talvez mais tarde a gente possa dar uma escapada do jantar, e então você me mostra o poço."

"Mas claro..."

Eu tinha diante de mim um copo de Club Raki, queijo fresco e alguns aperitivos frios. A Mulher Ruiva estava do outro lado da mesa, exatamente como naquela noite trinta anos antes. Nesse meio-tempo, aprendi a gostar de *raki* tanto quanto meu pai. Tornei a encher o copo de meu jovem companheiro, tomei o meu de um só gole, olhando para todos os lados, menos para onde se encontravam a Mulher Ruiva e seus pupilos.

Perguntei ao jovem amante de *raki* Serhat de que histórias contadas por mestre Mahmut ele se lembrava mais.

"Aquela de que tenho a lembrança mais vívida é a de um guerreiro chamado Rostam, que matou o filho por engano...", disse o jovem sensível.

Onde o mestre Mahmut a tinha ouvido? Embora ele tivesse ido ao pavilhão amarelo do teatro antes de mim, seria difícil reconstituir a trama a partir da colcha de retalhos de um espetáculo. Certamente a Mulher Ruiva lhe tinha contado. Ou talvez ele a tivesse ouvido quando menino.

"Por que você guardou na lembrança a história de Rostam? Ela o assustava?"

"Mestre Mahmut não era meu pai", disse o sr. Serhat com alguma lógica. "Por que eu haveria de ter medo?"

"Ele foi como um pai para mim, naquele verão trinta anos atrás... Meu verdadeiro pai nos abandonou. Então, enquanto eu estava cavando o poço, pode-se dizer que encontrei um outro pai em mestre Mahmut. Como é seu relacionamento com seu pai?"

"Distante", disse Serhat abaixando a vista.

Será que ele queria voltar a se sentar com a Mulher Ruiva e seus amigos atores? Será que eu tinha me imiscuído demais na vida daquele jovem taciturno? O álcool tinha subido à cabeça dos outros convidados. No salão ecoava a conversa incessante, típica de festinhas provincianas regadas a *raki* e de bares cheios de torcedores de futebol criadores de caso.

"Como você conheceu mestre Mahmut?"

"Ele costumava reunir todas as crianças do bairro à sua volta e lhes contar histórias. E um dia acabei indo à sua casa. Fiquei muito assustado quando vi o ombro dele."

"Você poderia me levar à casa de mestre Mahmut depois de irmos ao poço?"

"Claro… Eles se mudaram algumas vezes, e diversas casas em que ele morou foram demolidas. Qual você gostaria de ver?"

"Eu tinha muito medo das histórias de mestre Mahmut", eu disse. "Elas sempre acabavam se tornando reais…"

"Como assim, 'se tornando reais'?", ele perguntou.

"As coisas que ele me contou em suas histórias aconteceram comigo em minha vida real. E eu também tinha medo do poço de mestre Mahmut. Tinha tanto pavor que um dia eu o abandonei lá e fugi. Você ficou sabendo disso?"

"Fiquei", ele respondeu, desviando o olhar.

"Como você ficou sabendo?"

"Enver, o filho da sra. Gülcihan, me contou. Ele agora trabalha como contador aqui na cidade. Pode-se dizer que o mestre era como um pai para ele. Eles eram muito próximos."

Não havia o menor sinal de malícia ou dissimulação em seu semblante. Ele não parecia saber a verdade. Fiquei calado. A noite cheirava a *raki* e fumaça de cigarro, e eu sentia todo o seu peso nos recessos de minha mente.

"Enver está aqui esta noite?", terminei por lhe perguntar.

"O quê?", disse Serhat. Ele parecia estarrecido com minha pergunta, como se eu tivesse dito alguma coisa impertinente ou absurda. Naquele dia, não vi ninguém, nem na reunião nem entre os convidados do jantar, de quem eu pudesse me orgulhar de chamar de filho.

"Enver não está aqui", disse Serhat. "Ele disse que viria?"

Eu não disse nada, mas ele percebeu a minha agitação.

"Ele jamais viria aqui!", ele disse.

"Por que não?"

Agora foi Serhat quem ficou calado.

41.

Eu tentava entender por que meu filho se mostrava tão relutante em aparecer. Talvez ele desaprovasse o pai. Essa ideia me
deixou indignado. Reconhecendo, porém, que minha raiva podia ser injustificada, queria encontrá-lo de qualquer jeito, ainda
que o melhor teria sido partir de Öngören imediatamente, antes
que eu me envolvesse em alguma confusão. "Está ficando tarde,
sr. Serhat, podemos ir dar uma olhada no poço?", perguntei.

"Claro."

"Você pode ir na frente e esperar por mim no pé da ladeira.
Irei ao seu encontro cinco minutos depois; assim, não vamos chamar muita atenção."

Ele engoliu seu último bocado e logo tratou de sair. Do outro lado da mesa, a Mulher Ruiva estava de olho em mim. Depois de alguns goles de *raki* e outro bocado de queijo branco, saí
para me encontrar com Serhat no pé da colina.

Andamos em silêncio por entre as sombras, a escuridão e os
ecos do passado. Eu não consegui adivinhar a posição da ladeira
em relação ao nosso platô nem para que lado ficava o poço. Em

vez, porém, de atribuir isso ao estorvo dos blocos de concreto, muros e depósitos que tinham surgido por toda parte, pus a culpa no *raki* que me turvava a mente. E se tinha a mente anuviada, certamente era porque meu filho não queria se encontrar comigo.

Andamos ao longo de um muro sem cor, passando por um depósito e por um quintal cinza com árvores que as luzes de neon tingiam de um tom róseo. Vi a mim mesmo e ao meu jovem guia refletidos como silhuetas nas janelas escuras de uma barbearia que já tinha fechado e notei que éramos da mesma altura.

"Há quanto tempo você conhece Enver?", perguntei ao jovem ator Serhat.

"Pelo tempo que minha memória alcança. Sempre morei em Öngören."

"Como ele é?"

"Por que você quer saber?"

"Eu conheci o pai dele, Turgay", respondi. "Ele morou aqui por algum tempo, trinta anos atrás."

"O problema de Enver não é o pai, mas a falta de pai", disse o inteligente Serhat. "Ele é muito ensimesmado, um cara meio estranho."

"Eu também nunca tive um pai de verdade, mas nem por isso sou raivoso nem introvertido; na verdade, não sou diferente de ninguém", respondi, inspirado pelo *raki*.

"Claro que você é diferente, você é rico", disse Serhat, que tinha muita presença de espírito. "Talvez seja isso que incomode Enver."

Fiquei calado por um tempo. O que exatamente aquele jovem arrogante queria dizer? Que Enver sofria por ser pobre? Ou que ele não aprovava pessoas para as quais só importava o dinheiro e por isso não comparecera à reunião?

Atormentado pela ideia de que Enver não viera por me desaprovar, notei que o aclive ia ficando menos acentuado e que estávamos nos aproximando do nosso poço. Vi as mesmas ervas daninhas e urtigas de trinta anos atrás vicejando em terrenos baldios e nas rachaduras do pavimento. Por um breve instante, pensei em encontrar de novo a tartaruga de pescoço enrugado e em mergulhar, como nos velhos tempos, em cismas sobre a vida e a natureza do tempo. "Cá estamos nós, passados trinta anos!", a tartaruga haveria de dizer. "Para você, uma vida inteira desperdiçada. Para mim, um piscar de olhos."

Teria a Mulher Ruiva dito a seu filho, Enver, que seu avô era um idealista romântico que fora preso por suas convicções políticas? Doía muito pensar que meu filho me considerava uma versão superficial e moralmente corrupta de seu avô. Eu estava ficando cada vez mais irritado com aquele arrogante Serhat por me lançar naquele estado de espírito, quando vi um trecho do caminho que me era familiar. "Cá está ele", exclamei. "Esta era a última curva antes de chegar ao nosso poço."

"É mesmo? Que coincidência. Mestre Mahmut morou bem ali em cima por algum tempo", disse o arguto Serhat.

"Onde?"

Olhei a negra silhueta de sua mão indicando um aglomerado de depósitos, fábricas e prédios que mal se podiam ver na escuridão. Vi a nogueira sob a qual eu tirava meus cochilos depois do almoço. Ela havia crescido, mas agora estava presa entre os muros de uma fábrica. Vi uma luz fraca através das janelas de uma casa ali perto.

"Eles moraram ali por algum tempo", disse Serhat. "Enver e sua mãe, Gülcihan, costumavam passar lá para cumprimentá-lo nos feriados religiosos. Conheci Enver no jardim de mestre Mahmut."

Devia ter me parecido suspeito que Serhat tivesse mencionado Enver novamente, mas eu estava preocupado em assimilar a visão de todo aquele concreto e aqueles muros, além do grande número de pessoas e animais (como o vira-lata ameaçador que trotou em nossa direção para nos cheirar), amontoados naquela área que, há trinta anos, não passava de um terreno baldio e árido; minha prioridade agora era compreender o mais rápido possível aquele novo estado de coisas. Será que eu conseguiria encontrar ao menos um tijolo, uma janela ou sentir algum cheiro familiar para conjurar uma lembrança daquela época?

"Esta é a casa onde mestre Mahmut nos contou pela primeira vez a história, tirada do Corão, do príncipe que deixou o pai morrer no fundo de um poço", disse, insistente, Serhat.

"Essa história não está no Corão nem, aliás, no *Shahnameh*", eu disse.

"Como você sabe?", perguntou Serhat. "Você é religioso? Você leu o Corão?"

Mantive-me calado ante aquela atitude agressiva, que atribuí à influência de meu filho Enver. Eu estava desesperado e tive de reconhecer que ir ali fora uma má ideia. "Eu gostava do mestre Mahmut. Durante o verão que passei aqui, ele foi como um pai para mim", eu disse.

"Se você quiser, posso lhe mostrar onde Enver mora", disse meu guia.

"É aqui perto?"

Segui Serhat quando ele entrou; depois, passamos por um conjunto de apartamentos com pórticos às escuras, vans e miniônibus estacionados ao acaso em ambos os lados da rua, um pequeno posto de saúde e farmácia, uma garagem e depósitos com taciturnos vigias que fumavam sem parar; fiquei me perguntando como fora possível tudo aquilo amontoar-se em nosso platô.

"Enver mora aqui", disse Serhat. "Segundo andar, janelas da esquerda."

Meu coração começou a bater num ritmo lento e estranho.

Eu sabia que aquela ânsia de ver meu filho nunca iria me abandonar.

"As luzes do sr. Enver estão acesas", eu disse, com uma ébria desinibição. "Vamos tentar tocar a campainha?"

"O fato de as luzes estarem acesas não significa que ele está em casa", disse o sagaz Serhat. "Enver decidiu levar uma vida solitária. Quando sai à noite, deixa as luzes acesas para que ladrões e inimigos pensem que tem alguém em casa e também para que, ao voltar para casa, não se lembre de quão solitário é."

"Você parece conhecer bem seu amigo. Com certeza ele não iria se incomodar se você batesse à sua porta."

"Nunca se pode prever o que Enver vai fazer."

Ele queria dizer que meu filho não tinha medo? Eu devia me orgulhar disso? "Mas por que ele se sentiria solitário se sua mãe o ama e pode contar com um amigo próximo como você?", eu disse.

"Ele não é próximo de ninguém…"

"Porque cresceu sem pai?"

"Talvez, mas se eu fosse você pensaria duas vezes antes de tocar a campainha…", disse o prudente amigo de meu filho. Mas ignorei sua advertência, me pus a examinar a lista de nomes e números junto ao painel do interfone. Vi que cada entrada tinha tamanhos e caligrafias diferentes, e de repente parei, como enfeitiçado, ante a seguinte inscrição:

6: ENVER YENIER

(CONTADOR AUTÔNOMO)

Toquei a campainha três vezes.

"A porta de Enver está sempre aberta para aqueles que aparecem sem aviso no meio da noite", disse Serhat. "Se ele estiver em casa, vai deixá-lo entrar."

Mas a porta continuou fechada. Tive certeza de que meu filho estava em casa, recusando-se a me deixar entrar por pura teimosia, ainda que eu tivesse me dado ao trabalho de ir até ali para encontrá-lo. Minha frustração diante de sua atitude e das insinuações de Serhat aumentou.

"Por que você está tão ansioso para conhecer Enver?", perguntou o invasivo e irritante Serhat. Pensando bem, talvez ele estivesse a par dos boatos.

"Agora acho melhor me mostrar o poço para que eu possa ir para casa antes que fique muito tarde", eu disse. Pensei que de todo modo poderia voltar ali um outro dia para ver meu filho.

"Quando alguém cresce sem pai, acha que o universo não tem um centro nem tem fim e que pode fazer o que bem entender...", disse Serhat. "Mas você acaba descobrindo que não sabe o que quer e começa a buscar algum tipo de sentido, algum eixo em sua vida: alguém que lhe diga não."

Eu não respondi. Percebi que estávamos nos aproximando de nosso poço, e que eu estava chegando ao fim da busca a que dedicara a minha vida.

42.

"Seu poço é ali", disse Serhat, espreitando meu rosto quando me pus diante do portão enferrujado de uma fábrica abandonada.

"Depois da morte de Hayri Bey, o filho dele terceirizou todo o trabalho de tingimento, lavagem e confecções, transferindo-o para Bangladesh, e a produção aqui parou totalmente. Nos últimos cinco anos, isto aqui funcionou como depósito, mas agora eles planejam encontrar alguém como você para demolir tudo e construir edifícios de muitos andares."

"Eu não vim aqui em busca de mais lugares para construções; vim para tentar recuperar minhas lembranças", respondi.

Quando Serhat se aproximou da guarita, vi na parede nua um painel de acrílico em que se lia EMPREENDIMENTOS TÊXTEIS LLC. Olhei em volta tentando me lembrar de como era aquele lugar trinta anos antes. A única indicação de que se tratava realmente do terreno de Hayri Bey era a forma como as paredes, ao que parecia, se estreitavam infinitamente, e a sensação, que eu tivera pela primeira vez aos dezesseis anos de idade, de que o céu estava muito mais perto do que o normal.

Eu ouvi o latido furioso de um cão. Serhat voltou.

"Não tem ninguém aí, mas eu conheço o vigia", Serhat disse. "Ele deixou o cão preso na coleira; logo ele vai voltar."

"Está ficando tarde."

"Se bem me lembro, acompanhando este muro a gente encontra mais adiante uma depressão no terreno. Vou dar uma olhada lá", disse Serhat, desaparecendo na escuridão da noite.

Do outro lado do muro não estava completamente escuro, e apesar dos incessantes latidos do cão, tranquilizou-me ver o reflexo das lâmpadas de neon nos telhados baixos e nos postes de metal no lado oposto, por isso resolvi dar uma olhada no poço e voltar direto para o lugar onde me encontrava. Enquanto isso, Serhat parecia ter desaparecido. Eu estava começando a perder a paciência com meu jovem guia quando o telefone tocou em meu bolso. Era Ayşe.

"Disseram-me que você está em Öngören", ela disse.

"Estou."

"Você mentiu para mim, Cem. E está cometendo um erro terrível."

"Não há nada para ter medo. Tudo correu bem."

"Há muito para ter medo. Onde você está agora?"

"Meu guia me trouxe para ver o poço que cavei com mestre Mahmut."

"Quem é ele?"

"Um jovem de Öngören. Um pouco arrogante, mas me tem sido muito prestativo."

"Quem o apresentou a você?"

"A Mulher Ruiva", respondi e, por um instante, consegui pensar claramente apesar de ter a mente turvada pelo *raki*.

"Tem alguém com você aí agora?", Ayşe perguntou, quase sussurrando ao telefone.

"Você se refere à Mulher Ruiva?"

"Não, me refiro ao homem que ela lhe apresentou. Ele está aí agora?"

"Não, ele foi procurar um lugar por onde possamos atravessar o muro. Ele vai me levar para dentro da fábrica vazia."

"Escute, Cem... volte imediatamente!"

"Por quê?"

"Fuja desse rapaz e certifique-se de que ele não vai seguir você."

"Você está com medo de quê?", perguntei, mas então o medo dela, que eu sentia através do telefone, começou também a me contagiar.

"Você simplesmente esqueceu as histórias que lemos durante todos esses anos?", disse Ayşe. "Claro que você foi para Öngören para conhecer seu filho. Foi por isso que não quis que eu o acompanhasse. Quem lhe apresentou esse seu guia? A Mulher Ruiva! Você tem ideia de quem ele é?"

"Quem? Serhat?"

"Ele muito provavelmente é seu filho Enver! Você tem de fugir, Cem."

"Acalme-se. As pessoas aqui me receberam bem. Mal se mencionou mestre Mahmut."

"Agora preste bastante atenção", disse Ayşe. "E se elas contrataram alguém para esfaquear você a pretexto de uma discussão política, e se arranjaram alguém para matá-lo a tiros e dizer que foi uma espécie de briga de bêbados?"

"Então eu morreria", eu disse com um risinho.

"E a Sohrab terminaria nas mãos da Mulher Ruiva e de seu filho", disse Ayşe. "Essa gente não hesitaria em matar um homem para conseguir isso."

"Você está dizendo que alguém vai me matar esta noite para pôr as mãos em meu patrimônio?", perguntei. "Ninguém sabia que eu viria para cá esta noite; nem mesmo eu."

"O jovem está com você?"

"Já lhe disse que não!"

"Por favor, eu estou pedindo, vá para um lugar onde ele não possa encontrar você."

Fiz o que minha mulher sugeriu. Escondi-me na escuridão do pórtico de uma loja, do outro lado da rua.

"Escute bem", disse Ayşe. "Se tudo aquilo em que sempre acreditamos sobre Édipo e seu pai, e sobre Rostam e Sohrab, for verdade... então, se esse jovem é seu filho, vai matar você! Ele é o tipo do rebelde ocidental individualista..."

"Não se preocupe. Se ele tentar alguma coisa, vou bancar o pai asiático autoritário, como Rostam, e matar o pirralho", disse eu em tom despreocupado.

"Você nunca faria nada desse tipo", disse Ayşe, levando seu marido embriagado a sério. "Fique onde está. Vou pegar o carro. Logo estarei aí."

Na noite escura e opressiva de Öngören, livros, pinturas, civilizações e mitos antigos pareciam tão remotos que eu não conseguia entender por que minha mulher estava tão nervosa. Mas fiquei onde estava e, não ouvindo nada de meu guia, comecei a me preocupar. Será que ele poderia mesmo ser meu filho? O silêncio se prolongava, e fui ficando cada vez mais irritado com o jovem que me esquecera ali.

"Sr. Cem, sr. Cem", ele finalmente me chamou do outro lado do muro.

Fiquei calado, sentindo-me subitamente tenso. O jovem continuou a me chamar.

Pouco tempo depois, ele reapareceu no mesmo lugar em que eu o perdera de vista um pouco antes e começou a andar em minha direção. O jovem era mais ou menos da minha altura, e havia alguma coisa em seus modos que lembravam meu pai. Aquilo me assustou.

Quando chegou ao lugar em que me deixara, ele chamou duas vezes: "Sr. Cem!".

Eu ansiava por vê-lo de perto mais uma vez; do lugar onde eu estava não conseguia ver seu rosto. Havia algo de sonho na forma como eu me escondia daquele jovem, tantos anos passados, simplesmente porque ele talvez fosse meu filho. Encorajado pela arma que trazia no bolso, fui ao seu encontro.

"Onde você estava?", ele perguntou. "Venha comigo, se quiser entrar."

Ele deu meia-volta e continuou a avançar rente ao muro. Agora a rua estava completamente às escuras. Ocorreu-me que ele queria me atrair para algum lugar deserto e sombrio, onde me cortaria a garganta. Como eu ansiava para pelo menos ter uma boa visão de seu rosto! Avancei na escuridão, guiando-me pelo som de seus passos.

Quando chegamos à parte em que o muro era mais baixo, Serhat saltou-o feito um gato e sumiu do outro lado. Segurei sua mão pegajosa (perguntando-me por um instante se ela poderia realmente pertencer a um filho meu) e também passei por cima do muro. O cão de guarda da fábrica vazia forçava a corrente e latia loucamente. Não havia dúvida de que ali era nosso platô.

Pensei que poderia dar um tiro no cão, caso ele conseguisse se livrar da corrente, por isso mantive a compostura enquanto andava entre aquelas edificações industriais. Era evidente que, uma vez que a água começou a jorrar do poço, Hayri Bey e seu filho — que estava usando chuteiras de futebol novas no dia em que o conheci — tinham estabelecido uma empresa de lavagem e tingimento muito maior do que a princípio planejaram. Espalhadas pelo vasto complexo, havia também várias edificações muito mais rudimentares, certamente construídas antes que, ao longo dos últimos dez anos, a indústria têxtil migrasse para a China, Bangladesh e o Extremo Oriente. Algumas delas — como o edifício de escritórios com escadaria de mármore — desde então foram abandonadas, e agora serviam de depósito para material de construção excedente, engradados vazios e sucata enferrujada, coberta de poeira. Outras agora não passavam de ruínas.

Nosso poço fora engolido pelo refeitório, que Hayri Bey, durante suas visitas ao local da escavação, sempre dizia que mandaria construir. Todas as janelas estavam quebradas, fazendo com que o lugar não pudesse mais servir nem sequer de depósito. Segui meu guia à fraca luz de uma lâmpada de neon do outro lado do muro, passando por teias de aranha, chapas de metal desgastadas, canos soltos, móveis escangalhados, e finalmente chegamos à borda de concreto do que fora nosso poço.

"Esse cadeado nunca funciona direito", disse meu guia, agachado, lutando com o cadeado que prendia a tampa do poço.

"Você parece conhecer bem este lugar", eu disse.

"Enver sempre me trazia aqui."

"Por quê?"

"Não sei", ele respondeu, ainda às voltas com o cadeado. "Por que você quis vir aqui?"

"Nunca me esqueci da época em que trabalhei aqui com mestre Mahmut", respondi.

"Pode acreditar, ele também não se esqueceu."

Será que ele estava se referindo ao fato de eu ter machucado mestre Mahmut?

Quando meu jovem companheiro endireitou o corpo, juntando forças para uma última tentativa de abrir o cadeado, um raio de luz banhou seu rosto, e eu o examinei atentamente. Uma ternura sequiosa dormia dentro de mim, pronta para florescer ao primeiro sinal de umidade.

Mas fiquei desapontado. Embora fosse verdade que os traços, os gestos e a compleição fossem semelhantes aos meus, desagradava-me sua personalidade — o que nossos avós chamariam de mau gênio. Ayşe estava errada. Aquele não podia ser meu filho.

Meu sagaz guia percebeu imediatamente que alguma coisa nele tinha me irritado. Houve um silêncio. Agora ele estava me olhando com franca hostilidade.

"Deixe que eu tente", eu disse, ajoelhando-me na semiescuridão para tentar forçar o cadeado.

43.

Ajoelhar-me junto ao cadeado me ajudou a aliviar o sentimento de culpa que me fervia na mente. Por que eu fora para lá? O cadeado abriu.

Levantei-me e passei o cadeado ao jovem. "Agora abra a tampa", eu disse, como um turista alemão ordenando a um camponês que lhe mostrasse o poço da era bizantina de seu quintal. Eu estava decepcionado com meu guia e incomodado com seu desdém.

Ele fez força para levantar a tampa de metal enferrujada, mas não conseguiu nem que ela se mexesse. Observei o seu esforço, e quando não consegui mais resistir, eu mesmo agarrei a tampa. Ela se abriu com a combinação de nossas forças, como o portão de um calabouço.

À luz fraca da lâmpada de neon distante, vi uma teia de aranha e o movimento rápido de uma lagartixa. Um denso cheiro de podridão ardeu em minha garganta, e as palavras *Viagem ao centro da Terra* emergiram dos recessos de minha memória.

O fundo do poço estava tão distante que a princípio nem conseguíamos vê-lo. Por fim, consegui ver luz refletida numa poça de água ou de lama lá embaixo. A distância era impressionante.

Estupefatos, olhamos para o abismo. O poço era tão fundo que não havia como deixar de sentir um arrepio de terror ou de admiração pela pessoa que o cavou usando apenas pá e picareta. Lembrei de mestre Mahmut trinta anos antes, ralhando comigo daquelas profundezas.

"Estou ficando tonto", disse meu jovem guia. "Seria fácil cair. É tão fundo que puxa você para dentro."

"Não me pergunte por quê, mas neste exato momento pensei em Deus", sussurrei em seu ouvido como se fosse um segredo, e por um instante tive um sentimento de comunhão com aquele jovem. "Mestre Mahmut não era do tipo que reza cinco vezes por dia. Mesmo assim, quando estávamos cavando este poço, trinta anos atrás, era como se não estivéssemos nos enfiando na terra, mas ascendendo ao céu e às estrelas, ao reino de Deus e de Seus anjos."

"Deus está em toda parte", disse o insolente Serhat. "Em cima e embaixo, no norte e no sul. Em toda parte."

"É verdade."

"Então por que você não acredita n'Ele?"

"Em quem?"

"Em Alá o Onipotente, Criador do universo", ele respondeu. "Como você sabe se acredito ou não em Deus?"

"É tão óbvio…"

Nós nos encaramos sem dizer nada. Ele certamente parecia raivoso o bastante para ser meu filho, e fiquei satisfeito em descobrir sua natureza forte e combativa. Mas, ao mesmo tempo, senti medo do que poderia acontecer se sua raiva se voltasse contra mim ali, à beira do poço.

"Os turcos ricos ocidentalizados sempre dizem 'Minha relação com Deus não é da sua conta', quando defendem o secularismo", disse Serhat. "Mas eles não poderiam se importar menos com Deus; eles só se prendem ao secularismo para poder esconder sua impiedade sob a capa da modernidade."

"O que você tem contra a modernidade?"

"Eu não tenho nada contra ninguém", ele disse, parecendo mais calmo então. "Mas não quero que meus inimigos me definam e não quero ser refém de falsas dicotomias como esquerda e direita, religioso ou moderno. Só quero ser fiel a mim mesmo. Por isso tomo distância das pessoas e me concentro em minha poesia. Alguém veio me procurar mais cedo, mas como eu estava trabalhando em um poema, não abri a porta."

Fiquei confuso. Mas também senti que a raiva daquele jovem talvez se diluísse se a conversa tomasse um viés mais acadêmico. "Você acha que a modernidade é uma coisa ruim?", perguntei com uma franqueza de bêbado.

"O homem moderno está perdido no caos da cidade. De certo modo, ele se tornou órfão. Mas sua busca por um pai na verdade não tem o menor sentido. Porque se ele é um indivíduo no sentido moderno, nunca encontrará um pai na agitação da cidade. E se o encontrar, deixará de ser um indivíduo. Jean-Jacques Rousseau, o precursor francês da modernidade, sabia que isso era certo, por isso abandonou todos os seus quatro filhos, só para garantir sua modernidade. Rousseau nunca mostrou o menor interesse pelos filhos e nunca os procurou. E você? Foi por isso que me deixou aqui, para poder ser moderno? Se assim for, então você estava certo."

"O quê?"

"Por que você não respondeu minha carta?", ele perguntou, aproximando-se mais de mim.

"Que carta?"

"Você sabe muito bem do que estou falando."

"Sinto muito, mas o *raki* deve estar me afetando a memória.

Por que não voltamos para o jantar e, no caminho, você me ajuda a lembrar?"

"Eu lhe mandei uma carta assinada 'seu filho'. Por que não me respondeu? No final da carta, pus meu endereço de e-mail."

"Desculpe-me, por favor, que carta é essa que você diz ter assinado?"

"Não finja ser formal de repente", disse Serhat. "A esta altura você já deve ter adivinhado quem eu sou."

"Não tenho certeza de que estou te entendendo, sr. Serhat."

"Meu nome não é Serhat. Sou seu filho, Enver."

Ficamos um longo tempo em silêncio. Até o cão da fábrica, inexplicavelmente, tinha parado de latir. O silêncio que reinava era profundo e me lembrou a época em que meu pai nos abandonou anos atrás, a sensação de esquecer até suas feições. Era como estar numa sala quando as luzes se apagam ou ficar cego por um momento.

Eu olhava para Enver, ele olhava para mim, tentando ler meus pensamentos. Senti uma decepção crescendo dentro de mim. Nosso encontro nada teria daquelas cenas sentimentais dos melodramas turcos, com abraços lacrimosos e exclamações de "Pai!" e "Filho!".

"Parece que quem está fingindo aqui é você", eu disse finalmente. "Por que meu filho Enver tentaria se passar por Serhat?"

"Para decidir se vai gostar do pai... Para ver se vou me encantar com você. A paternidade significa muito para mim."

"Para você, o que é um pai?"

"Um pai é uma figura amorosa e carismática que até o dia da morte aceitará e cuidará do filho que gerou. Ele é a origem e o centro do universo. Quando você acredita ter um pai, você está em paz, ainda que não possa ver, por saber que ele está sempre presente, pronto para amar e proteger você. Eu nunca tive um pai assim."

"Nem eu", respondi, impassível. "Mas se eu tivesse um pai, ele esperaria obediência e reprimiria minha individualidade com sua afeição e a força de sua personalidade!"

Enver arregalou os olhos ao perceber que, sem a menor dúvida, seu pai tinha procurado refletir sobre o assunto. Ele parecia genuinamente, e mesmo respeitosamente, interessado no que eu tinha a dizer; isso era encorajador.

"Será que eu seria feliz se me dobrasse à vontade de meu pai?", perguntei a mim mesmo, em voz alta. "Isso faria de mim um bom filho, mas eu não conseguiria me tornar um verdadeiro indivíduo."

Ele interrompeu rudemente minhas divagações: "Os membros de nossas classes abastadas e ocidentalizadas são tão obcecados pelo individualismo que se esquecem de ser quem são e por isso mesmo não conseguem ser indivíduos", ele disse. "Esses turcos ocidentalizados são convencidos demais para acreditarem em Deus. Eles só se preocupam com a própria individualidade. A maioria prefere não acreditar em Deus, só para provar que é diferente de todo mundo, embora não se dê conta de que é por isso que o é. Mas a fé é precisamente ser como todo mundo. A fé é o refúgio e o consolo dos humildes."

"Concordo."

"Então você está dizendo que acredita em Deus. Isso deve ser difícil para um turco rico e ocidentalizado."

"É mesmo."

"Se você acredita realmente em Deus e leu o Corão, por que deixou mestre Mahmut nesse poço sem fundo? Como pôde fazer isso? Os verdadeiros crentes têm consciência."

"Eu pensei muito sobre isso. Naquela época eu era uma criança."

"Não, não era. Você era velho o bastante para sair transando por aí e engravidar mulheres."

Fiquei chocado com a dureza de sua resposta. "Você sabe de tudo", murmurei.

"Sei, mestre Mahmut me contou tudo", rosnou Enver. "Você o deixou no fundo do poço porque é vaidoso e achou que sua vida era mais importante do que a dele. Sua escola, suas pretensões acadêmicas eram mais importantes para você do que a existência desse pobre homem."

"Mas isso é normal. Todo mundo pensa assim."

"Algumas pessoas não!"

"Você tem razão", respondi, afastando-me do poço.

Houve um longo silêncio. O cão recomeçou a latir.

"Você está com medo?", perguntou meu filho.

"De quê?"

"De cair dentro do poço."

"Não sei", respondi. "As pessoas devem estar se perguntando onde nós estamos. Vamos voltar... Esse tipo de impertinência não era o que eu esperaria de um filho..."

"Oh, e como eu deveria me dirigir a você, meu querido Pai?", disse ele zombeteiramente. "Se você quer que eu seja um filho obediente, não posso ser um indivíduo moderno, não é? Se você quer que eu seja um indivíduo moderno, então não posso ser um filho obediente. Você tem que me ajudar a resolver esse dilema."

"Meu filho pode obedecer ao pai por vontade própria e manter perfeitamente sua individualidade", respondi. "Nosso caráter é forjado não somente por nossas liberdades, mas também pelas forças de história e lembrança. Para mim, este poço é história e lembrança. Agradeço a você por ter me trazido aqui, sr. Enver. Mas agora essa conversa chegou ao fim."

"E por que você quer voltar? Está com medo?"

"E por que estaria com medo?"

"O que o preocupa não é cair no poço por acidente; você

está com medo de que eu o empurre", disse ele olhando-me nos olhos.

Sustentei seu olhar. "Por que você faria uma coisa dessas com seu pai?", perguntei.

"Para vingar mestre Mahmut... Para fazer você pagar por ter me abandonado, por ter seduzido minha mãe, uma mulher casada, por não se ter dado ao trabalho de responder à carta de seu filho depois de tantos anos... Ou talvez só para ser o indivíduo ocidentalizado que você quer que eu seja. Oh... e, naturalmente, para herdar sua fortuna..."

Fiquei assustado com o tamanho de sua lista. Tentei demover meu filho — meu próprio filho — daquelas ideias. "Você cairia nas garras da justiça e acabaria apodrecendo na cadeia", adverti-o ternamente. "Você passaria o resto da vida na prisão esperando pela próxima visita de sua mãe. Coisas como assassinar o pai ou fazer manifestações contra o governo só se concebem no Ocidente. Aqui, todo mundo, à exceção de sua mãe, o odiaria por isso. Além disso, filhos parricidas não têm direito a herdar os bens do pai; é a lei."

"Ninguém faz uma coisa dessas pensando nas consequências", disse meu filho. "Se você pensa nas consequências, não pode ser livre. A liberdade exige que se esqueçam história e ética. Você já leu Nietzsche?"

Resolvi ficar calado.

"De qualquer forma, se eu o empurrasse para dentro do poço e dissesse a todo mundo que foi um acidente... ninguém poderia provar que era mentira."

"Tem razão."

"Às vezes o ódio que tenho de você é tão intenso que tenho vontade de furar seus olhos", disse meu filho, pensativamente. "A coisa mais odiosa nos pais é que eles sempre podem nos ver!"

"A estima de um pai é algo que deve ser apreciado."

"Só quando se trata de um pai de verdade! Um pai de verdade é só um pai. Você nem ao menos é um pai de verdade. Definitivamente, a primeira coisa a fazer seria furar seus olhos."

"Por quê?"

"Eu sou um poeta; minha vocação é lidar com as palavras. Ao mesmo tempo, sei que o que eu realmente penso não pode ser expresso em palavras, somente em pinturas. Nem ao menos consigo pôr a essência do que estou pensando em palavras, mas consigo visualizar isso numa imagem. E a única maneira que encontro para me tornar o tipo de indivíduo independente que você quer que eu seja é deixar você cego agora mesmo. Sabe por quê? Porque se eu fizer isso, estarei finalmente encontrando meu próprio eu; com isso eu teria escrito minha própria história e criado minha própria lenda."

Doía muito ouvir toda a raiva e a hostilidade que ele dirigia contra mim. Eu devia tê-lo abraçado e beijado, como um bom pai o faria. Dominado, porém, pela decepção e pelo remorso, eu disse uma coisa que não devia ter dito:

"Você também não é um filho de verdade. Você é ao mesmo tempo ressentido e submisso demais."

"Submisso? Como você pode dizer isso?"

Recuei um passo, encolhendo-me ante suas palavras acompanhadas por gestos furiosos. Ele se aproximou mais de mim.

Meu segundo erro foi, naquela altura, sacar minha pistola Kırıkkale do bolso interno e engatilhá-la de forma ostensiva, meio de brincadeira.

"Pode parar aí, filho. Não me obrigue a fazer isso. A arma pode disparar!", eu disse.

"Você nem ao menos sabe usar isso", ele disse, inclinando o corpo em direção à Kırıkkale.

Caímos um sobre o outro na escuridão, pai e filho, e lutamos na terra fofa perto do poço. Giramos em torno um do outro várias vezes, e a certa altura ele me imobilizou no chão, agarrou meu braço e começou a batê-lo contra a mureta do poço, tentando fazer com que eu soltasse a arma...

PARTE III

A Mulher Ruiva

Uma noite, cerca de trinta anos atrás, na primeira metade da década de 1980, alguns membros de nossa trupe de teatro jantavam e tomavam drinques com um grupo de militantes políticos da cidade interiorana onde estávamos nos apresentando. A certa altura, uma mulher ruiva apareceu do outro lado da mesa. Todos se puseram a falar sobre a notável coincidência de haver duas pessoas ruivas à mesma mesa, perguntando-se "quais seriam as chances de isso acontecer" e passando a debater se nós éramos mesmo anunciadoras de boa sorte ou de alguma outra coisa. De repente, a mulher ruiva do outro lado da mesa afirmou:

"Eu sou ruiva natural."

Ela parecia ao mesmo tempo pedir desculpas e mostrar orgulho. "Olhem, tenho sardas no rosto e nos braços. Minha pele é branca e meus olhos são verdes."

Todos à mesa se voltaram para mim, para ver o que eu iria responder.

"Você pode ter nascido ruiva, mas eu escolhi isso", respondi imediatamente. Bem, normalmente não sou de responder tão rápido, mas eu já tinha pensado muito sobre o assunto. "Deus a abençoou com cabelos ruivos; o que para você foi uma coisa do destino para mim foi uma decisão."

E parei por aí, não querendo que meus companheiros de mesa pensassem que eu era convencida. Mas já começava a ouvi-los zombando de mim. Se eu tivesse me calado, seria como se eu dissesse: "Isso mesmo, sou culpada, meus cabelos são tingidos", e meu silêncio seria entendido como uma capitulação. Eles tirariam conclusões erradas sobre meu caráter e me tachariam de impostora com aspirações grosseiras.

Para as pessoas que, como nós, se tornam ruivas mais tarde, optar pela cor equivale a escolher uma personalidade. Depois de me tornar ruiva, passei o resto da vida tentando manter-me fiel à minha escolha.

Quando estava nos meus vinte anos, me empenhei em fazer renascer o teatro ao ar livre para novos públicos, e ainda não tinha começado a trabalhar com dramas religiosos, com heróis envolvidos em questões morais, a partir de antigos mitos e fábulas. Eu estava cheia de certezas e sentimentos liberais e me sentia, de modo geral, satisfeita. Meu amante àquela época — um belo militante dez anos mais velho que eu — acabara de romper nosso caso secreto que durou três anos. Oh, quão românticas, quão deliciosas foram para nós todas as horas que passamos juntos, debruçados sobre livros! Embora eu sentisse raiva dele por ter me deixado, na verdade não o podia culpar; nosso caso fora descoberto, e nossos camaradas não podiam tolerar aquilo. Eles insistiram que o romance iria envenenar o grupo e terminar em lágrimas para todos os envolvidos. Então, antes que tivéssemos tempo de nos dar conta — era o ano de 1980 — houve outro golpe militar. Alguns dos nossos caíram na clandestinidade; alguns foram de barco para a Grécia e, de lá, para a Alemanha, onde se tornaram exilados políticos; outros foram presos e torturados.

Meu ex-amante Akın voltou para a esposa, seu filho e sua farmácia. Turhan, cujos galanteios sempre me aborreceram e de quem sempre me ressenti por falar mal de meu amante, passou a me tratar com muita amabilidade. Uma coisa levou à outra, e resolvemos nos casar, achando também que isso seria bom para nosso grupo de esquerda, o Nacional-Revolucionários.

Mas meu novo marido não conseguia esquecer meu antigo caso. Ele tinha certeza de que meu passado estava minando sua autoridade diante dos militantes da organização, embora tivesse parado de me acusar de ser "fácil". Ele não era como meu amante que se esquecia com a mesma rapidez com que se apaixonava. Para Turhan, era inconcebível fingir que não havia nada de errado. Ele começou a enxergar zombarias e insinuações nos comentários mais inocentes. Logo acusou seus camaradas do Nacional-Revolucionários de ineficácia e foi para Malatya, para chefiar uma resistência armada. Mas quando as pessoas que meu marido estava tentando reunir alertaram as autoridades sobre a presença de um agitador, os gendarmes o encurralaram num lugar qualquer. Estou certa de que é possível imaginar o que aconteceu em seguida.

Tendo sofrido uma segunda grande perda em tão pouco tempo, senti-me ainda mais alienada da política. Pensei em voltar para casa e morar com meus pais (antes de se aposentar, meu pai participara do governo local), mas nunca consegui chegar a isso. Voltar para casa significaria tanto um fracasso como desistir de meu trabalho de atriz — e seria muito difícil encontrar outra companhia de teatro que quisesse me admitir. Eu chegara a uma altura na vida em que queria me envolver no teatro pelo teatro, não pela política.

Assim, continuei na organização e acabei me casando com o irmão mais novo de meu falecido marido, exatamente como faziam as esposas dos membros da cavalaria otomana enviados para a frente persa para nunca mais voltarem. A única diferença é que a ideia de me casar com Turgay foi minha. Fui eu também que o encorajei a fundar um teatro ambulante. No começo, nosso casamento se revelou surpreendentemente harmonioso. Eu já amara e perdera dois homens, e o espírito juvenil de Turgay parecia uma garantia duradoura. Passávamos os invernos em cidades grandes como Istambul ou Ancara, atuando em auditórios de organizações de esquerda e em salões de eventos que mal se podiam chamar de teatros. No verão, por sugestão dos amigos, levávamos nosso pavilhão para cidades do interior, colônias de férias, guarnições militares, fábricas e usinas recém-construídas. Já estávamos vivendo assim havia três anos quando encontrei aquela outra mulher ruiva à mesa de jantar, e fazia apenas um ano que eu decidira tingir meu cabelo de ruivo.

Não foi uma decisão planejada. Simplesmente fui a um salão de beleza qualquer de Bakırköy e disse ao cabeleireiro de meia-idade: "Quero mudar a cor do meu cabelo". Eu nem ao menos tinha alguma cor em mente. "Seu cabelo já é claro; louro ficaria bem em você", ele sugeriu.

"Tinja de ruivo", respondi, num impulso. "Vai ficar bom."

Ele escolheu um tom entre laranja e vermelho, bem vivo. Chamava bastante atenção, mas nem Turgay nem ninguém que me importasse reclamou. Talvez pensassem que eu estava me preparando para um espetáculo. Eu sabia que eles também atribuíam aquilo aos casos de amor frustrados por que passara. "E o que mais ela poderia fazer?", eles talvez tivessem dito, antes de desviarem o olhar.

As reações que recebi me ajudaram a me dar conta da importância do que eu fizera. O povo turco é particularmente preocupado com a distinção entre natural e artificial. Depois da afirmação pomposa daquela outra ruiva à mesa de jantar, parei de deixar meus cabelos aos cuidados de cabeleireiros e seus produtos e comecei a tingi-los com hena comprada no comércio local. Acho que essa mudança foi resultado de meu encontro com a mulher naturalmente ruiva.

No palco, eu sempre dava uma atenção especial aos estudantes secundaristas, universitários e soldados solitários da plateia, mantendo o coração aberto para seus sonhos e desejos. Eles são muito mais capazes que homens mais velhos de distinguir o que é real do que é falso e a emoção genuína da emoção fingida. Se eu não tivesse tingido meu cabelo segundo minha própria fórmula de hena, talvez nunca tivesse atraído o olhar de Cem.

Eu o notei porque ele me notou. Cem se parecia tanto com o pai que era uma alegria olhar para ele. Eu me dei conta de que ele estava apaixonado por mim quando o vi olhando para as janelas do edifício em que estávamos morando. Ele era tímido, o que também me agradou. Homens desavergonhados me dão medo, e com certeza existem muitos desses por aí. Naturalmente, o descaramento é contagioso e tão generalizado que este país às vezes parece nos sufocar. A maioria desses homens espera que você seja tão descarada quanto eles. Mas Cem era delicado e tímido. Eu soube quem ele era durante nosso passeio pela praça da Estação, na noite em que ele foi assistir ao nosso espetáculo.

Fiquei surpresa, mas talvez uma parte de mim sempre tivesse sabido quem ele era. O teatro me ensinou a não atribuir nada a uma mera coincidência. Não foi coincidência o fato de meu filho e seu pai sonharem em ser escritores; nem reencontrar o pai de meu filho aqui em Öngören trinta anos depois; tampouco o doloroso sofrimento por orfandade, que o pai dele também sentira antes dele; e tampouco o fato de que, depois de anos derramando lágrimas no palco, agora eu tinha um motivo real para chorar.

Depois do golpe de 1980, nosso grupo de teatro mudou sua linha política para evitar conflitos com o governo. Moderamos nossa retórica esquerdista. Tentando atingir a maior faixa de público possível, escolhi falas do *Masnavi*, de Rumi, e velhas histórias e fábulas sufis, além de cenas e diálogos comoventes de histórias conhecidas, como "Farhad e Shirin" e *Asli e Karam*. Mas nossa peça mais popular era o monólogo que eu adaptei da história de Rostam e Sohrab, por sugestão de um velho roteirista de cinema amigo meu que escrevia melodramas para os filmes de Yeşilçam. Segundo ele, essa história nunca sai de moda.

Depois de algumas paródias de comerciais de televisão, eu começava uma dança do ventre, quando então os espectadores devassos e barulhentos, enlouquecidos por minhas pernas compridas e saia curta, se tomavam de paixão ou se perdiam em minuciosas fantasias sexuais; no momento em que eu voltava ao palco como Tahmina, a mãe de Sohrab, e berrava ao ver o que meu marido havia feito com meu filho, todos eles — até os pervertidos que ainda há pouco gritavam: "Tira a roupa!" — caíam num silêncio pesado e desalentado.

Eu começava a chorar, a princípio baixinho, mas logo me punha aos soluços cada vez mais altos. Enquanto chorava, me comprazia no poder que exercia sobre eles e me alegrava por ter dedicado minha vida ao teatro. Postada no palco com um vestido vermelho longo que mais mostrava que escondia o corpo, com as bijuterias, a grande faixa militar na cintura e uma pulseira antiga no braço, eu chorava com uma dor de que só as mães são capazes, e, olhando para aqueles homens sentados diante de mim, sentindo seus espíritos abalados, vendo-lhes os olhos se umedecerem, percebia que a culpa os dominava a todos. Pelo modo como tomavam partido de Sohrab tão logo a luta começava, eu tinha certeza de que a maioria dos provincianos se identificava com ele, e não com seu poderoso e autoritário pai, Rostam. Assim sendo, o que eles na verdade lamentavam era sua própria morte. Mas eles não se permitiam chorar seus próprios destinos até que sua mãe ruiva lhes servisse de exemplo, com sua dor irreprimível.

Mesmo dominados por essas emoções excruciantes, aqueles fãs que me adoravam não podiam deixar de passear os olhos por meu rosto, pescoço, colo, pernas e, naturalmente, meus cabelos ruivos, reforçando a ideia de que, nas antigas lendas, o sofrimento abstrato em geral se associa à excitação sexual. Em certos momentos raros e sublimes, eu conseguia, com cada olhar, com cada meneio de cabeça e cada passo calculado, conquistar aqueles homens pela mente e corações ao mesmo tempo, excitando sua sensualidade juvenil. Às vezes um deles se debulhava em prantos ruidosos, e seus soluços logo contagiavam os que estavam à sua volta. Algum outro espectador, sentindo-se constrangido, podia começar a bater palmas, e seu aplauso atrapalhava minha interpretação, provocando brigas. Houve ocasiões em que vi todo o público perder a cabeça ao mesmo tempo: os que choravam alto brigavam com os que se reprimiam, os desordeiros barulhentos indispunham-se contra os que nos aplaudiam e os que nos assistiam em silêncio. Normalmente esse tipo de energia e intensidade da multidão é algo que me agrada, mas a ameaça de violência me deixava nervosa.

Tentando encontrar alguma coisa para equilibrar a cena com a chorosa Tahmina, introduzimos uma representação do momento em que o profeta Abraão se prepara para cortar a garganta de seu filho único, para provar sua submissão à vontade de Deus; eu fazia o papel de uma mulher que chorava ao fundo e, em seguida, de um anjo que entra no palco com um cordeiro de brinquedo. Na verdade, não havia lugar para mulheres nessa história, e eu não causava grande impacto. Por isso retomei o tema das relações de Édipo com sua mãe, Jocasta, para meu monólogo. A ideia de que um filho devia matar o próprio pai por acidente era recebida com distanciamento emocional, mas pelo menos estimulava o público intelectualmente. Isso deveria ter bastado. Como eu gostaria de ter deixado de lado a parte sobre o filho dormindo com sua mãe ruiva... Hoje percebo quão infeliz foi essa escolha. Turgay tentou me advertir. Mas eu o ignorei, como também ignorei o rapaz que nos trazia chá durante os ensaios e que, ao ouvir minha fala, exclamou: "Que diabo é isso?", sem falar do comentário ansioso de nosso gerente, Yusuf: "Não tenho bem certeza quanto a essa cena!".

Em 1986, na cidade de Güdül, interpretei Jocasta de cabelos ruivos, derramando lágrimas de verdade e contando quão inadvertidamente tinha dormido com meu próprio filho. Recebemos muitas ameaças depois da primeira apresentação e, depois da segunda, tocaram fogo no pavilhão no meio da noite, e mal conseguimos apagar as chamas. Apresentei o mesmo monólogo um mês depois em Samsun, onde tínhamos nos instalado perto das choupanas do litoral, e na manhã seguinte os meninos jogaram pedras em nosso pavilhão. Em Erzurum, jovens nacionalistas furiosos nos acusaram de traficar "peças gregas"; intimidada por suas ameaças, tive de me refugiar em nosso hotel, enquanto um destacamento de bravos e honrados policiais montava guarda em volta de nosso pavilhão. Começamos a achar que talvez nossa arte fosse explícita demais para a região interiorana, mas mesmo quando fomos para a Associação dos Patriotas Progressistas de Ancara, num auditório minúsculo cheirando a café e a *raki*, obrigaram-nos a parar depois de umas poucas apresentações, por "ofender as sensibilidades e suscetibilidades do público". Era difícil discordar do juiz num país onde o xingamento mais popular entre os homens sempre tem a ver com "sua mãe".

Eu discutia esses assuntos com Akın, o futuro avô de meu filho, quando eu ainda estava na casa dos vinte anos, e nós dois, apaixonados. Ele ainda se espantava ao lembrar as obscenidades que os rapazes aprendiam na escola e no serviço militar, palavrões que eu só fui ouvir pela primeira vez quando ele os mencionou, comentando quão "nojentos" eram e pondo-se a fazer sermões sobre "a opressão sobre as mulheres", que sempre terminavam com a afirmação de que essas obscenidades não sobreviveriam ao estabelecimento de uma utopia proletária. Eu só tinha de ter paciência e dar apoio a nossos homens enquanto eles preparavam a revolução. Mas aqui não é o lugar nem a hora adequados para levantar o velho debate sobre o sexismo no movimento de esquerda turco. Meus monólogos finais nunca são apenas raivosos; eles são líricos e elegantes. Espero que o livro de meu filho possa ter esse mesmo tom e exprimir a mesma gama de emoções que eu exprimia no palco. Na verdade, eu achava que Enver devia escrever um livro sobre nossas experiências, começando por seu pai e seu avô.

Quando Enver ainda era criança, pensei em ensiná-lo em casa, em vez de enviá-lo para uma escola, onde ele fatalmente perderia toda a bondade e humanidade com que nascera, contraindo todos os maus hábitos que os meninos parecem adquirir à medida que crescem. Mas Turgay considerou minha ideia uma fantasia. Quando matriculamos nosso filho na escola elementar de Bakırköy, ambos tínhamos abandonado o teatro e trabalhávamos como dubladores de séries estrangeiras para a televisão. O que nos fazia voltar a Öngören era Sırrı Siyahoğlu. Nossos entusiasmos esquerdistas e socialistas podiam ter diminuído, mas mantínhamos contato com os velhos amigos. Na verdade, foi Sırrı quem nos apresentou ao mestre Mahmut, muitos anos atrás.

Nosso Enver se deliciava com as histórias de mestre Mahmut. Íamos à sua casa, que tinha um belo poço no quintal. Ele ganhara um bom dinheiro cavando poços durante a febre de construções que se seguira à sua primeira escavação. Além disso, tendo comprado já nos primeiros tempos um bom pedaço de terra que, a partir de então, se valorizou, agora vivia muito bem. Os moradores da região arranjaram-lhe um casamento com uma bela viúva, abandonada pelo marido que foi para a Alemanha e deixou-a com o filho. Enver fez amizade com esse menino, Salih. Eu tentei, em vão, fazer com que Salih se interessasse por teatro. Mas a maioria de meu grupo de teatro juvenil era composta dos amigos de Enver e de outros garotos e garotas de Öngören. Eu começara a passar mais tempo lá por causa de Enver. O amor pelo teatro pode ser contagiante. A maioria daqueles garotos fazia visitas frequentes à casa de mestre Mahmut. Ele tinha posto um cadeado na tampa do poço para evitar que alguma criança caísse lá dentro enquanto brincava no quintal. Mas quando eu me punha na varanda do segundo andar que dava para os fundos, não deixava de adverti-los: "Não se aproximem do poço". As coisas que a gente ouve de velhos mitos e lendas terminam por acontecer na vida real.

Eu desempenhei um papel crucial no resgate de mestre Mahmut. Uma noite antes, eu fora seduzida por meu desajeitado amante adolescente — que me engravidou, uma consequência que nenhum dos dois nem remotamente tinha considerado — e quando ele engoliu mais um copo de Club Raki, me confessou *absolutamente tudo* (suas palavras foram exatamente estas): seu mestre o pressionava demais, ele estava cheio e só queria mesmo era voltar para casa, para sua mãe, não acreditava que encontrariam água, mas já não ligava para isso. O único motivo para sua permanência em Öngören era eu.

Por isso, quando por volta do meio-dia do dia seguinte eu o vi correndo para a estação com sua malinha, fiquei perplexa. Os homens que se apaixonavam por mim (embora de modo fugaz) depois de me verem atuar quase sempre não se contentavam em me ver uma vez só; em geral sentiam muito ciúme.

Certamente fiquei desapontada por saber que nunca mais veria Cem. Ele tinha me dito muito pouco sobre seu pai; teria ele suspeitado de alguma coisa desde o princípio? Meus colegas e eu tínhamos decidido tomar o próximo trem para partir da cidade, mas eu não conseguia entender por que Cem fugira de Öngören feito um bandido. A estação estava cheia de crianças e de aldeões carregando cestos de produtos agrícolas para o mercado. Na noite anterior à visita de Cem, Turgay combinara com o aprendiz Ali para levar mestre Mahmut ao nosso pavilhão, onde ele assistiu ao nosso espetáculo num silêncio respeitoso. Ficamos sabendo que Ali já não o estava ajudando e que o proprietário do terreno que encomendara o poço parara de financiá-lo. Ardendo de curiosidade, mandamos Turgay ao platô para ter mais notícias, e como nosso trem chegou e partiu nesse meio-tempo, nós outros subimos a colina em direção ao poço, como um grupo de personagens de uma velha lenda. Fizemos Ali descer ao fundo do poço, e ele voltou trazendo mestre Mahmut semiconsciente.

Eles levaram mestre Mahmut para o hospital, mas, como mais tarde viemos a descobrir, ele voltou a trabalhar no poço sem dar tempo para que a clavícula quebrada se consolidasse por completo. Não soubemos se mestre Mahmut tinha encontrado outro aprendiz quando, na ocasião, partimos de Öngören. Para ser franca, eu estava desesperada para esquecer que certa noite tinha dormido com um secundarista naquela cidade, num momento de abandono teatral, para não falar de ter me apaixonado pelo pai do mesmo garoto alguns anos antes. Eu tinha menos de trinta e cinco anos e já descobrira quão orgulhosos e frágeis os homens poderiam ser. Eu sabia que pais e filhos eram capazes de matar uns aos outros. Fossem pais matando filhos ou filhos matando pais, os homens sempre saíam vitoriosos, e tudo o que me restava fazer era chorar. Achei que talvez precisasse esquecer tudo e começar uma nova vida em outro lugar.

Turgay não tinha nada a ver com isso; eu mesma mal desconfiava que Cem podia ser o pai de Enver. Essa ideia me veio à mente ao tentar imaginar quando ele tinha sido concebido, mas não dei muita importância a isso. Quando Enver cresceu, porém, vi claramente que seus olhos e sobretudo seu nariz não se pareciam em nada com os de Turgay. Comecei a pensar de novo que talvez meu jovem amante fosse de fato o pai de meu filho. Teria Turgay desconfiado disso algum dia?

Enver e Turgay nunca se deram bem. Eu tinha a impressão de que, sempre que Turgay olhava para nosso filho, lembrava-se de que eu tinha sido mulher de seu irmão Turhan. Ele partilhava a opinião do irmão de que, tendo tido anteriormente um caso com um homem casado, eu devia ter sido infiel a Turhan também. Eu sabia que ele pensava assim, embora nunca tivesse dito. Ele não suportava meus cabelos ruivos, porque o lembravam de meu passado — embora tampouco tivesse admitido isso.

Eu levava para Turgay traduções de peças e romances escritos originalmente em francês ou inglês, para lhe mostrar que o Ocidente retratava as ruivas como mulheres assertivas e enérgicas, mas ele não se deixava impressionar. Li um artigo intitulado "As mulheres, na opinião dos homens", que uma revista feminina tinha plagiado integralmente de uma publicação inglesa. Havia uma foto de uma bela mulher ruiva com a legenda: "Impetuosa e misteriosa". A expressão e os lábios eram parecidos com os meus. Recortei a foto e preguei na parede, mas meu marido a ignorou. Os horizontes de Turgay sempre foram muito mais estreitos do que era de se esperar de suas pretensões internacionalistas e de esquerda. Para ele, em nosso país, uma mulher ruiva era uma mulher de poucas virtudes. Resolver tingir o cabelo de ruivo era como optar por essa identidade. Somente o fato de eu ser atriz amenizava minha culpa, transformando isso numa espécie de recurso teatral.

Assim, nos anos em que trabalhamos como dubladores, Turgay e eu nos separamos. Morávamos num apartamento em Bakırköy, que ele herdara de seus pais, mas Enver conviveu pouquíssimo com o pai. Turgay passava boa parte do tempo dublando comerciais e fazendo outros trabalhos paralelos, de modo que sempre voltava para casa tarde, quando voltava. Para minha tristeza, sei o que é criar um filho cujo pai pode ou não voltar para o jantar.

Foi desse modo que Enver e eu ficamos muito apegados um ao outro. Eu estava lá como testemunha de suas mudanças bruscas de humor, de sua alma e sensibilidade delicadas. Eu sentia sua fúria, sua solidão e sua falta de esperança, tão claramente como notava seus terrores, seus silêncios e suas pequenas angústias. Eu gostava de passar os dedos na maciez da pele de seus braços e de seu pescoço e me comprazia vendo seus ombros e orelhas desenvolvendo-se. O desenvolvimento de seus órgãos sexuais não me era menos gratificante que o desabrochar de sua inteligência, sua força intelectual e a permanência de sua ingenuidade pueril.

Havia dias em que ficávamos exatamente como queríamos, conversando como grandes amigos, rindo, brincando de esconde-esconde em casa, resolvendo palavras cruzadas e indo às compras juntos. Mas outras vezes um véu de melancolia e solidão pairava sobre nós, e buscávamos nos resguardar até um do outro, assustados com a vastidão do mundo e cansados do lugar que nele ocupávamos. Naquelas ocasiões, eu entendia o quanto era difícil nos solidarizarmos com quem quer que fosse, conhecer realmente outra pessoa e partilhar com ela os sentimentos, ainda que essa pessoa fosse Enver, a pessoa a quem eu mais amava na vida. Eu o tomava pela mão e lhe mostrava o mundo inteiro: ruas, casas, pinturas, parques, oceanos, navios. Eu queria que ele atuasse em nossas apresentações na rua com seus amigos de Bakırköy e Öngören e aprendesse a se manter sobre os próprios pés. Ao mesmo tempo desejava, na mesma medida, que tomasse distância dos delinquentes que se chamavam de filhos da puta, para evitar que ele se transformasse num daqueles homens que nos vaiavam no teatro.

Enver passava muito menos tempo brincando na rua que as

outras crianças. Mas, para meu espanto, ele sempre foi um aluno mediano, e nunca o primeiro da classe. Às vezes eu me perguntava por que aquilo me afligia tanto. Afinal de contas, por mais que meu desejo fosse vê-lo numa carreira de sucesso — ou mesmo que enriquecesse —, o que eu mais queria era que ele fosse compassivo, desse valor à justiça e tivesse paz. Mas sentia que ele não teria condições de ser feliz e ao mesmo tempo ser um herói! Eu tinha tantas expectativas em relação a ele que sempre rezava para que não fosse do tipo que enche a cabeça com preocupações banais. Quando, ainda menino, ele se punha a chorar interminavelmente, de boca aberta, eu cantava: "Que sua vida seja tranquila, meu querido filho".

Eu olhava seriamente seus olhos límpidos e lhe dizia que ele era diferente de todo mundo, que havia algo de especial em sua alma. Líamos juntos livros infantis, velhos contos de fadas e poemas. Víamos desenhos animados e programas de teatro infantil na televisão. Eu percebia que ele era mais pensativo e sensível que seu pai e seu avô. Eu lhe disse que algum dia ele podia escrever peças de teatro. Ele gostava da ideia de escrever, mas não queria saber de teatro.

Depois do curso primário, começou a emergir em Enver um lado mais raivoso, que eu nunca notara nem em seu pai nem em seu avô. Eu fazia concessões para seus ataques de raiva, pensando que os herdara de mim. Ele fora um bebê muito tranquilo, que adorava tomar banho. Eu lavava seu corpinho gracioso e delicado com água morna, ensaboando-lhe cuidadosamente os braços finos, a cabecinha em forma de melão, o pequeno pênis que mais parecia um feijão e os mamilos da cor de morango. O banheiro ficava gostoso e aquecido, e às vezes eu também me banhava depois dele. Na casa em Bakırköy, o banheiro estava sempre aquecido, por isso nos banhávamos juntos na banheira até ele completar dez anos. Depois disso, eu lhe ensinei a se banhar sozinho, a lavar a cabeça, os cabelos e as pernas, sem abrir os olhos.

Meu filho não gostou nem um pouco dessa mudança, e acho que seus acessos de raiva, cada vez mais prolongados à medida que ele crescia, pioraram por essa época. Quando ele estava no curso secundário, e Turgay parou totalmente de voltar para casa, Enver ficou muito infeliz, e seu sofrimento aumentou por não conseguir entrar numa boa universidade e também pelo meu desapontamento, que eu não conseguia disfarçar, apesar do muito que o amava. Ele parecia ter prazer em discutir comigo e me contradizer. Quando eu criticava suas revistas em quadrinhos ou mudava de canal quando ele assistia à TV, ele rosnava: "O que você entende disso?". Ele raspava a cabeça como um fugitivo, deixava a barba crescer como um fanático religioso ou ficava sem se barbear dias e dias como um lunático e, sentindo um prazer perverso em ver meu pavor, armava uma briga. Acabávamos berrando um com o outro, até que ele saía feito um desesperado, batendo a porta ao passar.

Durante a universidade, ele começou a ir muitas vezes a Öngören para encontrar os amigos de infância. A certa altura, se juntou a um bando de idealistas desempregados que conhecera na casa de mestre Mahmut. Depois entrou numa fase de apostar em corridas de cavalos no hipódromo de Veliefendi, próximo à nossa casa em Bakırköy, mas logo se arrependeu, e não me pediu dinheiro nem uma vez. Durante o serviço militar, ele se sentia tão sozinho que passava toda a folga do fim de semana falando comigo pelo telefone, aos prantos. Quando voltou para Istambul, meus olhos se encheram de ternas lágrimas ao vê-lo de cabelo curto, queimado de sol e muito magro, o pescoço parecendo um talinho de cereja. Nós sempre estávamos à beira de mais uma discussão em altos brados, depois das quais às vezes passávamos dias sem nos falar. Ele retaliava ficando fora de casa até tarde da noite ou, pior, não voltava para casa, e eu passava noites em claro, esperando-o. Morria de medo de que ele se tomasse de amores por uma garota tonta ou por uma mulher mais velha, cruel e agressiva. Por mais que discutíssemos e nos emburrássemos, apesar de todos os nossos silêncios pesados e comentários ácidos, a certa altura nos abraçávamos com força e fazíamos as pazes. Nessas ocasiões, eu me dava conta de que não suportaria me ver separada de meu filho e de que não sobreviveria sem ele.

Como já há muito tempo separados do pai dele (ou do homem que ele pensava ser seu pai), Enver não sofreu quando Turgay e eu nos divorciamos formalmente e nem mesmo quando ele morreu. Eu atribuía seus acessos de raiva, seus furores irracionais, seus modos taciturnos e sua tendência para a crítica à sua natureza sensível e à ausência de uma figura paterna. Mas achava também que a causa principal era a pobreza. Por isso, quando vi Cem e seus empreendimentos imobiliários em anúncios de jornais e li nos mesmos jornais que a medicina ocidental desenvolvera métodos seguros para determinar a paternidade, métodos reconhecidos até pelos tribunais turcos, me pus a pensar.

Quando eu era jovem, nunca teria sonhado em abrir um processo desse tipo. Usar a polícia e as leis do país para obrigar um homem a assumir a responsabilidade por um filho que de outro modo ele nunca haveria de reconhecer; acenar com a ameaça de outro processo para extrair mais dinheiro; comparecer a uma reunião pública organizada por ele... Meu filho se horrorizava com as coisas que eu estava fazendo. Mas ele sabia também que era tudo por sua causa, e quando os acessos de raiva passavam, ele ia se acalmando.

Durante meses eu lhe supliquei e o bajulei para que entrasse com o processo; nós berrávamos e discutíamos o tempo todo. Naturalmente, era querer demais fazê-lo aceitar que sua mãe tivera um caso extraconjugal que resultara num filho, sem falar no fato de que eu mantivera isso em segredo durante todos aqueles anos. Ele perguntava e tornava a perguntar, com furiosa perplexidade: "Você tem certeza?", e eu sempre lhe respondia: "Você acha que eu teria dito alguma coisa se não tivesse certeza?". Ele desviava o olhar, ou então eu é que o fazia, e ambos caíamos em silêncio. Na maioria das vezes, porém, gritávamos um com o outro. "É para seu bem!", eu lhe dizia. Esse era meu argumento mais forte. Durante uma briga, ele arrancou a foto da mulher ruiva da parede e rasgou-a ao meio. Ele me disse ter lido na internet que ela era tão má quanto eu. Por isso, também examinei a foto. A página tirada de uma revista era a reprodução de um quadro de Dante Gabriel Rossetti. Impressionado com os olhos sedutores e os lábios cheios de sua modelo, Rossetti se apaixonou e se casou com a jovem. Remendei a foto com fita adesiva e tornei a pôr na parede.

Meu filho só conseguia tocar no assunto de processar o pai quando tomava *raki*, cujos efeitos lhe davam confiança para discutir qualquer coisa, ao mesmo tempo que lhe exacerbavam a forte irritabilidade e o levavam a dirigir-se à sua mãe numa linguagem de cais do porto. Como na época em que acabara de se mudar para Öngören depois da universidade, agora ele me xingava depois de cada briga, jurando nunca mais perder tempo pensando numa puta como eu (ou expressões horríveis desse tipo). Mas então, incapaz de se virar sozinho, ele pegava o trem em Öngören e aparecia em Bakırköy para jantar dois ou três dias depois.

"Que bom que você veio", eu lhe dizia. "Eu fiz almôndegas."

Conversávamos sobre uma coisa e outra, como se nada tivesse acontecido dois dias antes. Depois do jantar, sentávamos lado a lado no sofá, simplesmente mãe e filho vendo televisão, como fazíamos toda noite quando ele ainda estava na escola e esperávamos por seu pai, que nunca voltava para casa. Quando o programa terminava, orgulhoso demais para admitir sua relutância em voltar para casa e passar a noite sozinho, ele se punha a mudar de canal procurando outro programa em que se concentrar.

Logo ele se encolhia e caía no sono na frente da televisão, e eu ficava observando-o em silêncio, censurando-me por não ter arranjado para ele uma jovem gentil que pudesse ser uma boa esposa. Mas imagino que eu teria desaprovado qualquer garota de que ele viesse a gostar, e que ele era bem capaz de recusar, por puro despeito, qualquer garota que eu lhe arranjasse. Além disso, meu filho não tinha os recursos nem o status social que lhe garantissem um bom casamento.

Nunca me arrependi de nenhuma de minhas decisões depois do dia em que tingi meu cabelo de ruivo. Meu único arrependimento é minha esperançosa insistência para que meu filho conhecesse o pai. Enver era contra essa ideia, embora nunca a tivesse descartado completamente. Na maior parte das vezes, porém, ele me acusava de estar criando fantasias ou de fazer tudo aquilo por dinheiro. Não foi à toa que todos os jornais terminaram por acusá-lo exatamente disso depois da morte de Cem. Mas meu filho nunca teve a intenção de matar o pai. Com certeza ele não é um assassino, apesar do uso irresponsável que a imprensa fez dessa calúnia, manchando seu nome para sempre.

Meu filho estava apenas tentando se defender contra a fúria cega de um homem armado, que por acaso era seu pai. A única coisa que Enver esperava, ao comparecer à reunião naquela noite, era finalmente encontrar o pai que não conhecia. Fui eu que despertei esse desejo nele, e é só o que lamento agora. Não me arrependo nem por um segundo das histórias que lhe contei, quando ele era criança, de Rostam e Sohrab, Édipo e sua mãe e Abraão e Isaac. Quanto aos jovens, os estudantes, os homens furiosos que vieram ao pavilhão amarelo de nosso teatro… Ninguém nunca lhes contara essas histórias, mas de alguma forma eles as conheciam, da mesma forma que às vezes ainda sabemos, no fundo, de coisas que achávamos estar esquecidas há muito tempo.

A despeito do que o promotor possa ter alegado, a familiaridade que meu filho de fato tinha com essas velhas histórias e com a ocasional tendência da vida de imitar mitos e fábulas não prova sua culpa. Enver teria ido embora do poço sem causar a morte de ninguém. Mas ele teve tempo de pensar enquanto tentava tirar a arma da mão de seu pai? Meu filho matou o pai por acidente. Isso ficou mais do que claro para mim quando ouvi dele mesmo o relato sincero do que tinha acontecido. E era isso que deveria ter ficado claro para os jornalistas, se não tivessem preferido enganar seus leitores em troca de uma história sensacionalista.

O sucesso da Sohrab, a imensa riqueza de Cem, a tecnologia que agora permitia a Enver provar quem era seu pai... Tudo isso contribuía para a construção de um caso sensacionalista na imprensa. Intermináveis parágrafos descreviam como eu chorei ao chegar à cena do crime. Colunistas bem-intencionados que se compraziam em chafurdar em melodramas escreveram longos textos sobre as tribulações da "ex-atriz e dubladora" que vira o filho matando o pai. Outros picaretas, mais maliciosos, cujos jornais lucravam com anúncios da Sohrab, publicaram calúnias vergonhosas, dizendo que minhas lágrimas não enganavam ninguém, pois não se tratou de um acidente, mas de um assassinato que vinha sendo premeditado há anos e que eu e Enver o cometemos porque estávamos loucos para pôr as mãos na herança de Cem, que não tinha filhos. Eles disseram que a cor do meu cabelo era uma prova do meu péssimo caráter. Pouco lhes importava o fato de que não fora o filho, mas o pai, que levara uma arma para Öngören e a sacara num acesso de raiva à beira do poço...

A arma estava registrada no nome de Cem, e o juiz tem que levar isso em conta para constatar a integridade de meu filho, além da falta de qualquer prova de premeditação de nossa parte. Tenho certeza disso. Mas, naturalmente, os jornais ignoraram esses fatos. E agora meu filho e eu vamos entrar para a história de Istambul como a astuciosa mãe de cabelos ruivos e seu filho cúmplice, que matou o pai por ambição. Não suporto pensar nisso. Toda vez que visito meu filho na prisão de Silivri, sempre há algum detento a me lançar olhares severos ou zombando de mim de forma insultuosa por causa das mentiras dos jornais; mesmo os carcereiros mais gentis às vezes me encaram de tal forma que tenho vontade de morrer. Esses olhares acusatórios são muito piores que qualquer coisa que sofri em tantos anos ouvindo baderneiros sem-vergonha gritando: "Tira a roupa! Tira a roupa!". Pedi a Enver que escrevesse um relato completo de como ele matou acidentalmente o pai. Quando o juiz o ler, com certeza não terá alternativa senão inocentá-lo por ter agido em legítima defesa. Mas, para apresentar a história em todo o seu contexto, ele deve começar do começo, com o verão em que seu pai foi cavar o poço — e isso me obrigou a ajudá-lo a descobrir tudo o que tinha acontecido antes e desde então. O fruto desse trabalho é o texto que vocês têm em mãos, apresentado como depoimento para a defesa no tribunal de justiça de Silivri. Todo esse material — e não as poucas páginas que se seguem — pode ser visto como um relatório de inquérito de um assassinato, apresentando provas refutatórias e submetendo-as ao escrutínio jurídico. Exatamente como na peça *Édipo rei*, de Sófocles.

Naquele dia, só apresentei meu filho a todos como Serhat para que fosse mais fácil se aproximar do pai, mas isso foi considerado uma prova de nossas intenções criminosas. A imprensa publicou também uma série de acusações contra o processo de reconhecimento de paternidade, todas infundadas. Mas o relato que vocês vão encontrar aqui é a pura expressão da verdade. Então vou retomar de onde parei:

Quando vi que meu filho e seu pai não tinham voltado para o jantar, corri para o poço. Algumas testemunhas me acompanharam. O vigia noturno nos apontou o caminho para o velho edifício do refeitório. Quando entramos, um vira-lata feio e agressivo estava latindo como se sua vida dependesse disso. Vi meu filho sentado sozinho no chão, a poucos metros da boca do poço destampado, e entendi imediatamente o que acontecera. Meu filho matara o pai por acidente. Corri até ele e o abracei. Chorei tão intensamente quanto chorava no teatro.

Mas meu sofrimento era muito mais complexo que o da versão para o palco. A cada gemido lancinante com que buscava aliviar um pouco minha angústia, eu entendia por que os soldados mais insolentes, os bêbados mais desbocados e os tarados mais sem-vergonha sempre silenciavam ao ver uma mulher chorando: a lógica do universo gira em torno das lágrimas das mães. Isso explicava por que eu chorava naquele momento. Eu chorava por causa de tudo, e era reconfortante fazê-lo, pois com isso tinha a impressão de libertar minha mente para pensar em outras coisas.

Os bêbados intrometidos que me seguiram desde o salão de festas estavam tentando descobrir o paradeiro de seu patrão quando meu filho disse que o sr. Cem (Enver não se referiu a ele como seu pai) tinha caído no poço.

Alguém da Sohrab chamou a polícia. Ayşe, a mulher de Cem, chegou antes dos policiais; levaram-na até o poço e, como todos os outros, ela também se recusou a acreditar que seu marido tinha caído lá dentro. Desejei abraçá-la como uma mulher buscando outra, quis chorar com ela pelo pai morto, pelo filho que o matara e por nossas vidas. Mas não deixaram que eu me aproximasse.

Algum tempo depois, os jornais passaram a publicar textos, com um tom sinistro, sobre a profundidade do poço, as águas turvas que se viam no fundo, e que era inacreditável que alguém tivesse conseguido cavar um buraco tão fundo, tantos anos atrás, usando apenas pá e picareta. Começaram a falar em destino, e embora eu não estivesse lá muito convencida, também gostei dessa ideia.

Eu desejei muito ter a oportunidade de conversar com Ayşe nos dias que se seguiram à prisão de meu filho, para a consolar de sua perda e tentar amenizar o ódio que ela devia sentir de nós. Queria lhe dizer que, na condição de mulheres, não éramos responsáveis pelo que acontecera, pois tudo fora determinado pelo mito e pela história. Compreensivelmente, ela estava mais interessada no que lia nos jornais, dia após dia, do que em antigos mitos e lendas. Incomodava-nos o fato de os empregados da Sohrab passarem informações fantasiosas aos jornalistas, que escreviam que meu filho matou o marido de Ayşe para herdar os bens e que eu fora a mentora de toda a trama.

A polícia achou um único cartucho vazio perto do poço. Mas não havia sinal da arma. Um mergulhador acostumado às profundezas e às fortes correntes do Bósforo, amarrado a uma corda, desceu no buraco lamacento e voltou de lá com o cadáver de Cem, já irreconhecível apenas dois dias depois de sua morte. O pai de meu filho foi submetido a uma autópsia brutal em que cada um de seus órgãos foi extraído e dissecado. Como não encontraram nenhum vestígio da água suja do poço em seus pulmões, ficou evidente que morrera antes de cair lá dentro.

A autópsia revelou também a causa da morte. As primeiras páginas dos jornais do dia seguinte estampavam a conclusão do legista: "Atirou no olho do pai!". Mas ninguém mencionou sua briga à beira do poço nem o depoimento de meu filho, no qual ele explicava ter agido em legítima defesa e que a arma tinha disparado por acidente quando ele tentava desarmar o pai.

O juiz ordenou que o mergulhador entrasse no poço novamente, e dessa vez ele voltou com a pistola Kırıkkale. Favoreceu-nos o fato de estar registrada no nome de Cem e de, segundo a análise balística, o projétil que entrou no olho esquerdo ter saído de seu tambor. Ficamos então confiantes de que o juiz concluiria que meu filho agira em legítima defesa, não sendo, pois, um assassino. Não se tratava do caso de um filho rancoroso que levou uma arma para o poço, mas de um pai que temia o próprio filho.

Depois do resgate da arma, a atitude de Ayşe e da Sohrab em relação a mim mudou. Quando ficou evidente que meu filho não planejara matar o pai e que até deveria ser inocentado — livre, portanto, para herdar os bens de Cem e se tornar o maior acionista da Sohrab — sua animosidade diminuiu consideravelmente.

Em nosso primeiro encontro nos escritórios da Sohrab, achei Ayşe equilibrada e digna. Acreditaria ela nos boatos dos jornais? Pelo seu olhar, dava para ver que ela reprimia todo o rancor e ódio para manter a compostura. Era evidente que, por enquanto, resolvera enterrar seu pesar ante a perda do marido amado e esforçava-se para se entender comigo.

Procurei tranquilizá-la: embora eu não pudesse falar por Enver, que ainda estava na prisão esperando a conclusão do julgamento, ela podia ter certeza de que nenhum de nós tinha a menor intenção de desmontar o império de construção imobiliária no qual o falecido pai de meu filho tinha empenhado toda a sua inteligência e criatividade, e muito menos deixar as centenas de empregados ao deus-dará. Na verdade, pretendíamos fazer exatamente o contrário: queríamos que a Sohrab se desenvolvesse ainda mais. Disse a ela que eu acreditava que a empresa nasceu naquele dia, em 1986 — trinta anos atrás —, em que o falecido pai de meu filho começou a cavar o poço com mestre Mahmut.

Tendo esclarecido essa questão delicada, contei a ela como, durante aquele mesmo ano, mestre Mahmut e o pai de meu filho visitaram o pavilhão amarelo do Teatro de Moralidades, com apenas um dia de diferença, e disse quão impressionados ambos ficaram com a tragédia de Rostam e Sohrab. Assim, as lágrimas que derramei no teatro naquela noite, portanto, têm relação com as que derramei junto ao poço trinta anos depois, devido aos laços inexoráveis que existem entre o mito e a vida.

"A vida imita o mito!", eu disse, em tom apaixonado. "Você não concorda?"

"Concordo", disse Ayşe, educadamente.

Percebi que nem ela nem o conselho de diretores da Sohrab pretendiam fazer nada para enfrentar a mim e ao meu filho.

"Não se esqueça de que eu estava lá em Öngören quando nossa empresa estava cavando seu primeiro poço. E até o nome Sohrab foi tirado do meu monólogo de encerramento do espetáculo àquela época."

Ayşe piscou como se não acreditasse no que acabara de ouvir. Naturalmente, o nome Sohrab não veio do meu monólogo, mas do milenar *Shahnameh* de Ferdowsi. Ela tinha estudado "esses assuntos" (ela não conseguia pronunciar as palavras "filicídio" e "parricídio") com o marido por anos, durante os quais examinaram velhas pinturas e manuscritos antigos em museus de toda a Europa e do resto do mundo. Ayşe olhou pelas janelas da sede da Sohrab, o olhar vagando sobre os arranha-céus de Istambul e seu mar de telhados e chaminés, e começou a descrever cenas de um passado mais feliz, como para provar alguma coisa. Ela falou de um museu em São Petersburgo, de uma casa em Teerã, de Atenas, de sinais, de símbolos e de obras de arte espalhadas em uma imensa área geográfica, e embora seu tom fosse enigmático, sua satisfação e prazer ao recordar aqueles momentos eram palpáveis. Aquela mulher fora a companheira do pai do meu filho, e eles foram felizes juntos. Agora, devido a uma série de artifícios jurídicos, havia uma possibilidade de meu filho acabar virando o dono da maior parte da empresa que eles com certeza construíram a duras penas. Junto com o pai de meu filho, foi essa mulher que fundou e desenvolveu a Sohrab.

Tomando muito cuidado para que seu tom de voz não me ofendesse, provocasse meu filho preso ou revelasse o quanto ela nos detestava, Ayşe me contou a história que vocês leram neste livro, desde a época em que conheceu seu marido na universidade, e os dois passaram a frequentar juntos a Livraria Deniz. Olhando-a atentamente enquanto ela falava, tive a sensação inequívoca de que estava usando suas lembranças felizes para se vingar de mim. Mas não deixei que aquilo me afetasse e escutei humildemente seu relato; afinal de contas, tanto o filho quanto a Sohrab, em certo sentido, me pertenciam.

Nas poucas visitas que fiz à prisão de Silivri depois disso, comecei a narrar a meu filho algumas das histórias que Ayşe me contara. Apesar da grande distância de minha casa e de todos os ônibus que tinha de tomar para chegar lá partindo de Bakırköy, eu continuava chegando aos portões perguntando a mim mesma como meu filho tinha acabado parando ali, a apenas cinco quilômetros de onde seu pai e mestre Mahmut cavaram o poço, naquela prisão cujo diretor e guardas declaravam com orgulho ser ela a maior não apenas da Turquia, mas "de toda a Europa". Quando eu passava pelos portões, havia um verdadeiro carrossel de detectores de metal, guardas mulheres que nunca deixavam de fazer um comentário malicioso sobre meu cabelo ruivo, salas de espera, portas e fechaduras abrindo-se e fechando-se, saguões e corredores, até que eu perdia a noção de tempo e espaço. Enquanto esperava meu filho aparecer por trás do vidro à prova de som da sala de visitas, ficava devaneando, confundindo outros detentos com ele, cada vez mais sonolenta ou inquieta em minha mal contida fúria, e, quando meu filho finalmente chegava, era como se a figura por trás do vidro não fosse ele, mas seu falecido pai — não, seu falecido avô.

Caso nosso advogado estivesse presente, conversávamos sobre os últimos desdobramentos do caso, os absurdos vendidos pela imprensa e sobre alguma dificuldade particular que meu filho enfrentava em seu pavilhão. Havia o assédio por parte dos que achavam que ele matara o pai por dinheiro, a horrível comida da prisão e a frustração de ouvir falar de uma nova série de indultos, que por fim se revelavam meros boatos. Enver nos contava histórias perturbadoras sobre jornalistas partidários da oposição e curdos mantidos em celas antes ocupadas por generais golpistas e nos pedia que escrevêssemos mais uma petição inútil solicitando privacidade, um pouco mais de tempo ao ar livre ou a revisão de um veredicto injusto. Isso tudo nos tomava tanto tempo que normalmente passava-se a hora que tínhamos antes que nós, mãe e filho, sequer tivéssemos a chance de trocar umas poucas palavras de carinho a sós.

Mas normalmente não havia ninguém além do guarda da prisão monitorando nossa conversa. Lembrando-me das histórias que tinha ouvido de Ayşe e lido em livros que ela mencionara, eu tentava explicar tudo ao meu filho, como se as ideias e fantasias tivessem sido minhas. Enver não gostava de ouvir mitos antigos, porque o lembravam de seu próprio crime, e muitas vezes fingia não entender o que eu estava tentando lhe mostrar. Quando certa vez lhe contei que ouvira aquelas histórias do próprio mestre Mahmut, ele não acreditou, mas de todo modo as ouvia. Porque o que importava mesmo não era o mito em si, mas o fato de que estávamos ali juntos, falando face a face. Às vezes eu parava de falar e ficava refletindo por algum tempo, lutando para reprimir as lágrimas ao notar como meu filho tinha ficado gordo, e quão depressa ele ia ficando parecido com um bandido qualquer.

O pior momento era o da despedida, quando o tempo acabava. Eu conseguia de algum modo arranjar forças para sair da sala, mas meu filho não conseguia nem dizer "até logo", exatamente como, quando criança, não tolerava se ver longe de mim. E embora ele se levantasse corajosamente quando o guarda avisava que nosso tempo acabara, para ele era insuportável a ideia de sair da sala. Ele ficava ao lado da porta, desamparado, me assistindo sair, me lembrando do tempo em que, já em idade de ir à escola, ele me pedia para não o deixar sozinho, mesmo quando eu ia apenas à mercearia e não ficava mais de cinco minutos longe dele. "Antes que você se dê conta, já estarei de volta", eu lhe dizia, mas Enver nunca acreditava. Ele me seguia até a porta, puxando meu braço e minha saia, gritando: "Não vá", recusando-se a me soltar, como se pensasse que cada vez que eu saía de casa era a última vez que me veria.

Nosso maior consolo era a permissão que os prisioneiros tinham de ter contato físico com suas famílias durante as visitas sociais mensais. Todo o pavilhão vibrava com essas visitas, esperava pacientemente pela próxima, sentia-se arrasado se uma delas fosse adiada como punição e era uma grande alegria quando uma nova visita era permitida por força de decreto ministerial durante festas religiosas. Como havia muitos militantes esquerdistas curdos na prisão, não nos era permitido levar nem comida, nem livros, nem telefones celulares. Mas com um presentinho para o carcereiro, consegui passar para meu filho a agenda que ele tinha em Öngören, suas canetas e algumas de suas antologias poéticas prediletas. Percebi que escrever podia ser uma terapia eficiente para seu sofrimento e raiva. Foi assim que acabei sugerindo que ele começasse a escrever um relato de sua vida, talvez até contando toda a história, agora já perto do fim, na forma de um romance. Eu fazia questão de verificar o progresso de seu trabalho durante as visitas sociais.

Na sala de visitas do pavilhão dos criminosos, nós nos abraçávamos em algum canto reservado, mantendo-nos afastados das hordas de contrabandistas, assassinos, assaltantes à mão armada, ladrões e escroques que confraternizavam com suas famílias e amigos. Toda vez que eu tocava meu filho novamente, eu via aquele mesmo olhar luminoso que ele me lançava quando, ele criança, eu lhe dava banho. Ele então se punha a descrever animadamente seus companheiros de prisão, os carcereiros corruptos, toda a sordidez que testemunhara lá dentro, e concluía que as coisas não eram lá tão ruins, embora soubesse que eu nunca iria acreditar nisso. E assim, cheio de coragem, recitava um poema que escrevera acerca da vista da janela de sua cela ou do céu sobre o pátio da prisão.

Depois de expressar minha sincera admiração pela poesia de meu filho, eu reconduzia a conversa para o livro que eu sabia que ele devia escrever, não apenas para convencer o juiz de sua inocência, mas também como um testemunho moral para as pessoas. E lhe falava do que andara pensando, falava-lhe sobre Édipo e Sohrab (nenhum dos dois livros estava disponível na biblioteca da prisão, mas consegui contrabandeá-los para ele), da importância da viagem de seu falecido pai para Teerã ou de minha vida no teatro, do verão em que conheci seu pai, das peças que encenava em nosso pavilhão amarelo e do significado do monólogo que eu apresentava no final de cada espetáculo. "Os espetáculos que eu fazia eram todos por causa desse monólogo final", eu dizia a meu filho, lançando-lhe um olhar ardente.

Por vezes nos deixávamos ficar em silêncio, simplesmente olhando um para o outro como se tivéssemos acabado de nos conhecer. Eu tirava um fiapo de lã de seu suéter, tocava um botão que estava ameaçando cair da camisa ou penteava delicadamente seus cabelos com os dedos. Muitas vezes queria lhe perguntar o quanto se lembrava de sua infância, por que ele ficava com raiva o tempo todo, por que metera uma bala no olho do pai e por que agora parecia tão tranquilo — mas sempre resistia a esse impulso. Apenas tomava sua mão, acariciava seus braços, ombros, costas, pescoço. Por sua vez, ele segurava carinhosamente as mãos de sua mãe de sessenta anos nas suas e as beijava com a paixão de um amante.

No dia da última Festa do Sacrifício, ficamos juntos de novo, olhamos nos olhos um do outro e nos abraçamos sem dizer palavra. Era um dia de outono ensolarado. Ele me disse que finalmente iria começar a trabalhar no romance em que explicaria "tudo". Disse que agora havia tantos pensamentos em sua cabeça quanto estrelas no céu que via da janela de sua cela à noite.

Se era difícil compreender todas aquelas estrelas, não menos difícil era exprimir todas as suas emoções em palavras. Mas ele recorreria a outros livros para se inspirar. Livros políticos não eram permitidos na biblioteca da prisão, mas ele encontrou *Viagem ao centro da Terra*, de Júlio Verne, antologias de contos e poemas de Edgar Allan Poe, coletâneas de poemas antigos e uma antologia intitulada *Sonhos e vida*. Ele iria ler todos esses livros, como seu pai fizera quando jovem, e quando entendesse como eles o influenciaram, seria capaz de se pôr no lugar do pai. Enver me pediu que lhe falasse de seu pai. Respondi a suas perguntas com entusiasmo e abracei-o contente, e então fiquei espantada ao perceber que seu pescoço ainda tinha o mesmo cheiro de quando ele era criança: uma mistura de sabonete comum e biscoitos. Naquele feriado religioso, quando nos despedimos, pedi a Deus que confortasse meu filho.

"Eu volto na segunda-feira", eu disse, sorrindo. Tirei da parede a reprodução remendada da pintura da mulher ruiva, de Dante Gabriel Rossetti, dei a ele. "Estou tão feliz em saber que agora você vai escrever seu romance, meu filho querido!", eu lhe disse. "Você pode usar esta foto como capa quando terminar de escrevê-lo, e talvez haja algum espaço nele para falar de sua bela mãe quando era jovem. Veja, esta mulher se parece um pouco comigo. É claro que é você quem sabe como o romance vai começar, mas eu acho que ele deve ser sincero e ao mesmo tempo mítico, como os monólogos que eu apresentava no fim de nossos espetáculos. Precisa ser tão verossímil quanto uma história verdadeira e tão familiar como um mito. Assim, todo mundo, e não apenas o juiz, vai entender o que você está procurando dizer. Lembre-se: seu pai também sempre desejou ser escritor."

Janeiro-dezembro de 2015

ESTA OBRA FOI COMPOSTA EM ELECTRA PELO ESTÚDIO O.L.M./ FLAVIO PERALTA
E IMPRESSA EM OFSETE PELA GRÁFICA SANTA MARTA SOBRE PAPEL PÓLEN SOFT
DA SUZANO S.A. PARA A EDITORA SCHWARCZ EM JUNHO DE 2023

A marca FSC® é a garantia de que a madeira utilizada na fabricação do papel deste livro provém de florestas que foram gerenciadas de maneira ambientalmente correta, socialmente justa e economicamente viável, além de outras fontes de origem controlada.